少年屠龙传3

一个平凡少年成长为屠龙英雄的热血传奇

管平潮 著

ZHEJIANG UNIVERSITY PRESS
浙江大学出版社

目录

第四十章　虎啸春原 …… 1

第四十一章　火妖复燃 …… 18

第四十二章　心狡如狐 …… 34

第四十三章　星流血野 …… 49

第四十四章　夜探溪村 …… 65

第四十五章　怪症惊心 …… 81

第四十六章　红粉问情 …… 96

第四十七章　相知按剑 …… 112

第四十八章　宴无好宴 …… 128

第四十九章　焰女夜浴 …… 143

第五十章　被诬为盗 …… 158

第五十一章　贼喊捉贼 …… 174

第五十二章　血梦迷离 …… 189

第五十三章　只手遮天 …… 204

第五十四章　情深似海 …………………………………………………… 220

第五十五章　勇上云山 …………………………………………………… 236

第五十六章　隐龙真容 …………………………………………………… 252

第五十七章　巨擘秘影 …………………………………………………… 268

虎啸春原

苏渐和古玉妃纵马而去，但他们这时还不知道，就在刚才附近一处的荒草丛里，赫然便潜伏着之前看似离去的血义盟杀手。

那为首之人，思索着刚才看到的一幕，最后忍不住感慨道："苏渐，是个好人，也是个狠人。这样的人最可怕，因为他平时可以是最好的朋友，但上了战场却又是最狠的恶徒！"

说到这里，他语重心长地告诫自己的下属："记住了，这样的人，少招惹。这吴家小儿，枉称人杰，就是不知此理，才害人害己。"

当吴山云这番风波平息后，苏渐也就恢复了正常的灵鹫学院求学生涯。

对于他这段时间做的事情，他的亲密伙伴们也多有耳闻。于是当他们几个在鹿鸣森边的凉亭重新相聚时，说起这些事，伙伴们之间有了很大的争议。

对于苏渐最近使的手段，雷冰焚冷冷地评价，说用阴谋诡计，绝非大丈夫所为。

很显然，亚飒有着不同的看法。他对苏渐的手段一如既往地赞同，并美其名曰"上战伐谋"。

唐求的重点显然有些问题：他关注到苏渐应该弄到了不少油水，便开口希望他能借点钱来花花。对他这样的离题苏渐没有任何不满，立即就掏钱袋子，按唐求所言如数借予。

对他们这样的争论纷乱，洛雪穹却始终在一旁凭栏远望，不置可否。

当大家谈论渐渐平息，洛雪穹却忽然回头，问苏渐道："你，是不是因为古先生，才去谋害吴贼的？"

听她这么问，苏渐一愣，但很快便点了点头，肯定地说道："是。"

听他竟然大方承认，无论是洛雪穹还是雷冰梵几人，都有些愕然。

正当他们诧异时，却听苏渐又说道："这一次我这么做，不仅是为古先生，也是为幽小眉、为我自己。"

说此话时，少年一扫平日笑意盎然的模样，神色凛冽，一如此刻料峭的春寒。

见他如此，众人愣怔片刻，之前出言指责的雷冰梵，忽然率先击掌叫道：

"好！快意恩仇，正是我大好男儿！"

这时亚飒附和赞了一声，然后又有些落寞地说道："苏兄，你前后做下的这些大事，真叫精彩；不像我这样出身的人，做什么事都要小心，真是憋屈……"

其实亚飒并不是一个喜欢透露心事的人，现在他能这么说，那定然是心中已经憋闷到极点。

苏渐对亚飒这样的情绪，心知肚明，便安慰他道："亚飒，古有诗云，'长风破浪会有时，直挂云帆济沧海'。亚飒兄，放心吧，你谋略过人，将来一定能做大事的。"

"苏兄，言重了，但还是谢谢你这么看重……"亚飒十分感动地道谢。

其实刚才苏渐那句话，很大程度上只是为了安慰，不免进行了夸张；亚飒也明知这一点，所以对说话的内容也不怎么在意，现在只是感动于苏兄弟对自己毫无歧视的关切。

他们两人此刻都没有想到，日后亚飒所行之事，何止是"大事"啊！

凉亭小聚后很长一段时间，都没有什么大事发生，转眼就到了四月。

暮春四月，正是一年中最好的时节。此时杂花生树，群莺乱飞，整个华夏国迎来一年中最生机勃勃的季节。

大约四月正中的这一日，亚飒和其他十来个灵鹫学生，被皇室征召，临时充当皇家春猎的守卫。

被皇家征召，说起来很好听，但较真来说不算什么荣耀的事；从苏渐几人中只有亚飒一人被征召，就能看得出来。

但对亚飒来说，还怎么能希求更多？不管别人怎么看，他自己是非常高兴的。

华夏皇家今年春猎的地点，在京华城西北方二百多里的地方，那里有开遍红色曼陀罗花的曼陀山和曼陀原。

曼陀山本身并不太高，山势也平缓。依着山势，曼陀原绵延上百里。此时那里春深草密，禽兽密集，正是难度不太高的好猎场。

本来亚飒对这样的春猎守卫工作，充满了幻想；但等到了那里才发现，完全不是想象的那样。

因为职责所限，他的活动范围只能在百步以内；虽然刚开始时看着眼前春林百花，赏心悦目，但时间一长也觉得无聊憋闷。

特别的，不知道什么原因，也许真是因为他的混血出身吧，他被安排的位置十分荒莽偏僻，甭说看什么皇室成员纵马打猎的英姿了，站老半天就连只野猪都没看见！

“唉，这就是苏兄所说的‘大事’吗？”站得腿脚酸麻的亚飒，想起苏渐几个月前的安慰，不由得苦笑着自嘲。

站岗性质的工作，实在无聊。正当亚飒实在熬不下去，想去旁边林子里暂时偷会儿懒时，他却忽然听到一声暴烈的虎啸，紧接着就是一声少女仓皇的惊叫！

“怎么回事？！”亚飒猛吃一惊，连忙拿起今日专配的长柄金瓜锤，冲向声音来处。

还没等他冲出十来步，便立即看到，远处晴空下的荒野中，有一头斑斓猛虎正追逐着一名秀丽的黄衫少女。

亚飒视力极好，虽然还隔着很远，一眼便看出那少女一身猎装，手持弓箭，正上气不接下气地仓皇奔逃。

“救我！救我！”显然那少女也看到了亚飒，顿时就像看见了救命稻草，连忙调整方向，朝亚飒这边跑来。

但猛虎的速度多快？

随着几声虎啸，那斑斓猛虎纵身一跃，眼看落地之时就要将少女扑倒！

见此情景，亚飒根本来不及思考，举起手中金瓜锤，便是狠命一掷！

这时候就看出亚飒三年来在灵鹫学院埋头苦练的成果，这百忙间凭直觉的一掷，竟然从少女头顶上方一寸处呼啸而过，然后恰到好处地一沉，正砸在猛虎的额头上！

那猛虎本来势在必得，没想到被这当头一锤，直砸得晕头转向！

而这锤本身力道也极重，老虎当场血流满面。

这一下，猛虎满腔扑杀的心思烟消云散，只听它"嗷"的一声惨叫，便朝远处落荒而逃了！

见打跑了猛虎，亚飒急忙跑过去，扶起惊倒在地的少女。

"怎么样？受伤了吗？"亚飒急切地问道。

面对他的问题，少女并没回答，倒是扑闪着秀气的眼睛，反问他道："你是谁？怎么会在这里？"

"我叫亚飒。"少年老老实实道，"我是灵鹫学院的三年级学生，今天被征召来担任猎场的守卫。"

"灵鹫学院啊……"秀美的少女沉思了片刻，便展颜粲然一笑，说道，"谢谢你，亚飒，谢谢你刚才的救命之恩，回去我会请父王命人送赏赐给你。"

"不用不用！"亚飒忙道，"举手之劳，不足挂齿，倒是您……请问您是？"

"我是灵莺郡主，闺名怜心。"少女爽快答道。

"灵莺郡主！"亚飒吃了一惊，脱口叫道，"那您父王一定是鲁王李陌了——啊，请恕微臣无礼，不小心提到鲁王名讳！"

"无妨。"灵莺郡主大度地摆摆手道，"你刚刚才救我，我又怎会因为这些小节治你的罪呢？"

"微臣多谢郡主宽宏大量！"亚飒不敢失礼，连忙躬身言谢。

"郡主殿下，请恕臣下直言，"这时亚飒注意到少女狼狈不堪的装束，忍不住问道，“这曼陀山猎场很难碰到雄狮猛虎。您怎么会被一只猛虎追赶，还来到这样偏僻的地方？”

“其实……”灵莺郡主欲言又止，有些不好意思地说道，“其实我不耐烦按他们安排好的路线，去打那些也是安排好放出来的小兔小鹿。我便自己行动，结果没想到竟被大老虎追！”

“真的太危险了！”想起刚才那一幕，亚飒后怕道。

“对啊！”灵莺郡主道，“都害得人家一只靴子跑丢了，另一只靴子也跑烂了，真是倒霉到家了！”

“……”亚飒没想到郡主所虑竟是靴子问题，不由得一时无语。

“郡主殿下，其实靴子只是小事。”亚飒忽然笑道。

“哦？”灵莺郡主眼睛一亮，急问道，“你能帮我找回靴子？”

“那靴子不找也罢。单看您脚上这只靴子模样，那一只就算找到了，估计也不能穿了。”亚飒道。

“这倒也是——啊，那我该怎么办啊？没靴子我怎么回去？就算赤脚忍痛回去，肯定也被那些人笑死了！呜呜，这次真是丢脸丢大了！”灵莺郡主急得快哭了。

“其实也不要紧，”亚飒不慌不忙道，“也许微臣可以帮您做一双新靴子。”

“你？做靴子？”郡主怀疑地看着他，“难道你原来是鞋匠？可就算你是，这荒郊野外的，能去哪里找材料啊？”

“郡主殿下不用着急，”亚飒十分自信地说道，“虽然这里是荒郊野外，但却到处都是做鞋子的材料啊。”

“好！那你就去给我做双鞋子来；如果做不出……”灵莺郡主绷住面皮片刻，忽然展颜一笑，欢快说道，“就算做不出来，也不治你的罪！”

于是接下来，灵莺郡主就看着亚飒大展神通。

亚飒先是去附近林中剥来桦树皮，一阵揉搓处理之后，便依着少女的足形切割树皮，然后将它们用随身携带的针线缝合。

等桦树皮靴初具雏形后，他又进行了一定的调整，使其更加美观自然。

之后他还去附近的树林边缘，寻了一些陈年的干芦苇花，细心地塞在皮靴里。

在他做皮靴的过程中，灵莺郡主一会儿看看他，一会儿又看看他手中渐渐成型的皮靴，既好奇，又惊讶。

“成了！”当最后的填充步骤完成，亚飒向少女呈上他的作品，“殿下请看，这双皮靴虽然不算美观，但让殿下顺利走回营地，应该没多大问题。”

“真的？你可不要骗我。”灵莺郡主半信半疑地接过皮靴，小心翼翼地穿在脚上，又在草地上来来回回地走了好几遍。

“哎呀！你这人真厉害！”当少女觉得这皮靴穿着既暖和又舒适时，便兴奋地赞道，“真没想到，你竟然能用桦树皮做成靴子，还做得这么好，很合脚喔！”

“这有什么，”感受到郡主的兴奋和亲切，亚飒也放得比较开了，便笑着说道，“其实微臣来自神木国，这类的手艺几乎是与生俱来的。”

“神木国啊……”灵莺郡主忽然好像想到什么，一下子便跳到亚飒面前，用那双美丽的大眼睛盯着少年，说道，“我听说，神木国有很多神箭手，那你的箭术怎样？”

“箭术啊……”亚飒微一沉吟，便笑道，“微臣尚可。”

“别微臣微臣的了，听得好烦，”灵莺郡主撇撇嘴道，“你刚才救了我，就不用跟我拘泥君臣之礼了。箭术尚可啊……哼，一定谦虚了。刚才看你一锤就把老虎砸跑，那一身本领定然是极厉害的了！”

说到这里，十六七岁的少女忽变得十分兴奋，看着亚飒道：“那你赶紧教教我怎么射箭吧！其实别说老虎了，我就连之前父王安排好的小兔小鹿，也一只都没射中过。”

“啊？那微臣……就试着教授一二吧。”亚飒恭敬说道。

“又来了！”灵莺郡主装出一副生气的样子说道，“叫你别再拘礼了，要是不听，我可真要治你的不听之罪啦！”

“是是，我不敢了！”这般回答后，亚飒也觉得整个人都变得轻松了。

接下来，他就开始教郡主射箭。

他先让郡主弯弓搭箭，调整她的姿势；等姿势规范后，他便开始教郡主拉弓瞄准的要领。

等这些教得差不多了，灵莺郡主便自信地去实践了。只见她弯弓搭箭，像模像样地瞄准原野中时不时跑过的野兔。

本来她自信满满，没想到等她真正射箭时，却还是一箭都没射中。

见得如此，灵莺郡主十分气馁，对自己的能力开始怀疑起来。

见她懊恼，亚飒想了想，便小心翼翼地道："斗胆跟殿下说一句，不如……我手把手教你吧？否则有些要领，光靠口授，真的是不行的……"

"好啊！"灵莺郡主毫不迟疑地道，"早该如此了！哼，你现在才说，我就知道你在想什么。可我早就跟你说过，今日在这猎场中，就不要拘泥什么君臣之礼了。"

"好！"听得此言，亚飒再无顾虑。于是他跨步向前，站在郡主身后，开始手把手地握住了弓身弓弦。

"射猎之术，并无定法，"亚飒娓娓说道，"殿下的箭头，不仅要随奔跑的猎物移动，还要和自己的呼吸配合。要争取让殿下的呼吸节奏，和猎物奔跑的节奏相契合。当诸事皆宜后，便要在吐气的时候，轻轻放开弓弦。"

"好！"灵莺郡主也是冰雪聪明，这些箭术诀窍只听了一遍，便很快运用起来。

这一次她的目标，是二十步外一只刚出现的灰毛野兔。

十分可惜的是，尽管她这回认真地控制了呼吸，但最后弓箭射出后，却还是偏离了灰兔几寸距离。

"已经很好了！"正当少女懊恼时，却听得亚飒拍手鼓励道，"殿下果然聪颖，才听一遍，已经大有进步。"

"真的吗？"郡主还是懊恼道，"可我还是没射中。"

"是松手没松好。"亚飒耐心地说道，"怪我刚才没讲清楚。殿下听好，不管之前怎么瞄准，到最后松手放开弓弦的那一刻，一定要稳住。因为哪怕之前瞄准得再好，最后手指离弦时只要轻轻一抖，便'差之毫厘失之千里’了。”

“我明白了。”这一次，灵莺郡主终于彻底听懂。她先平静片刻，便按照亚飒所授要诀，再一次张弓搭箭。

这一次她的目标，是曼陀罗花丛中一只羽色斑斓的锦鸡。

瞄准半晌后，只听得“嗖”的一声清脆弦响，紧接着便听到那锦鸡“噶”的一声惨叫。两人再看时，便见那只锦鸡已被利箭射翻，在地上滚了好远。

“射中了！射中了！”灵莺郡主立即跳起来，兴奋大叫道。

看着她开心的模样，亚飒有些吃惊，因为在他眼里，郡主虽然射中了，却也只不过是一只野鸡而已，而现在这灵莺郡主几乎是一副热泪盈眶的样子！

“你知道吗，这是人家第一次射中猎物呢！”郡主既欢快又羞赧地向他解释。

“原来如此。那真替你高兴，可喜可贺呢。”亚飒真诚地道贺。

“对了，”他忽然想起什么，便又诚声说道，“刚才还有一点忘了说了，再来示范给你看。”

“嗯。”刚刚兴奋雀跃的郡主，闻言立即变成了乖乖女，顺从地端起弓箭，再次让亚飒手把手地教授示范。

“我刚才忘了说了，你还需要看风。”亚飒手把手地矫正着少女的动作，认真地说道。

“看风？”郡主转脸看着他，不解地说道。

“是的。”亚飒认真地解释，“射箭最重节奏。刚才我跟你讲了，要跟随猎物奔跑的节奏，但你还要看风，你的呼吸，箭头的移动，都要和风的大小、方向相契合。”

“啊，听起来好难啊！”郡主叫苦道。

“不难，你闭上眼，感受一下风吧。”亚飒耐心道。

“好吧。”郡主乖乖地闭上了眼睛，开始按照亚飒所说，感受这旷野的清风。

刚开始时，亚飒没觉得有什么，但当他偶尔转脸，看向闭目凝神的郡主，忽然之间，就仿佛内心最深处，有什么东西被蓦然拨动！

四月的春风，拂面而过，娇美的少女正闭着眼睛，长长的睫毛微微摇动，明亮的阳光照在她白皙的脸上，将小巧的鼻尖衬得晶莹可人，宛如上等的美玉琼瑶。

当此之时，那大地春风浩荡，曼陀原鸟语花香，一直心情沉郁的少年，忽然间幽暗的心房仿佛被一束灿烂的阳光照亮。

平生头一回，亚飒心旌摇动，他目光失陷于少女的俏靥，再也无法挪移。

“你在看我？”忽然间，少女睁开了眼睛，有些惊讶地看着少年。

“微臣该死！”亚飒蓦然一惊，立即变得既惭愧，又恐惧。

正当他要翻身跪地、请求郡主饶恕时，却看见春光中少女的双颊忽然间飘起了红云。

温柔的春风里，清纯的少女忽然羞涩地对少年说道：

“不要紧。我……我也喜欢你看我……”

霎时间，亚飒只觉得好像有无数丝竹仙乐在耳边奏起，又好似有一万只黄莺在耳边欢鸣！

他神魂摇动，脚下几乎站不稳，浑身也晕乎乎的。他觉得自己应该已经一脚踏在了棉花堆上，否则怎么会左摇右晃，怎么也稳不住自己？

而这时，看到他这样，情窦初开的灵莺郡主，也觉得有一种异样的感觉，如蜂蜜般甘甜，很快在自己的心房扩散，整个人都陷入无边的甘甜醇美中了……

地位悬殊的两个人，就在这曼陀罗花盛开的春原里，互相萌动了爱情的感觉。

这样的事情，听起来很奇怪，但后来亚飒每回想起来，却又觉得很自然合理：

这就是时间正好、地点正好，然后遇上了正好的人……

在这样冲动地表明心迹后，这两人再没有心思打猎。

他俩紧挨在一起，坐在碧草茵茵的土丘顶，看着繁花遍野的曼陀原。

初恋时，每一句对答，都是最甜蜜的情话。

郡主说，她喜欢亚飒那另类的灰栗色头发，因为它们如灰色的绸缎，低调，但又不乏奢华。

她也说自己不喜欢太鲜明、太极端的东西。比如这天上的云彩，她既不喜欢白云，也不喜欢乌云，只喜欢淡淡的灰云。

她说，只有这中性一点的颜色，才是最包容、最深沉的色彩。

听到她说了这些话，亚飒的心不由得一动。

他想，也许郡主对混血者的态度，也像对待天上的灰云一样，相对宽容？

想到这一点，已陷入甜蜜初恋的混血少年，便把那一点自卑深深地隐藏到心底。

他已经做好了准备，准备开始小心地呵护这个难得可能认可自己的皇家郡主……

人间四月，草长春深，一直苦闷压抑的混血少年，似乎也看到自己的春天到来了……

初恋，尤其是刚开始的初恋，最为炽烈。虽然亚飒和灵莺郡主见面并不容易，但这对热恋的男女来说，不算太大的问题。

本来灵莺郡主就深受鲁王宠爱，而且人龙大战后，旧有的礼教确实受到了一定的冲击，现在再也不会像当年那样，大户人家的小姐养在深闺，直到出嫁的那一天才有机会抛头露面。所以灵莺郡主想要找机会出来会亚飒，是完全没有问题的。

于是这段奇特的恋情，从开满曼陀罗花的春原中发芽，又在京华城中生长，正在暗中一天天地壮大……

亚飒暗中呵护、享受着爱情的甜蜜，这时候苏渐的心情却不算多么愉快。

当然这倒不是说苏渐现在不顺利，反而是他混得太顺利了，无论是在灵鹫学院还是玄武卫中，他都如鱼得水，一般没什么事也没人敢来惹他。

只是，苏渐苦恼的是，他现在志不在此。

截止到现在，他梦到的奇特梦境已经不少，那些失忆日子里所发生的一切，其轮廓已经慢慢显现。

越是这样，他就越来越好奇。

他迫切地想知道，那圣龙公主月歌，为什么会在自己快被恶龙撕碎的那一刹那，挺身救了自己。

他更想知道，最后云空震荡时的漫天血雨，究竟是恶龙所洒，还是月歌所流……

想知道这一切，很显然只有深入龙境才行。

但让他郁闷的是，自己的生活却正在变得越来越稳定。

“这样不行！”过着安稳日子的少年，终于在夏日到来时，下定决心，“没机会也要创造机会，接近、深入龙境去！”

不过让他没想到的是，刚下决心没多久，这个机会不用他创造，自己就来了！

大约半月之后，便是苏渐他们这一届灵鹭学院生的毕业庆典。

毕业之日，古往今来大同小异。

白天举行了庄重的毕业礼，入夜时整个灵鹭山就陷入狂欢之中。

无数的灯盏，被放置在学院的角角落落，它们依着山势次第点亮，整个灵鹭山仿佛处在一片灯的海洋里。

群灯闪烁，错落有致。似繁星坠地，又仿佛飞起无数的萤火。

这样的美景当前，不用说灵鹭学院的师生了，就是京华城里的达官贵人、平民百姓，也都在城郊设席，远眺千灯如梦的灵鹭山体。

仲夏夜的“灵鹭灯海”，本就是京华城一年一度的无上盛景，属于华夏人民苦中作乐的节目。这时候苏渐作为灵鹭学生，就身处在盛景里。

虽然平时作为学生，大家都比较拘谨，但到了这一晚，所有人都抛开了矜持。

毕业生们畅叙离情，或纵酒高歌，或三五成群，徜徉在自己即将离别的熟悉建筑里。

就算不是今年毕业的学生，也都和各自钦佩、交好的师兄师姐依依不舍，甚至于泪下沾襟。

夜晚降临，灯若星河，这样的氛围，还让很多羞涩的女学生，拥有了比平时多好几倍的勇气。

其实，这也是学院的一个传统。和后世的学园不同，灵鹫学院的男女学生间，吐露好感往往要等到毕业庆典这一夜。

本来，苏渐作为一个非主流的灵鹫学院生，很长一段时间内，根本不受待见。

玄武卫的铜徽卫？

对不起，在权贵如云、富豪如雨的灵鹫学院里，就算你是太守之子，也根本不入流。

更何况，苏渐本身还是个孤儿，别说门阀高低了，他根本就没有门阀！

所以，他在灵鹫学院中向来最不受欢迎，排名甚至还在唐胖子之后——唐胖子常年排倒数第二。

但这一晚，却有很多达官贵人的千金小姐，羞羞答答地找机会来跟苏渐搭话。仲夏夜的灯火下，出现在苏渐面前的大家闺秀们，尤其显得美丽。

她们面若桃花，含羞带涩，又是青春妙龄，显得格外动人美丽。

这一幕，不由引得很多男同学艳羡不已。

不过这时候，他们却丝毫没有什么鄙视之心。想起这两三年来苏渐做下的种种大事，这时候他们不仅没有嫉妒，反而还不约而同地想道：

“这是苏渐应得的！”

“怎么上去搭讪的女生这么少！”

“咦？我妹妹呢？怎么没见她在？不行我得去找她提醒下，再不动手就晚了！”

当然对苏渐来说，有梦中女神在心，此刻虽然满目妖娆，他却丝毫不会动心。

礼貌地应付着师妹们的热情，苏渐忽然注意到，那个冰雪寒梅一样的女子，此刻却正在灯火的阴影里。她看着梦幻一样的灯海，怔怔地出神，仿佛满怀落寞与萧瑟。

见得如此，他对身边的师妹表达了歉意，便朝那边走过去。

“雪穹，怎么了？”他走到近前，对洛雪穹说道，“有什么烦心事吗？”

“是没想好之后的去处吗？不过你之前好像说过，毕业之后，你就要回西北灵山圣门去。”

“是啊……”洛雪穹幽幽地道，“自来华夏入学起，我便预定毕业之后就要回去了。”

“这样啊……”苏渐观察着少女的神色，犹豫了一下，真诚地说道，“雪穹，依我看，你还是暂时别回去了。”

“嗯？”本来有些低沉的少女，闻言眼睛一亮，看着少年，“你的意思是……我还留在京华城？”

“也不一定是京华城。”苏渐认真说道，“只要在华夏即可。我真觉得你没必要那么快回去，毕竟贵教僻处西北边陲，不似这华夏直面恶龙帝国，风起云涌，这样我辈才大有可为。”

“嗯。”洛雪穹柔柔地应了一声，然后微微垂首，好似在认真地思考少年的建议。

“那——”当她抬头时，便认真地问少年道，“你觉得，什么去处比较适合我呢？”

“这个嘛……”苏渐转过脸，看看蜿蜒下山的点点灯火，沉默了一会儿便道，“如果可以，我当然希望雪穹你也来玄武卫。毕竟亚飒和唐求，我已经说动他们，明日之后，先暂投玄武卫，随我一起做事。”

“这……”洛雪穹迟疑了一下，努力用平静的语气说道，“我去玄武卫，也未尝不可……”

“不可，当然不可！”苏渐断然否决道，“雪穹，你的本事我都知道，来玄武卫绝对大材小用了！而且你气质幽远高华，玄武卫那等地方岂是你该来的？”

“玄武卫也挺好啊。”洛雪穹幽幽地道，“你不就在那边吗？”

“我哪能跟你比？”苏渐毫不犹豫道，“我这出身你也不是不知道。唉，不同人不同命，我去玄武卫就算高攀，你来玄武卫肯定屈就，真不能这样委屈你。”

“这样啊……”虽然少年这话将洛雪穹捧得极高，但这时候少女的神色，却显得愈加的落寞。

察觉到她的沮丧，苏渐赶忙道："雪穹，你的合适去处我早就帮你想好了！"

"哦？哪儿啊？"洛雪穹道。

"朱雀军团啊！"苏渐兴奋道，"那里全是术士法师，而你法术超群，去那里一定会如鱼得水、受人尊重的！"

"是吗……"少女的情绪还是有些低沉。

"对啊，"苏渐注意到她的情绪，想了想道，"其实大统领之前已经给我透露了一个风声，说等我毕业后，就会安排更重要的任务给我。按照玄武卫中前辈们的先例，将来我做这些任务时，还是需要朱雀军团的术士配合的。"

"真的？"洛雪穹眸光盈盈，认真地看着他。

"怎么会骗你！"苏渐笑道，"所以今晚不要太有离愁。如果你去了朱雀军团，我们说不定很快就会共事的。"

"好！那我就去朱雀军团。"刚才犹犹豫豫的少女，这时候却斩钉截铁，立即确定了自己的去向。

"啊？这么爽快？"见得如此，苏渐反而劝道，"虽然我觉得你去朱雀军团比较合适，但不管怎么说，你还是要自己慎重考虑一下。"

"不用了。"洛雪穹又恢复了以往的果决，"我听你的，就去那里。"

"好，恭喜你啦！"见洛雪穹定下去处，苏渐也挺高兴，便举起手中酒盏，向洛雪穹示意一下，一饮而尽。

苏渐知道的，洛雪穹并不饮酒，所以现在他只是自己喝掉。谁知这时，他却惊讶地看见，洛雪穹也去旁边酒席上取来一杯美酒，向他举杯，带点羞涩，然后一饮而尽。

"怎么觉得她这样子，有点眼熟？"苏渐看着双颊酡红的少女，总觉得这情景似曾相识。

"啊，想起来了！"他忽然想到，刚才那些学妹们来找他时，不也是这种样子吗……

"雪穹……"

正当他有些出神时，却忽听得有人洪亮喊道："小苏！"

现在能称呼他小苏的，不是教习，就是他的上司。苏渐一听这声音，就知道现在喊他的，正是自己顶头上司——轩辕鸿。

轩辕鸿今晚出现在这里，一点都不奇怪。作为四灵军团的首领之一，灵鹫学院的毕业生，当然是他补充玄武卫力量的首选。

所以今天这日子，不要说院方有邀请了，就算没请他，他也要来。

当然这也实在是因为，灵鹫学院的地位在华夏国内太高了，换到别的王国，别说不请自来了，像轩辕鸿这样手握重要情报力量的大头目，哪家学院不三催四请，他还不一定给他们面子。

结果今晚轩辕鸿不仅来了，还端着杯酒，跟个学院普通教习似的，在庆典场中到处流窜，努力跟人搭话，劝他们加入玄武卫。

但很心酸的是，对灵鹫学院的毕业生来说，从事侦缉情报工作的玄武卫简直太非主流了，如果不是唐求和亚飒这样身份尴尬的学生，首选绝对不会考虑玄武卫的。

所以，别看轩辕鸿位高权重，但今晚到这灵鹫学院庆典来，人气却不高，关注度甚至还不如洛雪穹和苏渐！

这会儿他喊苏渐，也实在是“骗”不到毕业生来玄武卫了，这才没奈何，来找下属聊天。

当然，虽然是因为无聊才来找苏渐，但聊天的内容，却一点也不无聊，相反还十分重要。

他把苏渐叫到一边，便郑重说道：“小苏，既然你学业已毕，现在有一个重要的任务想交给你。”

“全凭大统领吩咐。”苏渐忙应道。

“是这样，南边红焰晶海，最近颇有异动，想叫你带人去查探一番。”轩辕鸿道。

“红焰晶海？”苏渐闻言一愣。

“对，红焰晶海！”轩辕鸿手把酒杯，看向南方的夜空，“你应该知道，红焰晶海在我华夏与南方的云山国交界处，东边又紧邻横断山脉的龙族边境，地理位置极为重要。”

“更何况它是我人族联盟最重要的火晶来源，如果它那里出了问题，风暴之墙的防御力量至少会削弱一半。”

“是啊！这红焰晶海太重要了。”听了大统领的话，苏渐不由得想起那一回，自己在风暴之墙上目睹的防御战，便情不自禁地点了点头。

“重要是重要，”没想到轩辕鸿苦笑道，“倒霉的是，那里的形势太复杂。这一次，我会任命你为玄武卫新的红焰晶海观察使。”

“新的？”苏渐很快听出这话里的不寻常。

“是，新的。”轩辕鸿表情凝重，“也不瞒你，上一任观察使，已经失踪超过一个月了。”

“失踪……”苏渐的表情也变得凝重。作为玄武卫中人，他深知同僚的“失踪”往往意味着什么。

“那……查出是什么人干的了吗？”苏渐问道。

“问题就出在这里。”轩辕鸿道，“那里的形势太复杂了，本座看着，好像哪一方势力都有嫌疑。”

“啊？”苏渐吃了一惊。

“你看啊，”轩辕鸿解释道，“红焰晶海那里，北岸有华夏驻军，南岸有云山驻军，湖畔有晶灵遗脉红晶族世代居住，我人族王国联盟还在那里特设了红焰晶海行营，专管火晶产出。”

“这些还算常规。最忧心的是，晶海当地还有火妖族出没！你说说，我到底该怀疑谁？”

“火妖族？！”苏渐一听这个名字，顿时一惊。

“看来你也有所耳闻了，这书没白读。”轩辕鸿点点头，忧心忡忡道，“红焰晶海的火妖族最是残暴，他们性情残忍阴邪，正是我人族的天然死敌。”

“本来他们已经被征剿数回，看似销声匿迹，最近不知何故竟然又出现了。不仅是出现，他们的活动还越来越频繁，屡次骚扰攻击我们的晶海驻军。”

“那大统领您所指的异动，是火妖族吗？”苏渐想起最开始的话题，忙问道。

“对。”轩辕鸿神色沉重道，“那里的火妖族，还不光是接连挑衅，我派去那里的探子报告说，他们背后很可能还有龙族的影子。”

“龙族?!”苏渐倒吸一口冷气。

“怎么，你怕了?”轩辕鸿看着他。

“不怕!”苏渐一拍胸脯道，“恶龙毁我家园，我苏渐日夜都想打回去!”

慷慨激昂时，他心里也想道：“有龙族影子，那正好！倒是方便我探知梦境真相。”

第四十一章

火妖复燃

他现在跃跃欲试，轩辕鸿却犹豫不决。

盯着他看了一会儿，轩辕鸿忽然道：“小苏，你别忙表决心。如果我告诉你，那里不仅有火妖异动、龙族捣鬼，还发现司徒宰相在背后动手脚，你又如何？”

“呃！”这次苏渐是真的吃了一惊！不过他很快就沉声道：“恶龙当前，苏渐不知宰相，只知为国为民。我苏渐，从来唯大人马首是瞻！”

“说得好！哈哈！”心思深沉的轩辕鸿，到这时终于将杯中酒一饮而尽，大笑道，“苏渐，你果然是我辈英豪，本座没看错你。这红焰晶海事，就由你去做了。从今日起，你就是新一任红焰晶海观察使了！”

“多谢大人栽培！”苏渐赶忙躬身行礼道谢。

“苏渐，你知道我最欣赏你什么吗？”轩辕鸿看着少年，忽然话锋一转。

“一定是属下忠心为国、做事兢兢业业了。”苏渐立即回答道。

“去你的！”轩辕鸿笑骂道，“公务谈完，现在是咱爷儿俩的私人时间，别给我说这些虚的！”

“这样啊，”苏渐神色顿时变得更加严肃，说道，“那大统领，一定是认为属下模样英俊，美胜潘安！”

“哈哈哈！”轩辕鸿忍不住大笑起来，“苏渐啊苏渐，说起逗乐子来，你在我玄武卫之中，若称第二，没人敢称第一！”

笑了一阵，轩辕鸿便盯着苏渐，认真说道：“其实本座最欣赏你的，便是‘智勇双全无畏惧，不择手段有底线’。”

“多谢大人谬赞！”听大统领说出这样的评语，苏渐也颇动容，不敢再嬉皮笑脸，特地躬身行了个大礼。

“毋须客气。”见他这样郑重，轩辕鸿摆摆手道，“你在我手下干了几年，一举一动本座都看在眼里，刚才这评语，是你应得的。”

“对了，”轩辕鸿好像想起来什么，话锋又是一转道，“小苏，刚才本座交代你的任务，虽然艰难，却也不是全然没有好处。你这般公忠体国，屡立奇功，本座心里也是有数的，绝不会让你吃亏。”

“就拿这事儿来说，其实咱卫里任务很多，但本座看那红焰晶海的属性，恰与你修炼的火灵法技相符合，我想只要机缘巧合，此行你去说不定会大有收获。”

“多谢大人照顾！”见大统领跟自己这样推心置腹，苏渐也十分感动，忙道，“若是属下有所得，定然也不会忘了给——”

“不必！”轩辕鸿打断他的话头，“本座只愿你此行安然归来。若有心，带点‘真正’的土特产即可。”

说到这里，轩辕鸿见少年眼神闪烁，便怕他还是想歪，便又着重申明道：“我说的真正土特产，就是土特产。以前你懂得孝敬本座，那是你懂事，本座都放在心里。但以后，确实别再给我送什么财物。”

“啊？！”苏渐闻言，一脸震惊地看着他。

“别想歪了！”轩辕鸿一看就知道他在琢磨什么，忙笑骂道，“送美女也不行！我这儿说正经的呢！其实，能发现你这样一个英才，比世上什么珍宝都好。”

“这……属下多谢大人厚爱！”苏渐真诚道谢。

能说出这番话来，今晚的轩辕鸿确实是真诚的。当然了，作为曾经贪财的大统领，现在能有这样的转变，不全是自我修养进阶的结果。

这时的轩辕鸿看着苏渐，就在心里想道：“唉，小子，你不知道，这不是圣上他老人家励精图治，正在严令整饬吏治嘛。他说了既往不咎，以前的就算了，那我轩辕鸿也就此收手。”

“以后呢，既然发现了你这根好苗子，我就把你和吾儿承天一起好好培养。若你二人真正出人头地，将来做下震动神州的丰功伟绩，那比我轩辕鸿一生敛上多少钱财都好。”

想到此节，轩辕鸿也甚感慨，就和苏渐又推杯换盏了好几回。

酒喝多了，难免就有更多的心里话说出来。

于是轩辕鸿便好言建议苏渐，说他也听说了雷冰梵毕业后就要回到天雪国。鉴于雷冰梵特殊的身份，苏渐作为他的好友，应该好好去送送他。

这时候苏渐酒也有些多了，便也放得开了。听大统领这样建议他，他只是摇摇手，说兄弟情谊，倒也不必讲究这些形式……

所谓的“苏渐五人组”中，其他四人暂时都还留在华夏国，只有雷冰梵一人要回天雪国了。

其实苏渐也很舍不得他走。他曾用劝洛雪穹留下的同样理由，也劝雷冰梵留下。

只是，就在这样的劝说时，苏渐才忽然发现，这位看似沉迷剑技的武痴皇子，其内心的深沉程度，很可能超出自己原先的认知。

见得如此，苏渐纵然有千般不舍，也不再相劝。

于是就在七月初的某一天，来华夏国求学三年的天雪皇子，终于要离开京华，启程回国了。

不管这三年中再怎么低调，雷冰梵的身份摆在这里。

于是这一天，负责外宾迎送的华夏国鸿胪寺卿、典客署令等官员人等，全都聚集在京华城北郊的十里长亭里，对雷皇子一行隆重相送。

这些迎来送往之事，都有固定规程参照，过程便不详述。只是当这一切结束、鸿胪寺卿等华夏官员都走掉后，雷冰梵却依旧徘徊于长亭，一时并不踏上归途。

刚开始时，他的随从们还不敢说，但都等了半盏茶凉的工夫，雷冰梵却还丝毫没有去意，于是这些随从中，便有胆大的忍不住委婉催请动身。

听他们提醒，雷冰梵却只是摆摆手，还是没有丝毫动身的意思。

见得如此，随从们不敢再劝。他们心里都很好奇，好奇自己的主子究竟在等什么人。

他们心中的疑问，很快就有了答案。这时自南边的驿路上，正有四位少年男女纵马而来。

“冰梵，抱歉，来晚了！”为首马上一人，正是苏渐。还没跑近，他便跟雷冰梵大声道歉。

不用说，跟在苏渐后面骑马而来的，正是亚飒、唐求、洛雪穹。

见他们来了，一直古井无波的天雪皇子，也顿时动容。

他不顾外面骄阳如火，便跨出长亭，走进那驿路烟尘中。

见他离开长亭，他那些随从还想跟随，但雷冰梵回身摆摆手，示意他们不要跟随。

很快他们这群老同学，仿佛心有灵犀，一起来到附近的一片柳树林。

柳荫里、蝉鸣中，苏渐的表情，难以避免有些忧伤。

“冰梵，真的这么着急回去吗？”到了此时，他还在做着最后的努力，试图挽留雷冰梵。

“是。”雷冰梵的回答依旧还是那样简洁。

“是国中有事？”苏渐试着猜道。

“是。”雷冰梵道。

“麻烦吗？”苏渐没有追问原委，而只是关切地问道。

本来雷冰梵神色如常，但听到苏渐这个问题时，却有些动容。

他看了看眼前这几位好友，又看看林外远处长亭中那几个随从。

迟愣了这么片刻，他才点点头道：“是，有点麻烦。”

“呃！”苏渐顿时一惊。

对于雷冰梵，他再了解不过。如果从这位沉默寡言的冷面皇子嘴里说出“有点麻烦”来，那就一定是有天大的麻烦！

“是皇位的问题？”这时亚飒也小心地问道。

其实不仅是他想到这个，其他几人在那晚迷雾谷东方的原野上，也都听到了华夏皇帝李翊那番话。于是大家全都把担心的目光，聚在了雷冰梵的脸上。

“是。”出奇的是，这时候雷冰梵并没有回避这个问题。

“真想不通啊，”苏渐一脸迷惑道，“依我浅见，古往今来，立太子不都是‘立长’或‘立贤’吗？你我三年相处，绝知雷兄是极贤明的，那无论立长还是立贤，你都没问题啊。”

“我？贤吗？”雷冰梵冷笑一声，“那只是你这样认为。在那帮老臣子眼里，我只不过是个不近人情的赳赳武夫，哪像我家二弟饱读诗书、礼贤下士？”

“这……”听到这话，苏渐有些无语。

沉默了片刻，他才凝视雷冰梵双眼，诚恳地问道：“雷兄，我自以为是了解你的。难道你对这个太子之位，真的有这么热切吗？”

“有！”出乎意料，雷冰梵斩钉截铁道，“这个皇位，我是一定要的！但你们一定要记得，我雷某绝非贪恋权位之人！”

听得此言，苏渐若有所思，亚飒和洛雪穹也继续沉默。

这时候，倒是心直口快的唐求嚷了起来：“雷皇子啊，你这说得可自相矛盾了；既然不恋权位，那太子之位还争个什么劲？”

“唐求，”苏渐道，“太子之位，代表的可不仅仅是权位。”

“那是什么意思？”唐求还没怎么反应过来。

不过这时雷冰梵却忽然愤慨道：“对！所以这皇位，我要定了！”

“本来我意尚在两可，但一年多前，竟然有位云游方士，不知有意还是无心，竟跟父皇说，我雷冰梵‘命犯天煞孤星’！

“我雷冰梵对天发誓，我对二弟绝无偏见，自幼爱护有加。

“但正是太了解他了，才知他若登位，定然萧规曹随，甚至在奸佞环伺之下，会比父皇现下变本加厉。

“本来他们也想让我变成二弟现在这样——但很抱歉，我雷冰梵已睁开了眼！他们凭什么要遮住我的眼？就算苍天要我如此也不行！”

天雪皇子，还是第一次像这样，在自己好友面前袒露心声，还这般慷慨激昂。刚开始时苏渐几人十分惊奇，但很快便报以理解的眼神。

“雷兄，”苏渐慨然说道，“哪一天，若有事，只要咱兄弟帮得着，一定记得告诉我们一声！”

对他此言，亚飒等人也纷纷附和，就连洛雪穹也点头示意，表示完全赞同苏渐。

见得如此，雷冰梵十分感动。他深知，在这样的大事面前，还能说出这样的话来，意味着已经下了怎样的决心。

所以这一刻，他发现相比皇族朝臣的尔虞我诈，自己和小伙伴之间的情谊，显得无比的真挚纯洁。

心中如此转念，此时若是苏渐，定然放声大笑，然后慨然相谢；但雷冰梵却沉吟半晌，万语千言，最后只化作躬身一礼。

天雪皇子雷冰梵，并不是一个多愁善感的人，但此刻平静的表面下，他心中早已如同水沸。

将近离别，他看了看苏渐，又看看亚飒、唐求、洛雪穹，想起这三年来的种种往事，便觉得还未离别，便已开始怀念。

但他还是什么话也没说。

杨柳林里，夏日的鸣蝉叫得声嘶力竭，好似从不知疲惫。

京华东郊的原野，七月的草木格外葱茏，远近望去宛如绿烟。

“天下无不散的筵席，但雷某与诸位之情谊，当永铭五内。”

这就是天雪皇子雷冰梵，在他二十岁这一年，与几个过命的好友离别时，说的最后一句话。

此后他便点头示意，不发一言，转身离去。

苏渐四人的目光，一路追随他到长亭。

天雪国的随从，很快为皇子牵来了坐骑。上马前，雷冰梵又转过身来，长身玉立，朝这边深深地躬身一揖，行了一个最隆重的礼。

苏渐等人也遥遥躬身回礼。此刻这十里长亭内外，气氛既古雅，又伤感。

此时此际，离愁自然难免，但这时充斥苏渐等人胸怀的，却是雷冰梵刚才那一番话。他们知道，天雪皇子此番回去，不知还要面对多少的冰刀霜剑、腥风血雨。

于是他们这离别的一礼，不仅行得庄重严肃，内心更带了几分壮烈和悲凉。

此后雷冰梵上马而去，渐渐消失在草木烟尘里。

苏渐几人注目良久，直到再也看不见他的身影，才转身离去。

正是：

乐莫乐兮新相知，
悲莫悲兮生别离。
故人独行沧海去，
临歧挥泪共牵衣。

等送走雷冰梵，苏渐回城途中，并不发一言。直到快到京华东城门时，他才忽然没头没脑地说了一句："有方士说雷冰梵'命犯煞星'，这事情，很严重！"

送别了雷冰梵，没过多少日子，那洛雪穹便去了朱雀军团报到，亚飒和唐求也在苏渐的引领下，正式加入了玄武卫。

和苏渐最初那临时工性质的锡徽卫杂役不同，亚飒和唐求因为是灵鹫学院毕业生，所以他俩一来就成了正式的铁徽卫，归在铜徽卫苏渐的麾下。

因为苏渐的缘故，玄武卫内的那些头头脑脑们，对亚飒和唐求，并没有像其他新人那样苛求。

都是青春年少，这时候还有不少灵鹫学院的毕业生，仍在京华城流连。苏渐和亚飒、唐求下值后，还会和他们聚会啸歌，畅叙情谊。

当然对亚飒来说，相比其他两人，他格外珍惜这段去红焰晶海前所剩无多的日子。只要有合适的机会，他便会去和灵莺郡主私会。

作为神木国人，相比自幼生长在沉闷王宫中的灵莺郡主，亚飒的见识自然极为广博。

于是私会的时间里，亚飒会给女孩儿谈古论今，话题纵横四海，天上地下，无所不含。

在他这样的博识面前，灵莺郡主毫无意外地被深深折服。

通过亚飒，豆蔻年华的少女，觉得自己正领略全新的人生和世界。

当新世界的大门在她面前徐徐打开时，她对亚飒的感情，也变得愈发的炽烈。

亚飒自然也是越来越沉溺于这样甜蜜的爱情。

不过，有唐求和李碧茗之事在前，亚飒有时也想到："这，是不是一个坑？"

但他很快就骂自己："呸！你亚飒是个什么东西？也配人家郡主专门来坑你？有这样的美事，都是上天和郡主的恩赐，你小子就偷着乐吧！"

彻底认定了这段感情的亚飒，大约在就职玄武卫后的半个月左右，就和灵莺郡主依依惜别，跟随苏渐，踏上了前往红焰晶海的征程。

而在路途中，亚飒想起自己和郡主的这段奇遇，有时候还会忍不住傻笑起来。这时候，就弄得苏渐和唐求莫名其妙，不约而同地关心问他：

"亚飒，你是不是有病啊？"

"是！是！我有病，我有病！"难得幽默的亚飒，这时候却笑着承认自己有病。

他这样，弄得苏渐和唐求面面相觑，不知道他葫芦里究竟卖的什么药。他们不知，亚飒在心里补充了一句："对，我有病，是'相思病'！"

这话亚飒没说出来，是因为他打心眼儿里觉得，自己和郡主的好事，有些惊世骇俗，如果不到瓜熟蒂落、修成正果的那一天，还是先不跟苏渐他们说为好。

红焰晶海之行，苏渐带来的人不止亚飒和唐求。

鉴于此行任务重大，他尽挑麾下精锐好手，二十来人的样子，一起骑马前往南方的红焰晶海。

当然和他最亲密的，还是亚飒和唐求两人。

一路南行时，唐求忽然想到什么，立即打马上前，与苏渐并辔而行，热切说道："苏哥，兄弟我为了不给你丢脸，来之前已经狠下功夫，对红焰晶海做了一番研究。"

"咦，是吗？"苏渐一听也十分欣慰，忙问道，"你究竟研究出什么了？"

"研究出的东西多了！"唐求得意道，"不查典籍不知道，原来红焰晶海地区竟有晶灵时代的晶灵族遗族！"

"我可听说了，那晶灵遗族红晶族的女人，皮肤白里透红，富有光泽，几乎半透明，看着就如同红髓的白玉，那摸上去的手感……

"更难得的是她们体态修长，姿态轻盈，身体娇弱，性情还热烈奔放，啧啧啧……"

"得得得，打住打住！"苏渐刚开始还认真听，结果这会儿一看唐求口水长流的模样，只得无奈地打断他道，"你啊，让我说你什么好。这才刚离京呢，臭毛病就开始发作了？"

"胖子，你可别把这次差事想得太好。"这时亚飒也打马向前，泼唐求冷水道，"我们这次去，可谓'九死一生'。你别光顾着红晶族的美女诱人，可别忘了这次我们主要对付的，是性情极为残忍的火妖族！"

"没错！"苏渐也一脸肃然，"火妖族乃我等此行大敌。我听说他们手脚修长，皮肤红热，双耳如猫，因为喜食火晶，体内积火毒，天生就会毒辣的火系法术。"

"这倒罢了，他们在妖族中，却是最残忍的那一类。听说他们日常喜欢生食，甚至会吃人！"

"妈呀！！真的假的？！"唐求一听就嚷起来，"我还不知道原来这么吓人啊！竟然吃人！苏渐啊，你也太不照顾兄弟啦，一上来就给咱派这样可怕的差事！"

"咦？"苏渐一脸惊讶道，"胖子啊，我先前跟你说，要去红焰晶海做事时，你可是一脸喜滋滋的。你那副恨不得马上就走的样子，我现在可还历历在目。怎么，现在又怪起我不该让你来了？"

"我那不是……"唐求一时语塞，过了会儿才嘟囔道，"我那不是功课做得不全，只查到红晶族美女多、性格奔放，才一不小心答应你了嘛。老大啊，我问你，我现在想回去，行不行啊？"

"胖子，你说什么呐？"还没等苏渐说话，亚飒却厉声叫道，"我玄武卫乃四灵军团，所谓军令如山，能像你这样说变卦就变卦？"

"再说了，好歹咱们都是苏兄的同学，不管怎么说，我们也得给苏兄长脸啊！"

"知道知道！"唐求尴尬地笑道，"我只是随便说说、随便说说，亚飒你就怎么当真了呢？"

"随便说说就好。"亚飒冷冷地抛下一句，一扬鞭，打马朝前面去了。

"苏渐，你看看，我只不过是开个玩笑，亚飒他怎么跟吃了火药似的？"

唐求委屈地看着苏渐。

“你啊，”苏渐道，“你害怕去红焰晶海，亚飒可当这是建功立业的好机会。他这是恨你不求上进呢！不过他刚才有句话说得对。”

这时候苏渐忽然神色一肃，对唐求肃然说道：“军令如山，虽然你我是同学好友，该照顾会照顾，但始终不要忘了，我们现在是在玄武卫中效命，为国尽忠，涉及公务，你可不得儿戏。”

“知道啦知道啦。”唐求跟苏渐连声告饶，“这道理我怎么会不懂呢？好歹我在学院的毕业成绩还拿到中上呢，你可不要小看我啊。哎呀，你瞧，亚飒这小子跑得真快啊……不行，我得去追！”

话音刚落，他也扬鞭催马，去追前面的亚飒去了。

“这小子！”看着他打马而去的背影，苏渐摇摇头，无奈地想道，“胖子啊胖子，真不是小看你，这乱世中的腥风血雨，岂是灵鹫学院中学到的那点东西能解决的？”

“不管怎么说，”看着前方二人你追我赶的身影，苏渐在心中暗暗道，“不管任务完成得如何，这回红焰晶海之行，我一定要把你二人都平平安安地带回去！”

红焰晶海，作为风暴之墙最重要的军资火晶来源，毫无疑问是国之重地。

红焰晶海是天然的晶泊大湖，位于京华城东南方向八百里处，正处在华夏国与云山国的交界处。

从高空俯瞰，便知红焰晶海呈枫叶之形，北部约三分之二在华夏境内，其余属南岸云山国。

因为红焰晶海的缘故，其周围的地貌大都呈红色，就如丹霞染成一般。正因如此，时人也称这样的地形为“丹霞地貌”。

晶海之北有丹丘山，山上筑丹丘城，属华夏国管辖。

和南岸云山国界内的云浮山脉相比，晶海北岸的丹丘山并不高。但除此以外，整个海北平原无险可守，丹丘山已算是难得的制高点，因此华夏国还是以它为依托，筑城丹丘，俯瞰整个辽阔的海北平原。

又有流霞川自晶海而来，水色彤红若丹，绕丹丘之西蜿蜒而过。

约四十里后，流霞川分蘖为无数溪流，散入海北平原。

天晴之时，若于丹丘城中西望，便见流霞川中如有红霞流动，浮光跃赤，宛如仙女的霞光衣带。

红焰晶海的南岸，便有云浮山脉巍然耸峙。顾名思义，云山国多险峰高山，在这红焰晶海一带就体现出来。

云浮山脉方圆四百余里，其最高峰云浮山，就如擎天柱般，巍峨耸立于晶海之滨，俯瞰着整个晶海。云山国负责守卫晶海的云浮城，便筑在云浮山上。

红焰晶海的南、北、西三侧，都是人族的领地，风物平和，但在东方的炎风原地带，却凶险非常，妖物横行。

炎风原中晶灵时代遗留下来的秘境幻火宫，就被嚣张残忍的火妖族占据，成为整个晶海地区的不安定因素。

至于唐求满脑子想着的红晶族，则散落在整个红焰晶海和流霞川流域。

作为晶灵时代遗留下来的晶灵族后裔，红晶族性情相对温和，而且确如唐求所说，红晶族中尤其出美女。

总体上，红晶族能够与人族和平相处，但和火妖族则是死仇。

千百年来，残忍的火妖族养成了在红晶族栖息地猎奴的传统，有时候甚至会生食红晶族的幼儿。

而从红晶族的角度，那幻火宫是他们晶灵族的遗产，甚至有传说表明，那就是他们红晶族祖辈在上古晶灵时代的居所。

所以祖产被火妖族占据，红晶族的心情可想而知。最近几百年来，他们无时无刻不在想着击败火妖族，夺回幻火宫。

只是很可惜，相比战斗民族火妖族，红晶族虽然是天生的火灵法术好手，但毕竟还是比不上火妖族的凶暴。

所以这几百年来，他们不仅没能夺回幻火宫，反而损兵折将，被火妖族逐步通过猎奴侵蚀其领地和人口。

眼看着不仅千百年的使命没能完成，就连族群的生存都成了问题，红晶族长赤阳就十分焦急。

本来此事确实已经看不到任何希望，谁知道二百多年前，凶猛龙族汹涌而来，横扫神州大陆，以至于让人族大溃退到此地。这对人族是坏事，但却给红晶族带来了意外的希望。

当华夏国和云山国溃退至红焰晶海地区，稳住阵脚后，便开始清理和征服原住民。

红晶族性情友善，再加上看到人族的文治武功，种种文明确实超出自己很多，也就很快服气，开始和人族军民交好。

而那火妖族却是桀骜不驯，怎么会服人族？尤其在他们眼中，人族还是溃退至此的残兵败将呢！

只是让晶海各族完全没想到的是，几次大战下来，原先在晶海地区不可一世的强大火妖族，竟然被这群败军打得落花流水、溃不成军！

于是火妖族不仅不能像原来那样统治整个红焰晶海，最后他们只能屈辱地逃入幻火宫老巢，最多在周边觅食，完全没有了当年红焰晶海第一族的气势。

见老对手竟然不堪一击，红晶族怎么会不喜出望外？

因此以族长赤阳、长老赤光为首，红晶族自此便定下与人族交好的策略，希望能借助人类王国的力量，来扫除火妖族，夺回幻火宫。

本来他们这样的策略，还比较奏效。

尤其在献上红晶族“特产”美女之后，华夏国历任晶海行营大总管，都会帮忙出兵剿除出来骚扰红晶族的火妖余孽。

只是，不知道怎么回事，当五年前新一任行营大总管阮天择来了后，红晶族却发现，这位人族新总管态度暧昧。即使他们奉上了财宝美人，这阮天择也只是出工不出力，随便应付了事。

如果只是表面这样，也就罢了。让红晶族上下真正心惊的是，几次接触下来他们发现，和历任总管不同，这位新总管对红晶族竟然持的是藐视的态度！

并且红晶族通过更深层次的消息通道得知，这位阮天择，竟然好像更欣赏那个凶猛善战的火妖族！

这一来，红晶族上下惊恐不已，似乎已经看到了本族的末日。

与此同时，原本蛰伏的火妖族，异动却越来越频繁。

这些凶暴的妖物，忍气吞声蛰伏了这么久，已经积蓄了足够的力量和仇恨。现在有了阮天择的绥靖态度，他们对红晶族领地的袭扰，已经越来越频繁和猛烈了。

所有这一切，据说不仅有华夏宰相在做推手，更可怕的是，背后还很可能有龙族的影子势力渗入推动！

而在这片神州大地上，如果说有什么是真正的威胁，那就是被人族视为万恶之源的龙之帝国。现在，连他们也出手了，这事情的严重程度可想而知。

所以说，这时候走马上任的苏渐，还不知道自己已然被架在一个随时可能爆炸的火药桶上！

这不，苏渐带着众兄弟，上任途中还没接近丹丘城，就碰上一件事。

这时候，他们已经远远地望见丹丘山了。

唐求这时正在兴奋地说着“望山跑死马”的道理，却忽听亚飒用一种不同寻常的语调，急叫道：“苏渐，唐求，你们快看那里！”

“那儿怎么了？”唐求顺着亚飒手指的方向看去，只见前面平原上风吹草低，好像有些人在前后追逐。不过因为离得远，却看不太清脸，只看得见后面追逐的几个人，好像穿着华夏国的盔甲战袍。

“也许是丹丘城的驻军在打猎吧。”唐求不以为然道。

“不对。”这几人里面眼神最好的亚飒道，“我看见那几个华夏国兵将，似乎在追逐什么人。”

“哦？”苏渐一愣道，“我们快过去看看！”

他心说，此行前来红焰晶海，正要看清复杂局面下隐藏的寒流真相；现在有人抓人，并不寻常，得赶紧过去看看，说不定能看出什么蛛丝马迹。

怀着这样的心思，他立即催马向前，带着众人往那边赶。

快马加鞭之下，也没过多一会儿，他们就赶到事发地点。

本来还觉得是不是自己想多了，但真正赶到近前看清楚后，苏渐大吃一惊！

原来，从后追赶之人，果然是华夏国兵将，但被追逐的猎物，竟然是几个妇孺儿童！

当然不是说，这些“猎物”里本来没有男人——苏渐目光一扫，赫然看见附近有几个男子已经中箭躺卧，他们眼睁睁看着自己的妻儿被追逐围捕，却只能发出悲痛绝望的哀嚎。

“原来是红晶族人！”

现在已经靠得很近，苏渐终于看清，原来本国兵将们追逐的，看体貌形态，应该就是栖息在这一带的红晶族人。

对他们，苏渐本来也只是看过资料里的描述；现在亲眼一见，那些红晶族人果然肤白透红，如红髓白玉，体态修长，姿态轻盈，异于人类。

就在这片刻打量间，前面那几个被追逐的红晶族妇孺，又有几个被华夏士兵扑倒在地。她们的脖子上立即被套上了绳索，打成活结，几个人串成了一串。

这样的手法，苏渐一看就知，十分毒辣。

如果被抓的人里面有谁想逃，只要不是所有人同时都想逃并且步伐一致，一定会把大家全部勒死。

大部分红晶族人被抓后，剩下的只有一个女人和一个男童还在拼命地奔跑。

从他们相互照应、仓皇呼喊的情形来看，苏渐知道他们俩应该是一对母子。

这时候追逐他们的，却也只有一人，看起来正是那个为首的华夏将领。

看战袍服饰，他应该属于参将一级。他的身形颇为高大，满脸横肉，还留着浓密的络腮胡子，一看就十分凶恶。

当他在追逐时，他的属下此刻都停住了脚步。

很显然这样的追逐猎奴不是头一回，他们对头儿的心思一清二楚。这时只剩下一对母子，那年轻的红晶族母亲还颇有姿色，明显看得出将军大人两眼直冒火，那他们还都不心领神会？

于是这会儿他们都住了手，一边在一旁看着俘虏，一边嘻嘻哈哈地给将军叫好助威。

被下属们一阵欢呼起哄，那粗豪参将更加兴奋，双脚甩开了大步，如一阵旋风般冲上前去。

可怜前面那对母子，虽然有求生欲望支撑，发挥出两三倍的潜力，但毕竟身小力弱，怎跑得过强悍健壮的行伍之人？

很快那参将便追到他们身后咫尺之地。

这时候粗豪参将根本不管小男孩，眼里只有那个美貌的红晶族少妇。追到近前时，他见小男孩挡路，立时手臂一扫，就将男童打横撞飞，然后一个虎扑，就将那红晶族女人扑倒在地！

可怜这红晶族女子，听到儿子惨叫，心神震颤，刚想回头看时，却已被如山一样的参将压倒在地！

不知是否久在边境之地镇守，这华夏参将也变得放荡不羁。看他接下来的举动，好像竟然就想在这野地里将红晶族女子奸污！

看得如此，苏渐十分震惊。还没等他们几个反应过来，正趴伏在女子身上乱扯衣服的参将，却猛然间“嗷”的一声惨呼。

还没等苏渐看清怎么回事，那参将怒吼道：“小兔崽子！敢咬你华夏大爷！”

话音未落，他反手猛力一扇，就将那扑上来救母的小男孩，扇出去一丈多远！

“嘿嘿！”这时候参将站起身来，扭头朝小男孩嗜嗜怪笑道，“嘿嘿，想救你妈？那我就让你后悔一辈子！”

“本来本将军还只是想玩玩她，能留个活口。你倒好，咬老子一口，真是个小狼崽子，那我也没必要把母狼留下了！”

说着话，他抽出腰刀，高举过顶，准备朝地上的红晶族女人劈去。

“不——”无论是母亲还是孩子，这一刻齐声凄厉惨呼。

这时附近那些军士，有的继续嘻嘻哈哈看好戏，有的也不忍目睹，转过头去。但他们之中，并没有一人挺身拦阻。

眼见着就是一桩人间惨剧。凶悍残暴的华夏将军，已经举起了屠刀，朝地上娇弱的红晶女人狠狠劈下！

只是下一刻,并没有出现意料之中的鲜血四溅;相反还有一团赤红火球呼啸而来,“轰”一声爆响,正砸在参将的手臂上!

这一剧变,出乎所有人意料!

“啊呀!”参将一声杀猪般的惨嚎,腰刀脱手飞出!

这时候别说砍人了,他整支胳膊都被火球烘得焦黑,就像只烤煳了的猪肘。

第四十二章

心狡如狐

“不好！”见得如此，无论是参将还是附近他的手下，第一反应就是，他们的猎奴行为终于惊动了红晶族，他们族中的法术好手来救援了！

“小的们，快——”还没等参将说出杀光来犯蛮族的命令，他那庞大的身子忽然就打横飞起，就像刚才被他扇起的红晶族小男孩一样，飞出去有一丈多远！

“胖子，”正当众人愕然之际，现场忽然响起一个清越的声音，正有些埋怨地说道，“我让你把他揍趴下，可你这锤也太狠了点，直接把人打飞啦！”

“不好意思，”答话之人嘴里说“不好意思”，可丝毫没道歉的意思，反而得意扬扬地说道，“谁叫我唐求最看不起对美女用强的混球呢！”

“再说了，刚才你那道‘熔火球’，我可也没看出来分毫保留啊！”

“不是我说你们，”这时候现场忽然又响起一个阴郁低沉的声音，“你们啊，对力道的控制都不好，如果换我出手，只叫毒牙双环啃他两口，然后接下来大半年里，他每逢刮风下雨，关节里都有如万蚁攒动，慢慢消磨，岂不是更好……”

“你、你们，究竟是什么人？！”这时候，无论是摔个狗啃泥的参将，还是陪他一同来猎奴的军士，全都反应过来；他们又惊又怒地盯着这一群不速之客，大声喝问。

“什么人？”这时为首的那个清俊少年，忽然一扫刚才嬉笑怒骂的模样，愤声高呼道，“我乃苏渐，玄武铜徽卫，正是红焰晶海新任观察使！”

“观、观察使？”这时候那参将已爬了起来。

这会儿他清醒过来，低头看看自己被烤煳了的胳膊，顿时暴怒吼道：“什么狗屁观察使！怎么管到你庞爷爷头上了！”

“庞爷爷？”苏渐不冷不热地说道，“这名字倒稀奇。”

“狗屁！老子叫庞玉，正是红焰晶海行营大总管——”庞参将还没说完，便见那胖子唐求猛然惊叫起来：“什么？！刚才意图光天化日强暴良家妇女之人，竟然是咱的晶海行营大总管？”

“狗屁！”庞参将再次吼出口头禅，“哪来的死胖子？你听话能不能听完？刚才光天化日意图强暴的，分明是大总管麾下的参将——呸呸呸！”

这时候，庞参将也终于意识到唐求话语中的陷阱，顿时暴怒非常！

只见他大踏步上前，挥起醋钵大的拳头，就想像往日那样要横揍人。

这一刻，原野里的空气都好像开始颤动，旁观者如同快要窒息一样。

就在这令人窒息的气氛中，那一对红晶族母子，也是惊恐莫名。

这时候他们倒不仅仅是担心苏渐这几人的安危，而是非常地疑惑：

“人族里不都是穷凶极恶之徒吗？怎么还会有人出手救人？还和这位看起来十分强大的将军，起了冲突——这几个好人，能打得过吗？”

他们的疑问，很快有了答案。

习惯要横揍人的庞玉庞参将，看着苏渐几人一副好整以暇、就等着他出手的模样，顿时心里一惊，本能地就把拳头放下。

说到这个，不得不赞一赞庞参将果然身经百战，虽然品格恶劣，但在沙场上摸爬滚打多年的结果，就是让他养成了对危险近乎本能的反应。

很显然，他已经嗅出了莫大的险情。

他心中很快就判明，眼前这三个少年，别看左边那个胖乎乎拎着大锤吓人，也别看右手那个惨绿少年一副阴柔蔫坏的样子，但真正危险的，还是中间那个只是挂着淡淡笑容的少年。

战场养成的直觉告诉庞玉，左右那俩哼哈二将都好说，中间这位清秀少年，可真会谈笑间杀人！

如果这会儿让苏渐知道庞玉的想法，说不定苏渐还真会很高兴，认庞玉为“知音”。在尸山血海中趟过后，此刻面对暴行，苏渐的状态还真和庞玉猜想的差不多。

不过虽然庞玉一时不准备动粗，但不等于他服软——笑话！有行营大总管庇护，在弱小异族面前横行霸道惯了，这位跋扈将军怎么可能就这么低头？

所以虽然暂时不准备武斗，他可没放弃文攻。只听他嚷道：“不行！我庞玉好歹也是华夏朝正牌参将，就算你们是玄武卫的人也管不着！”

“你们现在出手打伤我，我不服！我们一起去见行营大总管评评理！”

“什么？不服？”唐求也吼了起来，“我大哥他是晶海观察使，整顿风纪本来就是他的职责；什么大总管，你说要去见我们就去见？我们——”

“行，我们去见。”苏渐忽然拦住胖子的话头，不动声色地看着庞玉道。

“好！果然爽快！”庞玉阴恻恻一笑，转身便朝对面那座小山丘走去。

见庞玉如此，苏渐抬头往对面小山丘上一望，这才发现那小丘山坡上，有顶绿绒伞盖，伞盖下几个随从在旁簇拥，正中间端坐一人。

“看来，那就是行营大总管阮天择了。”苏渐朝两个同伴道。

“大哥，你怎么能答应他去见那劳什子总管？”唐求低声埋怨道，“咱们哥仨初来乍到，就这么去见，不是灭了咱们的威风吗？”

“不妨。”苏渐摇摇手道，“迟早要见，不如立刻就见。另外，我们此行，重点不是有没有威风，而是要办成事。”

“胖子，苏兄说得对。”亚飒道，“也许，这个场合相见，反倒可以给那个大总管一个下马威呢。”

“咦？对啊！”唐求想了想，便乐了起来，“哈，你还别说，想一想，还真是。那咱哥儿几个，走吧！”

正当苏渐抬脚想走，却忽听得附近有人虚弱地说道：“恩公，敢问您叫什么名字？奴家回去好给恩公立长生牌位……”

苏渐闻声回头一看，见自己刚救下的红晶族女子，正从地上艰难地站起来，期盼地看着自己。

在她旁边，那个还不怎么懂事的小男孩，这时也一脸崇敬感激地看着自己。

见得如此，苏渐抱一抱拳，朗声说道："好男儿行侠仗义，不过分内之事！"

这时所有在场之人，都以为他要说"名字什么的不足挂齿"，谁知他却话锋一转道："但是呢，'做好事要留名'，一向是我苏渐的原则！哈哈，我就叫苏渐，苏醒的苏，渐渐的渐，大姐你别记错了。我苏渐现在正是玄武卫新任的红焰晶海观察使！"

"啊？！"有些奇怪的是，这红晶族女子听了，第一反应竟是一惊，转而神色变得十分哀伤。

"嗯……"她喃喃道，"那，更要给苏渐恩公立个长生牌位了，因为……"

说到这里，她欲言又止，然后便拉着幼子，转身踉跄而去。

"咦？她这是什么意思？"苏渐看着她远去的背影，一脸茫然地问左右。

"很简单，"亚飒有些忧心地说道，"肯定是她知道，你这职位啊，在红焰晶海活不久，正好早点把灵位立起来，将来祭拜，方便。"

"啊？！是这样吗？"苏渐大吃一惊。沉默片刻后，他忽然露出一丝笑容，远眺着山坡上那群人，有意无意地说道："既然如此，那咱就试试吧！"

话音未落，他已转身飞身上马，一马当先地朝远处那片山坡冲去。

按理说，行营大总管，好歹是晶海地区最大的官员，哪怕苏渐和他不是一个体系的，这时候也要表现出起码的敬意。

只是不知道是因为刚才目睹庞参将的暴行，还是其他什么原因，苏渐这会儿冲近大总管的伞盖时，竟是一副气势汹汹的样子！

只见他策马飞奔至山坡前，并没有减速下马，反而扬鞭催马，继续向山坡上飞驰。

见他如此，那行营大总管的亲随护卫们，立即一个个如临大敌，不停地紧张喝骂，想让苏渐赶紧勒马。

只是苏渐充耳不闻。

当他纵马山坡上，一片喝骂声响起后，他却反倒双腿一夹，那坐骑白马吃了痛，"唏溜溜"一声凄厉嘶叫，便如闪电般向山坡上方冲刺！

眼见如此，那些护卫更加惊慌，连忙各出兵刃，就要上前阻拦。

这时候，那绿绒伞盖下的行营总管阮天择，却是毫不惊慌；他不仅摆手喝止了护卫的躁动，自己还一副好整以暇的样子，饶有兴味地看着少年纵马而来。

他那眼神，就好像在专心致志地观察马术，哪怕下一刻自己被奔马踩死，也好像毫不在意。

见他如此，护卫在心中佩服的同时，也忍不住腹诽："总管大人啊，这时候可不是摆姿势出风头的时候。您再不避让，恐怕连命都没了！"

不过他们很快就发现自己错了。

那苏渐气势汹汹纵马而来，看似要马踏总管伞盖，谁知就在还有三丈多距离时，他却一拉缰绳，猛然勒马。

狂奔的骏马，被他一勒，借着惯性又猛冲出一段距离，正当众人齐声惊呼，以为要撞到阮天择时，那白马却已是势尽，马蹄收住，戛然而止。

这时众人一看，却见那苏渐连人带马，正好在阮大人前方三四尺的距离！

一下子，众人冷汗直冒，不约而同在心中狂叫："疯子！疯子！这两人都是疯子！"

这时候别说他们了，就连和苏渐同来的唐求和亚飒，也面面相觑，心中不约而同想道："苏渐他想搞什么？难不成，他刚才真想纵马踩死阮天择？"

正当大家胡思乱想之时，却见苏渐飞身下马，冲阮天择一抱拳，朗声说道："在下苏渐，新任玄武卫红焰晶海观察使，见过阮大总管！"

"不必多礼。"原本面对奔马也傲然不动的阮天择，这时却连忙站起身，朝苏渐拱手回礼。

"不错不错，"阮天择打量着苏渐，赞道，"果然英雄出少年，本来想着新任观察使会是什么长者，没想到这么年轻啊。"

"不敢。"苏渐抱拳道，"后生小辈，初出茅庐，还望阮大人今后多多指教。"

客气寒暄时，苏渐仔细地打量着阮天择。他看到，这位风头极劲的晶海大总管，也不过二十七八岁的年纪，面白须短，虽然模样端正，但总让人觉得有种阴柔苍白之感。

稍一打量，苏渐便一指阮天择身旁的庞玉，一改刚才语气，冷冷说道：“阮大人，刚才这位庞参将，横行不法，正被在下当场制止。不过看他表现，颇有不服，想必刚才已经跟阮大人告过状了，不知大人如何评判？”

“臭小子！”庞玉闻言一下子就蹦起来，大怒道，“好哇！你打伤我，还恶人先告状！阮大人，请您给小的做主啊！”

“做主？”阮天择看向他，“做什么主？”

“呃？”庞玉没想到主子会这样反应，一时愣住。

不过他很快反应过来，忙举起那只被唐求火球烤煳的胳膊，献宝似的使劲摇晃：“大人大人！属下这胳膊，就是被这一伙人烧伤的啊！”

“是吗？”阮天择看了看，沉吟道，“这海北之原，近红焰晶海，常有地火冲出，你这手臂，或是被突如其来的地火烤黑，也未可知。”

他这话一出，别说庞玉惊愣当场，就连苏渐几人也十分愕然。

“果然老辣。”苏渐暗暗点头，但并没有见好就收。

他一副不依不饶的样子，又叫道：“阮大人，刚才在下看见庞参将，在山下欺凌红晶族人，行径十分凶恶，恐伤我华夏善待小族之美誉。”

“这样啊……”阮天择微一沉吟，然后便笑道，“苏观察，可能你刚来此地，民风不熟。其实刚才这些红晶族人，行为不法，来海北平原偷采偷猎，故派庞将军前去制止。这个命令，倒是我阮某下的。”

“原来是大人的命令，那属下就管不了了！”苏渐明显带着火气说道，“那苏某便和众兄弟们，去丹丘城中上任去了！”

“行。要我派人领路吗？”阮天择好似对少年的火气视而不见，反而关切地问道。

“不必了，我玄武卫还是认路的。”苏渐拱一拱手，很不给面子地回绝。紧接着他就转身跳上白马，打个手势，带着亚飒、唐求等人纵马呼啸而去。

“混账！”看着他们的背影，庞玉咬牙切齿道，“真他娘的嚣张！”

“嚣张好，嚣张好。”阮天择看着苏渐等人的背影，意味深长地说道。

“大人！”等人走了，庞玉就开始叫屈了，“大人您可要相信属下，刚才分明是他们偷袭我的呀！”

“我知道。”阮天择道。

“啊？”庞玉目瞪口呆，“那大人您刚才怎么……”

“哈哈哈！”一直沉稳如水的阮大总管，忽然间放声大笑！

“庞将军，你难道不应该高兴吗？”阮天择愉悦道，“你刚才都看见了，玄武卫不仅派来一个乳臭未干的毛头少年，竟然还是一个耿直粗莽之徒！”

“有句话你没听说过吗？‘峣峣者易缺，皎皎者易污’，这种人，必斗不过我！”

“大人高见！说得好！说得好！”虽然没听明白阮天择引用的话，但庞玉还是挑起大拇指称赞不已。

不过正因为挑起大拇指，又引动他胳膊的伤势，疼痛之下庞玉又忍不住道：“大人，可是他刚才……”

还要诉苦，却被阮天择摆手打断：“庞参将，刚才那句话你未必理解，但有句话你一定知道。”

“什么？”庞玉咧着大嘴问道。

“‘小不忍，则乱大谋’。”阮天择阴阴说道，“这点外伤，算什么？忍着点。小心别坏了宰相大人交代咱的大事。若弄砸了，咱谁都好不了。”

“属下不敢！”见阮天择搬出了宰相，哪怕庞玉这位跋扈将军再不乐意，也只得生生地把这口气咽下了。

只是，庞玉这样的悍将，何曾像今天这样吃过亏？

不管顶头上司怎么说，反正他对苏渐三人的仇怨，是深刻地结下了。

他这心理活动，阮天择看在眼里，但并没有怎么往心里去。和庞玉相反，阮天择现在的心情可真叫高兴啊！

本来他觉得，原先使手段，让玄武卫前任观察使死不见尸、活不见人，还以为玄武卫新派之人，会更加老辣精干。但没想到，今天一见，竟来了十七八岁的小娃儿，行事还那么鲁莽沉不住气！

不过他转念又一想，十七八岁的小娃，不就是容易鲁莽沉不住气吗？

想到这里，他对苏渐这人，是彻底地瞧不起了。

就在阮天择得意轻视之时，苏渐也正策马往丹丘城赶。

很自然的，亚飒和唐求，对刚才苏渐和平时判若两人的表现，提出了疑问。

不过苏渐却没正面回答他们。他策马飞奔，目视前方，专注地盯着那越来越近、红光冲天的晶海。

过了好一会儿，他才回头微笑着跟两人说道："经历刚才之事，我想那阮天择，必以为我是鲁莽之辈！"

一听此言，唐求还有些茫然，但亚飒立即心领神会。

他没有说什么，只是骑在马上，隔空向苏渐挑起一个大拇指。这情景，倒和刚才庞玉对阮天择表现得差不多。

"唉，其实我也不想这样。"苏渐忽然慨然道，"来之前，我已查过这位阮总管的资料。"

"阮天择本来也是一位有志青年，因为自幼淬炼一身惊人武艺法技，便立志要考中武状元。

"谁知到最后，却被豪门买通监考，本是状元之才，却被贵族子弟挤落，只得了个第三探花之名。

"本来得个探花，在一般人眼里也就算很不错了。但谁能想到这位阮天择心气忒大，武状元没当成，一气之下竟是弃武从文，投靠了朝中权贵。

"谁知他运气真不好，这位权贵没多久又被咱的司徒宰相给斗垮了。于是这阮探花，又立即投靠了宰相。此后这人智谋出众，逐渐出人头地，被称为'玉面狐'，和'神戟将'萧龙雀两人一文一武，成为宰相大人的左膀右臂。"

"哎呀！"唐求听到这里，惊叫出声道，"这可不妙啊！阮天择武艺、智谋高超也就罢了，这听起来，他还很没节操！这样的人，不好对付哇！"

"是啊，"这时连亚飒也认同唐求的观点，忧心忡忡地道，"苏兄啊，以前那曹良、刁正、高敞、狄子默、吴山云，都被你斗垮，但还真别怪我和唐兄弟长他人志气、灭自家威风。刚才山坡一见，我觉得阮天择这人，比之前那些人高出何止一截啊！"

"话是这么说没错，"苏渐神色也变得凝重，"阮天择此人，文武双全，狡诈如狐，自然十分难对付。所以来之前，我已做了充分功课。一开始也很头疼呢，不过最后我想通了：这样的人，也不是完全没有弱点。”

“什么弱点？”亚飒和唐求好奇地问道。

“没原则。”苏渐道，“你们看他种种履历，便知此人虽然智力超凡，但为人毫无原则。”

“虽狡诈，但多变，也许在别人看来，这是他难对付之处，但依我苏渐看来，一个没原则的人，纵然一时投机得意，最终也是做不成真正大事的。”

“说得好！”唐求率先鼓掌道，“虽然听起来没什么道理，但难得苏渐你这份鸡蛋里挑骨头的劲头，倒是颇能鼓舞咱们的士气！”

“胖子，你别冷嘲热讽了！”作为苏渐最忠实的信徒，亚飒虽然也认为苏渐说得太玄乎，但还是再一次毫无保留地站在他这一边，“不管怎么说，这世上没有完美的人。苏兄说他有这个缺点，那他就有。”

“好吧好吧，”唐求无语地看着他，“咱先别说这扫兴的人了，赶紧赶路进城吧，我的肚子都饿了！”

此后他们这些人，一路奔上丹丘城，在城中玄武卫驻地安顿下，也不必细说。

来到丹丘城，本来苏渐还想多走访走访民间，了解下本地风土人情，特别是想去红焰晶海边看一看那里的火晶熔炉，谁知道才第二天，那阮天择便已派人来找他去议事。

听到这消息，亚飒笑道：“苏兄，难道那阮总管，对你这般看重吗？”

“怎么会？”苏渐也笑道，“昨天已经给他留下那么一个‘好’印象，想必他已经迫不及待想要动手了。”

“啊？！”唐求闻言惊恐道，“难道那厮想在议事厅埋伏下刀斧手，等你一去就砍了？”

“不会的。”亚飒断然否定道，“如果真那样，就不叫‘玉面狐’了。”

“就是！”苏渐笑道，“哈，都别替我担心，好歹我也是玄武卫冉冉上升的新星嘛。我过去见招拆招即可。”

等苏渐赶到城南晶海行营议事厅时，便发现，整个议事厅气氛紧张，除了庞玉庞参将，还有几位将领在场。

“难道议的竟是战事?”苏渐心里嘀咕道。

正想着，那阮天择已经十分热情地迎上来，嘘寒问暖道：“苏观察，昨夜休息得好吗?初来边地还习惯否?来来来，我给你介绍一下其他同僚。”

很快，阮天择就将这议事厅里的人，替苏渐一个个介绍过去。

作为玄武卫的精英，苏渐对阮天择的人物介绍，可谓过目不忘。其他人还罢了，有个人引起了他的注意。

这人叫步凌空，乃青龙军在红焰晶海驻军的首领，军职为折冲都尉。

苏渐看得分明，这步凌空一表人才，不仅身材高大，脸型方正，眉眼还颇为英俊，配着一身战袍戎装，显得英气勃勃。

作为玄武卫之人，苏渐通晓不少杂学。他一看步凌空的样貌，便联想到相面之术。按华夏古老的相面之术来说，步凌空这长相，一看就是方正不阿、坚毅果敢之人。

“试玉要烧三日满，识人须待十年期。”在玄武卫摸爬滚打这么久，苏渐还不至于幼稚到按第一眼印象以貌取人。不过，步凌空现在的年纪和职位，已经足以引起他的重视。

很明显，看步凌空的样貌，也和阮天择一样，不过二十七八。

说起来，阮天择做到了晶海行营大总管，不仅官职比步凌空显赫，步凌空平时也要受他的辖制。但如果熟知现在华夏国的兵制，就会明白，作为折冲都尉的步凌空，以这个年纪混到这个地步，绝对不比阮天择差。

现在的华夏国，虽然分为四灵军团，包括主力军团青龙军、骑兵军团白虎军、法师军团朱雀军、侦缉衙门玄武卫，但对前两个人数最多的军团来说，层级架构仍继承了华夏朝立国之初的府兵制。

就拿青龙军来说，自军团元帅以下，又分为五百折冲府。每一折冲府设折冲都尉一名，左右果毅都尉各一人，长史、兵曹各一人，每折冲府有兵一千二百人。折冲府之下则为团，每团设校尉一名，有兵三百人；团之下为队，每队设队正一名，有兵五十人；队之下即为火，每火设火长一人，手下管十人。

由此可见，折冲府是青龙军级别很高的军事单位，步凌空作为其首脑“折冲都尉”，实力和地位可想而知。

所以，在阮天择介绍总管议事厅中各人之时，苏渐着重记住了此人，并且更加热情地与他行礼寒暄。

苏渐这么做，看上去只是一次简单的初相识，看起来还有些势利，但实际上，这么做对他极为重要。

在已知本地一把手很可能是晶海风波背后的推手后，作为势单力薄的玄武卫观察使，苏渐不得不抓住一切机会，拉拢地位相对显赫的青龙驻军。

当然，看着他这样卖力地套近乎，那阮天择心里却是一声冷笑。

他暗想道：“小子，就凭你还想拉拢步凌空？却不知这厮正直过了头，年纪不大，却为人固执。难道本总管以前没拉拢过？只是几乎所有招儿都使过，这厮却依旧油盐不进！”

“他这性子，说得好听像个闷葫芦，说得不好听，那简直就是块茅坑里的臭石头！”

心中咒骂，但阮天择表面却丝毫不动声色，反而满面笑容，十分热情地帮衬道：“步都尉、苏观察，你们以后都是同僚，多亲近亲近！”

说完这句话，他就面容一肃，咳嗽一声，道：“那诸位同袍，我等就开始议事。”

说是议事，其实苏渐接下来听听，就是阮天择自己在那儿布置任务。

只听他道：“步都尉，今日我得火晶熔炉工场主事刘达刘大人来报，近两月来工场出产情况不错，已积得不少火晶。计有：上品火晶五十枚，中品火晶四百枚，下品火晶一千二百枚。既如此，本总管便须安排运送事宜。”

当他刚说到这里，折冲都尉步凌空忽道：“大人，既然只是运送事宜，何须叫末将来？按常例送一令牌给我即可，我会安排几火人随车而行。”

“不不不，”阮天择摆摆手道，“步都尉不要着急，如真是如此，确实不劳都尉大驾。其实这一回，本总管想行‘一石二鸟’之计。”

“一石二鸟？”步凌空一愣，“末将愿闻其详。”

“是这样，那炎风原的火妖族，近来活动越来越猖獗，几乎有燎原之势。对此局面，本总管夙夜忧心。上午听闻刘主事来报火晶之事，我便心生一计，愿与诸位考较其详。大家请看——”

他转过身，在议事厅中堂一侧的地图上，一边用手比画，一边说道：“运送火晶，我们常走路线，乃是从海北之原绕一大圈，费八天工夫才能送达风暴之墙。费时绕远，咱们都知道这是为什么。”

“是，”步凌空沉声接道，“这是为确保万无一失。虽然从海东炎风原走更近，但是——”刚说到这儿，他忽然一惊，脱口叫道，“难道阮大人这回是想让辎重车队走炎风原?!”

“聪明!”阮天择一击掌，赞道，“不愧是二十四岁就荣任折冲都尉的豪杰！本总管还没说，你就猜到了我的计策。”

“真是这样啊……”步凌空似乎根本没听到阮天择的赞扬，反而陷入了沉思。

看着他凝重的神色，苏渐意识到什么，便开口道：“阮大人，看步都尉的反应，是不是炎风原之路比较危险?”

“不是比较危险!”阮天择亢奋地叫道，“是非常危险！但又如何？我要的就是这样，否则如何诱敌?”

“难道……”这时候苏渐也完全明白了阮天择的意图，“原来大人您是想以火晶为饵，诱火妖族来抢，然后布以重兵，一举歼灭!”

“聪明!”阮天择再次一击掌，哈哈大笑道，“好，很好！我们红焰晶海的行营里，又多了一个聪明人。不错，本总管计策正是如此。”

“大人，”正当阮天择说得十分兴奋时，步凌空沉静的声音却又忽然响起，“大人，您的计策不错，但需要不少兵马。而末将麾下的折冲府兵，因为最近守卫任务频繁，已经陆续被总管您抽调不少，因而现在手头能用的，算足了也不过两百之数。这个数目，对上火妖，恐怕只能承担得起诱敌任务，没有余力围剿了。”

“不妨。”阮天择一副胸有成竹的样子，“步兄这样的兵力，本总管已经知之甚详，根本不妨事。”

“嗯?”步凌空剑眉一扬，便要质疑，却听阮天择一摆手道：“步兄啊，你这兵力不足的情况，也是我计策的一部分啊。你想想，如果你整个折冲府兵全员出动，那火妖还敢来犯吗？根本就起不到诱敌作用。"

"你是说……"步凌空迟疑道。

"是，"阮天择笑着看着他，"做戏就要做全套。你就带这二百兵，倾巢出动，摆出一副尽了全力的样子。如果不是这样，那狡诈凶悍的火妖王，怎么会相信我们敢走炎风原？"

"至于之后杀出的奇兵，步兄不用担心，我手头有五百行营亲卫军，甚是精锐，可担此任。"

"若是如此，末将以为，此计可行。"步凌空点了点头，终于认可了阮天择的计策。

"步兄就是谨慎，"阮天择看着他，戏谑说道，"其实你不用这么担心。我阮天择没别的本事，出谋划策之事，还是手到擒来，否则怎么会被人叫成'玉面狐'？哈哈，哈哈哈！"

本来阮天择以行营大总管之尊，都拿自己的外号来开玩笑了，这时候如果是个正常人，应该也跟着附和两声，打个哈哈。

没想到这折冲都尉步凌空，闻言之后却一本正经道："阮大人，圣人曰'兵者，国之大事也，死生之地，存亡之道，不可不察也'，又云'兵危战凶'，故而末将不敢怠慢。"

"哈……你啊！"阮天择一脸尴尬，看着步凌空，一副拿他没脾气的模样。

见得如此，苏渐察言观色，心里倒是一动："咦？如果真让我查出，是阮天择受宰相指使捣鬼，那要对付他的话，一定不简单；到时候，这位脾气耿直的步都尉，是否可以借助一臂之力？"

正在想时，忽听那阮天择转向他道："苏观察，你看我这计策如何？"

刚才还在浮想联翩的少年，一听阮天择相问，想也不想立即答道："大人此计，风险极大，但收益也可能是极大的。所以，应该是个妙计吧。"

"什么叫应该是个妙计……"阮天择无奈地道，"刚才还说你俩是一对聪明人，这会儿一看，你们俩不会说话这一点，倒也很相像啊。"

"有吗？"听了这话，苏渐和步凌空不约而同地看向对方——于是矜持了这么久，这会儿他们两个，不约而同地笑了起来。

“苏老弟你别忙着笑，”计策被认可，阮天择这时心情也极好，对苏渐的称呼也变得很亲热，“这一次计策里，也需要你出力哦。”

“我？”苏渐有些莫名其妙，“大人，我只负责侦缉之事，这等运输、诱敌、杀敌之事，似与我无关吧？就算探听敌情，据我所知无论是行营亲卫军还是晶海折冲府兵，都有自己的细作探子吧。”

“哈，苏兄弟，还别说，你真不简单，”阮天择半真半假地笑道，“才来一两天，我和步都尉的底细，可都被你摸得一清二楚了。”

“不敢。”苏渐听了这话，忙道，“这些也只是常识而已，并非属下有意探听。”

“无妨。”阮天择大度地摆摆手，“侦缉有关官员军民人等，本就是你玄武卫天职，就算探察我与步都尉，又有何妨？”

“我是想说，这回诱敌杀妖之事，你也参与一下，策应自不必说，更要看看有无人族乱党，从中给火妖贼人通风报信。”

说到这里，阮天择的神色变得十分凝重：“苏兄弟，恐怕你还不知，近来本总管发现，有些血义盟、尊龙教的势力，竟跟火妖族眉来眼去。侦缉乱党，正是贵卫重责，想必苏兄弟不会推辞吧？”

“当然！”苏渐忙一躬身道，“侦缉乱党，义不容辞，这一次，我和玄武卫的众兄弟，必去！”

“好好好！”阮天择鼓掌大笑，“果然英雄出少年，想我当年像你这么大的时候，哪有这样豪气？”

阮天择这夸赞的话儿如潮水般涌出，就跟不要钱似的。但如果苏渐此时足够细心，就会看见，阮总管那对细长如狐的眼目中，正闪过一缕不易察觉的凶光！

定下行动大体方针，接下来阮天择就开始布置细节内容，自不必言。当众人领命走后，议事厅中，便只剩下他和亲信庞玉，还有一些随从。

“你们都出去吧！”很显然，庞玉有话要跟阮天择说，便挥退了那些随从。

“怎么，庞将军，”阮天择看着他笑道，“难道对刚才行动，你还有什么疑问？不就是到时候我和你率领行营亲卫军杀出，接应折冲府兵。”

“大人，这自然是没有什么疑问的。”庞玉看着自己的上司，充满疑惑地道，“大人，您应该知道末将想说什么。司徒宰相大人，不是叫我们……”

很显然这是一个天大的机密，所以即使是庞玉这样跋扈鲁莽的武将，也迟疑着没敢说出口。

“不就是削弱风暴之墙的实力嘛！”阮天择不以为意地道，“司徒宰相乃当世大才，对人弱龙强的态势洞若观火，这种情况下，求和才是上策！”

第四十三章

星流血野

寂静的议事厅里，阮天择说出这样惊天动地的秘密。

“只可惜啊，宰相要推行这样的国策，阻力极大，朝中也太多意气用事之辈，整天就知道嚷嚷着打翻龙族、光复神州，但这可能吗？

“所以宰相才命我在红焰晶海捣乱，让那些主战派在败仗面前无话可说。”

“对啊，那大人为何还要定下一石二鸟之计，损伤火妖族？”庞玉心直口快说道，“火妖虽然可恶，但为了完成宰相大计，他们实际上是我们的盟友啊。”

“不错不错，”阮天择看着他，赞道，“庞玉啊，你终于学会用这儿想事了。”他指了指脑袋。

见他如此说，庞玉有些不好意思地笑起来。

“你说得没错，但我这表面的一石二鸟之计，其隐含之意，对我等而言何止二鸟？分明是‘一石三鸟’啊！”

“啊？”虽然已经努力动了脑筋，但听了阮天择这番话，庞玉那点脑水儿立即就不够用了。

“嘿嘿，正好无事，你且听我细细道来。”阮天择道，“从根子上，你以为我会真的派亲卫军去接应？”

“啊？”庞玉惊道，“难道大人您竟想不派兵支援？那恐怕……”

“不派兵是不行的，”阮天择阴阴一笑，“但是，谁也不能保证接应路上，不发生点意外，那算我们迟到了行不行？”

“而火妖族那边，我会派人跟他们接头，将这次行动计划详细地告诉他们。火妖王，会知道怎么做！”

“……”听到这里，庞玉无话可说，只是默默地对主子挑起了大拇指。

“而这样一来，就能达成一石三鸟的效果。”阮天择侃侃而谈，“这第一鸟，便是光明正大地损耗风暴之墙的实力，毕竟重要的军资火晶被火妖族抢去，这样我们也好跟司徒大人交代。”

“第二鸟，便是顺便干掉这些碍手碍脚之人。想必这些人，你知道是谁吧？”阮天择阴笑一声，看着庞玉。

“自然便是那个狗屁都尉步凌空了！”庞玉叫道。

“他自然是一个，”阮天择道，“还有新来的那位……”

“苏渐！”庞玉兴奋地叫起来，“这小黑狗，死了正好！不过，大人您不是说他是鲁莽之徒，不足挂齿吗？”

“可他打了你，”阮天择忽然冷冷说道，“‘打狗还看主人面’，他打的不仅是你，还是我阮天择的脸。就冲这一点，他活不了！”

“大人……”五大三粗的庞参将，听到这里，几乎要热泪盈眶了。

“你先别忙激动，”阮天择笑着看着他道，“最后这第三鸟，才是最重要的。”

“是啥？”庞玉这时彻底敬服，十分虚心地请教。

“便是那火妖族得到了重要的火晶，那实力壮大何止一大截？”阮天择豪情满怀地说道，“庞将军，实不瞒你，我阮某已决定与火妖王联盟！他们强，就是我阮天择强！”

其实庞玉跟了阮天择这几年来，听了看了这么多，对阮天择的心思，也有些心理准备。但无论听到看到什么，都比不上这时候听阮天择亲口说出，他要与死敌火妖族结盟。所以这时候庞玉所受冲击之大，可想而知。

“嘿嘿，你想不到吧？”阮天择看着目瞪口呆的亲信部将，有些激动地说道，“我的经历，你应该有所耳闻；我那十成十把握的武状元，临到手时还被人使个绊子，轻轻地拿走了。”

“什么‘阮探花’？呸！都是放狗屁！我宁愿听别人叫我‘玉面狐’！”

“当然那次事情，对我来说并不是毫无帮助。自那时起，我阮天择就明白了，要在这世上出人头地，最重要的就是权力！”

“确实是，可是……”庞玉小心翼翼地说道，“您已经是皇国最重要的晶海大总管了啊，怎么……”

“哈哈！”阮天择面容扭曲地大叫道，“大总管啊！好大啊！但这算什么权力？你还没悟到啊，在这世上，没有实力，哪有真正的权力？拥有自己的实力，才会被各方争取，任你风波险恶，我自屹立不倒！”

“所以我就是要和实力派火妖族联盟！火妖王要分享红焰晶海的产出，要将红晶族变成奴隶，我都可以给！

“我为皇上守疆土，除了一点虚名何曾得到好处？一旦我和火妖王联手，那晶海火晶任我取用，红晶族一半将成为我的奴隶！

“我连到那时的名号都想好了！什么阮探花、玉面狐，都是狗屁！我阮天择要成为‘焰海之王’！”

阮天择说到这里，几乎已经是嘶喊。

而庞玉听到这里，只觉得惊心动魄、冷汗涔涔。

不过这位残暴粗莽的武将很快就有了自己的决断——他决定追随，因为本质上他和阮天择是同一类人。

所以阮天择这番大逆不道的话，他听得却无比顺耳；阮天择因扭曲而狰狞的面孔，他看着却觉得十分顺眼。

所以最后他翻身倒地，四肢着地行了个大礼，用无比虔诚的语调叫道：

“我庞某愿效忠大人，为焰海之王大业赴汤蹈火、誓死前驱！”

他们在这边定下惊天大计，苏渐在那边却一无所知。

阮天择和庞玉互相“表白”的时候，苏渐正在玄武卫驻地的驿馆门前，和亚飒、唐求凭栏远眺，欣赏这华夏国南方边境城池的独特美景。

此时日影西斜，将近黄昏。

建立在半山腰的丹丘城，其建筑材料并未使用本地特产的赤赭石，只因其强度不够。现在整座城池，都由晶海之南云浮山脉中开凿的坚硬白石垒成。

于是，这座雪白色的小城，在红艳艳的丹丘山和红焰晶海之间，显得更加的洁净鲜明。

而向晚的日光，变得愈加的柔和。

在它的映照下，苏渐看见无论是身后更高处的馆阁，还是栏杆下方的楼台，其阴影的细节变得更加丰富，让整座城池显得格外的层次分明。

雪白的丹丘城里，还种了上千株凤凰树；此时正是凤凰花开的季节，放眼望去，丹丘城错落有致的青瓦白墙间，仿佛飘浮了无数粉红色的云霞。

偶有清风吹来，丹丘城中的凤凰花旋转飘落，宛如火凤落羽，场面唯美无比。

而更壮美的景色，来自于南方远处的晶海。

红焰晶海，本就是南方大湖，由于湖水中富含火系星辉之能，便让整片湖泊呈现出一种淡淡的火红色。

这种红色因为来自于火系星辉之能，其色彩的浓淡便和湖水的密度大有关系。

于是此时苏渐看见，当风拂湖面、晶海泛波时，便折射出迥然不同的光影。

它们或彤红，或淡赤，因风波的流动而不停变幻；从他的这个角度看去，就好像整片晶海中云霞流离，还有奇妙的火红大鱼在往来游弋。

“吴德——”似乎沉浸在美景中的少年，却忽然扭头唤那位玄武卫驻地管事。

“小的在！”一个瘦小精干的中年人，连忙上前答应。

“我问你，本观察使的前任是怎么死的？”苏渐看着他道。

“您说于大人啊？唉，”管事吴德叹了口气道，“不就是两个多月前，他被行营阮大总管派去炎风原，侦察火妖王的动向，结果就再没有回来。”

“这么说，他是死了？”苏渐问道。

“应该是死了。”吴德苦笑道。

“什么叫‘应该’？难道此事你们也未能确认？”苏渐刨根问底道。

“大人，是这样，”吴德解释道，“虽然于大人他活不见人、死不见尸，但后来几次火妖军挑衅，都把他的衣服冠帽挑在阵前，叫嚣说咱们的大官已经被他们生吃了！”

“啊？！”饶是苏渐胆大，听得吴德这么说，也忍不住脱口惊呼。

这时旁边的亚飒固然惊诧，那唐求胖乎乎的脸上，更是变得血色全无。

“唉，”这时还听得吴德一脸可惜地道，“于大人他虽然不像苏大人这样年轻，但也才三十出头，听说家中还有两个幼子，就这么活生生没了。”

“唉，想起来了，于大人他笑起来，也和苏大人您一样的明朗亲切，怎么就这么短命横死了呢……”

“你怎么说话呐？”唐求叫道，“什么叫和苏大人一样？你让咱苏兄弟和短命鬼一样，你什么意思？”

“怪我怪我！掌嘴掌嘴！”吴德一脸惶恐，轻轻打了两下自己的嘴，苦笑道，“您看，小的又说错话了。我这不会说话的毛病，什么时候才能治好？再不改好的话，我这辈子恐怕永远无法升迁，一辈子都要困在这边地小城了。”

“无法原谅！”一直沉默的亚飒，忽然开口叫道，“拥有和苏兄一样笑容的人，也遭横死，绝对不可原谅！”

“对对！不可原谅！”唐求跟着喊了两声，紧接着看向苏渐，用哀求的语气道：“苏渐，好兄弟，要不对付火妖的事情，我就不参加了，好吗？我就看家好了。”

“为什么？”苏渐不解地看着他，“来之前，不是你叫得最厉害，说要冲在最前面，把那些作恶的妖族一扫而光吗？”

“我是这么说过，可是……吃人呐！”唐求拿手在自己身上比画，表情十分忧郁，“你看我，一身肥膘，分量十足，平时还十分注重保养，肉质一定鲜美。要咱哥几个和火妖对敌，那些妖人肯定优先吃我！要不我还是不去了。”

“你说不去就不去？”亚飒冷冷地说道，“先前还赌咒发誓，要助苏兄建功立业，怎么，现在还没上场，就被个传闻给吓尿了？”

“谁吓尿了？”见是亚飒说他，唐求不乐意了，“我只是有点害怕，说着好玩嘛。难道你亚飒不怕？”

“还真不怕。”亚飒沉声说道。

“都别吵了。”苏渐道，“相信我，敢把你们带来，就必定要把你们全须全尾带回京华去。唐求你也别眨眼睛，怕死乃是人之常情，就算我苏渐胆子比你大，也不能说我不怕死。”

“你看你看！”唐求顿时来了劲，冲亚飒叫道，“连苏渐都怕死！”

“他是说，不会无谓送死。”亚飒冷冷道。

“都听我说，”见两人又要吵起来，苏渐忙道，“别说死不死的，还真不吉利。咱兄弟几个头一回一起执行皇朝任务，怎么说都要来个开门大吉。吴德，你先下去，有事再叫你。”

“是。”一直在旁边候着的管事，闻言懂事地避了出去。

目送他走远，苏渐这才说道：“亚飒，胖子，你们说说看，阮总管‘火晶诱敌’之策，葫芦里究竟卖的什么药？”

“无非行险冒进，好大喜功呗。”唐求不屑道，“我看那小白脸的样子，就知道他不是好人。拿火晶引诱火妖兵，他怎么想的？要立功也不是这么立的，火妖可真吃人呐！”

“没这么简单。”亚飒冷静道，“胖子，咱都别忘了，那阮大人外号叫啥？‘玉面狐’啊！他的想法能这么容易让咱猜到？”

“也不一定。”苏渐忽然轻轻一笑，道，“先前从议事厅里出来，我就一直在琢磨这件事。本来百思不得其解，刚才胖子一嚷‘要不我还是不去了’，我却突然有个大胆的想法。”

“哦？什么想法？”亚飒和唐求异口同声地问道。

“我在想，那阮天择，是不是也是和胖子你打的同样的主意；这诱敌战中，他是不是……也不太想去了。”

“啊？”唐求脱口道，“难道这厮也跟我一样被吃人火妖吓尿裤子了？”

“不是，”亚飒道，“我知道苏兄的意思了。那阮天择很可能假说救援，其实要逡巡不前，故意错过时机，让折冲府兵损失惨重，让那批火晶物资也丢失。”

“对！”苏渐拍手道，“别看他说得天花乱坠，看他种种设计，总觉得正想‘顺水推舟’。否则按眼下形势，实在想不出他这大总管有什么理由一定要行险冒进。”

“哎呀！”听得他这么一说，亚飒也醒过味儿来了，立即就意识到一个严重问题，“苏兄，难道说，他安排我们全程参与，也要把咱兄弟几个折在里面？”

“正是。”苏渐看着他，轻轻说道。

“妈呀！”唐求立时一声惨叫，“还真要送我们去给火妖吃啊！怕他们没食物吗？！”

“胖子，不是我吓你，”苏渐看着他道，“本来还真可能是这样。别忘了，我那前任是怎么死的。这阮天择实在可疑。”

“不过，”他话锋一转道，“既然我们已经猜到他的计划，他就万难害到我们。不管怎么样，我们只要记住一件事，就一定可以化险为夷。”

“什么事？”唐求和亚飒异口同声问道。

“那就是，任他奸计千百条，我就抓住一点：他不想干的事，咱们干！”

坚定地说完这句，苏渐忽然一笑，没头没脑地说道：“你们知道，此地有个挺有名的东西，叫‘傩舞’吗？”

“傩舞？”亚飒闻言一愣，片刻后才反应过来，“苏兄说的是那种穿戴鬼面跳怪舞，用来驱逐瘟疫之神‘傩神’的祭礼舞蹈吗？”

“对。”苏渐道。

“为什么苏兄忽然提起这个？”亚飒疑问道。

“入乡随俗嘛。”苏渐神秘地一笑，“驱瘟神，这用意好！所以过几天，我们就在炎风原中，给阮大总管演一场好戏吧！”

当苏渐说此话时，落日恰好已沉至西方的地平线。

今天是个好天气，所以漫天的流云正被落日余晖染成了鲜艳的霞彩。红焰晶海的颜色，到这时也散发出夕霞一样的颜色。

苏渐三人此时不说话了，眺目南望，正看到那红焰晶海与霞彩云天，失去了明显的边际；整个霞空与赤海上下连成了一片，如同一整片巨大的粉红绢帕，呈现出一种从未见过的梦幻奇景。

这时候的丹丘城，白石墙壁也被霞光涂满，显现出一种光润的质感，如同红晶族美女的肌肤颜色……

身在城中的这几个少年，并不知道，就在他们感叹晶海的梦幻美景时，那晶海畔的红晶族人，北望他们这座丹丘城，也如同看见落入凡间的琼楼玉宇……

就在三天后，阮天择的“火晶诱敌”计策便开始实施了。

折冲都尉步凌空，搜罗了手头所有的兵力，凑了二百来人，便护卫着火晶熔炉工场近两个月的产出，开始离开晶海，踏上炎风原。

炎风原，顾名思义，因为西边靠近火热的红焰晶海，不仅整个原野中的山石泥土呈赭红色，就连回荡荒野的风也都带着炎热的气息。

在这样特殊的地理环境下，炎风原中的草木禽兽都生得千奇百怪，并且以火系魔植、妖兽为主。

且不说这些生灵如何古怪，就说步凌空现在带人走的这条路，也显得颇为诡异。

这条路的两侧，峡谷不像峡谷，沟壑不像沟壑，丘陵不像丘陵，一群人就在羊肠一样的碎石路上前行，两边石柱石崖遍布，个个张牙舞爪，如同猛兽鬼魅，随时择人而噬。

在这样诡异陌生的野路上前行，别说一般人了，就连青龙折冲府兵这样的精兵强将，也忍不住心底发怵。

走上炎风原不久，步凌空手下那个名叫萧安的团校尉，前后反反复复看了好几遍，便跑到主将面前说道：

“步大人，属下怎么看那些玄武卫的人并没有来？”

“哦？”步凌空还没注意此事，听萧校尉这么一说，也前后看了一遍，便有些惊讶。

“咦？老萧你要不说，我还没注意。”步凌空又看了一遍，确认道，“那小苏观察，还真的没如约出现。不过也许他们在前面等我们会合吧。”

步凌空倒是这样善意地猜测苏渐，只是他们又走了一程，几乎都走出去十来里地，却还是没看见苏渐他们的身影。

这一下，那个长相粗豪的中年校尉萧安，就变得很不满了。

他跟步凌空道:"大人,您倒是心好,可是那些玄武卫还没出现,看来还是怕死吧! 想想也是,几个京城来的小少年,来这儿游游湖、赏赏景也就罢了,还真指望他们上战场?"

"不对啊,"步凌空想了想道,"上回行营议事厅中,那小苏大人在阮总管面前,可是豪言壮语,拍了胸脯答应的。"

"那时候应该是真心,"萧校尉撇撇嘴道,"只是初来乍到,还不了解,估计回去一打听,原来那火妖未开化,极残暴,会吃人,便吓尿裤子,这会儿正在家洗裤子吧!"

"老萧,不要这么刻薄。"步凌空看着一脸不满的下属,严肃道,"火妖残暴,他们这个年纪,害怕也是正常的。反正本来他们就算来了,也只是跟着敲敲边鼓,来不来实际是没什么大关系的。"

"好好好,唉,大人您就是宽厚。"萧安校尉无奈地道,"那我老萧也不多啰唆了,否则显得不爱惜幼小。得,我还是去前面规整队伍吧!"

"这就对了!"步凌空笑骂道,"你一个老行伍,跟几个毛孩子计较什么? 快干你该干的事去!"

他们这一路上,除了这个小插曲,其余时候都是风平浪静的。

他们走走歇歇,都走出五六十里了,却连根火妖毫毛都没看见。

"看来,阮天择这计策不管用。"步凌空心想道,"这都走出这么远了,只要再过三分之一路程,我们就将穿过炎风原了。"

"火妖兵要是再不出现,我们就快跟风暴之墙的青龙军辎重营接上头了。"

想到这里,步凌空忽然笑了起来,自嘲想道:"步凌空啊步凌空,你本来不就是希望如此吗? 手头这点兵力,纵使行营亲卫军会来救援,终究会有损伤,实非好事。怎么现在火妖不出现,你倒反而还不乐意了呢?"

刚想到这里,心情放松的步都尉,却忽听得前面有人惊恐地喊道:"火妖! 火妖来啦!"

"什么?!"还没等步凌空反应过来,却只见得原本安静的荒野中,忽然间如同沸腾一样!

尖利的呼啸,猛然无比刺耳地响成一片。本来这已经足够难听,却还夹杂着各种呼喝喊叫,简直如同鬼哭狼嚎,让人十分不适。

宁静的血色荒野,忽然沸腾得如同开了锅;伴随着喧嚣的啸叫声,从那些怪石丛林后面,还霎时间扑出张牙舞爪的可怕怪物!

“火妖兵!”跟这些凶残的妖族,步凌空已经不知道打过多少回交道;他都不用看,一听到沸腾的尖啸声,他就知道自己的老对手又来了!

而就这片刻的功夫,本来好似空无一人的乱石荒野里,已经充斥着红皮夜叉一样的火妖兵!

他们个个举着燃烧的长刀、喷火的长矛,漫山遍野扑来,口中不仅发出尖利的呼啸吼叫,还喷吐着炽热的烟火!

这还只是普通的火妖兵;那些火妖将们,都骑着狰狞的血纹豹,高举着制作精良的锋利武器,闪电般成群结队冲来,准备攻克人族军队中最难啃的骨头。

这也就是步凌空统领的折冲府兵了,如果换了其他从没有见过火妖兵的华夏军队,甭管你平时训练多么卖力,突然看见这么多奇形怪状的异族妖军扑来,保证从兵到将个个腿肚子转筋,手脚都会冰凉!

“稳住阵型! 稳住阵型!”这时步凌空用双腿使劲夹住惊慌的战马,大声地呼喝。

其实他手下的兵将,也早就见惯火妖军,这时候就算步凌空不发号施令,他们也大概知道怎么做了。

所以别看火妖伏兵们声势吓人,这华夏族的折冲府兵,却是毫不畏惧,很快有条不紊地结成阵势,面对妖军的冲击,严阵以待。

见得如此,无论是步凌空还是萧安,都十分欣慰。

现在这样的场面,正是符合常理。因为无论火妖军再怎么嚣张,毕竟只是地方妖族,对华夏正统军队构不成真正的威胁,否则他们也不会被打压这么多年,直到近年才有灰烬重燃之势。

更何况,今日青龙军的二百折冲府兵,所承担的任务只是诱敌。诱敌的含义,就是假装败退,真正卖力干活的人,还在后面。

所以,别看面对着气势汹汹的火妖兵将,现场的二百府兵,心情却是极为轻松。

只是，这样轻松的心情，并没有持续多久。

当他们采取守势，准备佯败时，却渐渐发现，这次突袭的火妖军，竟似有备而来！

首先便是数量。

大概目测一下，敌方竟然出动了八百多名兵将！这对一个晶海本地的小族群，可不是个小数目。至少就从这数目看，说他们是发现可乘之机才临时拼凑的，那根本不可能！

而且也不仅仅是数量的问题。

包括步凌空、萧安在内的华夏兵将，打了一阵就发现，这些向来不以系统进攻见长的蛮族妖兵，这一回竟然打得非常专业！

将知兵、兵听将，各种目的明确的攻击命令，从那些火妖将口中流水般发出，再被骁勇的火妖兵一丝不苟地执行，那架势哪怕是个笨蛋也看得出来：他们分明就是火妖族的精锐！

“怎么会这样?!”也许普通士兵还不太清楚，但步凌空、萧安这些将领，完全能意识到事情的诡异性。

不仅仅是诡异。

他们很快就发现，事态还非常严重。

因为当“只是诱敌”的折冲府兵支撑了尽可能长的时间后，一件很可怕的事情发生了：

说好了唱主角的援兵，没有来！

见得如此，步凌空和萧安的心都凉了半截。

但他们表面还不能流露出一丝一毫的负面情绪。

这就是作为将领和普通士兵的不同，这时他们反而发一声喊，组织起亲兵卫队发起了对火妖兵的反击！

而拼死抵抗之际，别说折冲府兵遍体鳞伤，就连步凌空这位折冲都尉，也已是血溅征袍，满脸鲜血，十分瘆人。

不过在他和萧安等将校的努力下，本来已经快到极限的府兵，竟然又把防线往外围杀回去了一些。

但这也只是回光返照罢了。

“他们不会来了。”

步凌空的心中，已经不再存任何幻想。

更要命的是，就在这时，只听得半空中响起一连串怪叫，正在死战的华夏将士抬头一看，顿时吓得面无人色！

原来，这时空中忽然黑影遍布，仔细看竟是不少灵巧精干的火妖，正乘着炎风原特有的吐火鹫，从石崖上、岩柱顶、大树冠尖飞扑而下！

虽然仔细看，这吐火鹫骑士总共也不过二十来个，但这时候从天而降，凌空斩杀，所起到的震慑作用，绝对远超其实际的战力。

压垮骆驼的最后一根稻草，来了。

本来还在誓死反抗的青龙府兵，立即出现了崩溃的迹象。

见得如此，本次火妖族劫掠行动的首领，那个叫“红角”的火妖将，立即大喜过望！

他挥舞着冒火的巨斧，嚣张无比地怪声叫嚣道：“小的们，给我杀！抵抗的都杀掉，投降的都绑回去吃了！这个月口粮都有了！”

听得这声呼喊，那火妖攻得更猛了，这边府兵也变得更加动摇。

看到这情形，无论步凌空还是萧安，都已经绝望了。

已知事不可为，他们这时便想去引爆火晶运输车，但谁知道已经晚了。

关键在于“早有预谋”！刚才的乱战中，那些早有预谋的精锐火妖，早就优先冲向了运输车驾，还组成一个临时的隔离带，拼死战斗。这时候步凌空再想带着残兵败将杀过去，简直比登天还难！

见得如此，步凌空面沉似水。虽然不知在转动什么心思，但在熟悉他的人看来，没什么好说的，就是一个词：绝望。

这时萧安反而一抹脸上鲜血，哈哈大笑道：“步大人，无所谓了，一死而已！若今日你我就要为国捐躯，那咱杀一个够本，杀一双赚了！”

“好！”步凌空闻言，也豪气满怀，“那就与萧兄弟并肩作战，打好这最后一场仗！”

“兄弟们！”他也朝战场四处喊道，“还剩多少劲儿，都给我使出来！反正就算不战死，也要被活吃！”

还别说，这样的话语，还真的鼓起了不少人的余勇。

只是到这时，战局糜烂如此，已经不是喊口号能解决问题的，很快那火妖包围圈再次缩小。

眼见如此，那萧安没骂凶残的火妖，反倒是高声大叫："姓阮的，老子死了变成厉鬼也不会放过你！"

伴随着绝望的号叫，萧安高举长刀，就向那火妖战将红甲扑去。

见他拼死一击，那红甲却好整以暇，似乎毫不在意。等萧安好不容易扑到近前，他却猛地挥起巨斧，只听"咔嚓"一声，萧安的百炼长刀不仅瞬间被磕飞，还立即断成两截！

萧安也是青龙府兵的猛将，见他都到如此末路，不要说普通青龙府兵了，就连步凌空的心也彻底凉透。

"嘿嘿！"这时那红甲妖将一声狞笑，巨斧高举过顶，就要将这人族猛将的头颅一举砍下。

谁知就在这时，红甲却听得身后部众们一片哗然！

对自己的同类，红甲熟得不能再熟。因而他一听这声音，就猛然大惊失色：

这分明是火妖在遇到天灾一类的巨大灾难时，才会发出的凄惶惨叫啊！

"怎么回事？"红甲既不满又疑惑地转过头，"我们已经稳赢，怎还发出这样的嚎叫？"

但他很快就理解了自己的同族。

在他的视线中，忽然从荒野石林的隐秘处，冲出了一群头戴恐怖鬼面具之人！

这也就罢了，这些鬼面客不仅鬼面吓人，下手也极黑，各种奇形兵器如风飞舞，基本一刀一个、一剑一双、一轮一串，真是招招见血、次次要命。

如果只是这样，还不会让火妖发出惊恐的嘶嚎。包括红甲、步凌空等双方战将士卒都看得极为分明，阴沉沉的云空下，竟忽然摇曳起三道绚丽无比的星辉光芒！

“星流术！”步凌空和红甲这些人最识货，立时不约而同地喊出这个词。唯一不同的是，步凌空喜出望外，红甲如丧考妣。

只见此时炎风原战场的上空，那神焰朱雀火羽缤纷，千羽幻光的翅翼凌空翱翔，一路喷洒鲜红的烈焰，仿佛是驾着神鸦车飞空而过的冥神。

幽路天蝎横空而过，黑色的残影仿佛遮蔽了日光，两朵漆黑的毒牙轮刃如蝶飞舞，仿佛收割生命的地狱死神。

甚至还有一头巨大的獠牙野猪幻影，凌空飞跃，用巨蹄践踏火妖！

这一刻，并不仅仅是星流术有如天神降临，震慑人心；伴随他们一路发出的星流技，造成了更巨大、具有实质性的杀伤力。

那苏渐的“飞焰斩”，专挑最凶猛的火妖武士焚燃飞击；“炽焰光羽”的火焰如暴雨泼下，一扫一群。

亚飒的“幽路斩”，就仿佛地狱魔王降临，将最恐怖的黑暗带到人间。他带着黑色的巨蝎残像，遮蔽了火妖在这世上看见的最后一缕日光。

而最后一学年才学会星流术的唐求，声势好像还更加吓人——“撞山野猪”，因为其档次比苏渐神焰朱雀、亚飒幽路天蝎要低，所以他的星流技反而更加易得易学。

于是，这节骨眼儿上赶到并突袭之时，唐求的撞山野猪横冲直撞，五花八门的星流技轮番发出，声势极为惊人！

比如那“撞山冲”，极大地提高了本就胖胖的唐求的自身重力，利用巨大的动能迅猛冲击，撞得那些火妖人仰马翻；

“肥猪锤”发挥唐求本来的土灵法术优势，以惊人的速度凝结圆形石锤飞击；

“猪蹄裂地”这名字听着不好听，但却让唐求在迅猛突进时，一路火速挖坑，让那些火妖东倒西歪，纷纷掉坑，惨叫连连！

本来星流武士在人族世界里，就是天神一样的存在，更何况那些没怎么开化的火妖兵。而这时候苏渐、亚飒、唐求三人戴着的凶恶鬼面具，更加加深了他们的恐惧。

作为本地流行的傩舞，火妖土著们怎么可能不知？傩舞“摘下面具是人、戴上面具是神”的观念，已经深深地刻在他们的潜意识里。

何况苏渐等人星辉绚烂、凌空翱翔，更是加重了他们这种恐惧敬畏的心理。

到这时候，就不要谈什么火妖的吐火鹫“空军”了，在苏渐等人的星流术面前，这个就跟苍蝇蚂蚱碰上雄鹰火凰似的，根本不值一提。

再何况，苏渐手中正擎那把血歌剑，灵力灌注，开阳火纹瞬间闪耀，让整支长剑霎时间如同沐浴在明亮的烈火真焰里。火妖那些冒火的兵器和它一比，简直一个萤火虫一个太阳！

于是，蓄谋攻击火晶运输队的精锐火妖兵，本来胜利已经唾手可得，却在此时瞬间崩溃。他们丢盔弃甲，奔走呼号，也顾不得同伴满地死尸，只顾得拼命往苏渐等人的相反方向跑！

也别怪他们这么容易惊恐崩溃。笑话！空中翱翔着杀意滔天的神鬼人物，换了你怕不怕？这时候他们没有任何想法，只恨爹娘少生了两条腿！

那火妖悍将红甲本来还想组织一下抵抗，没想到被亚飒瞅个空子，脱手飞出“毒牙双环”，立时就在他肩膀上咬下两块肉来！

剧痛之际，红甲熬着痛，心里还在想：“咦？这肩膀伤口，痛是痛的，怎么还痒麻麻的……啊呀！有毒！”

当他反应过来后，也不管什么组织反击了，立即把巨斧一扔，跟在自己下属后面撒丫子跑了！

火妖精锐被苏渐这几个人瞬间搅崩溃，而那步凌空、萧安等残兵败将，却觉得他们简直如同神迹！

不过和他们的欢欣鼓舞、感激涕零不同，见大局已定，苏渐收起星流术落地后，还用埋怨的语气对唐求说道：

“我说胖子，叫你拿个傩舞鬼面具吓人，你怎么挑了个獠牙野猪的造型？

“野猪造型也就罢了，怎么还选个粉红色？

“大哥！咱们是来吓人的，你这面具，可是傩舞祭礼上肥猪供品的象征啊，多不吉利！”

面对他的指责，唐求也十分尴尬："我这不也是没办法嘛，我脸大嘛！其他面具都太小，脸根本遮不全，只能拿这个了。你还别说，戴起来尺寸正好，我挺喜欢啊！"

"唉，你喜欢有什么用？得亏你那星流术声势吓人，否则要是把他们逗笑了，咱们——"

苏渐还要再说，一旁的步凌空、萧安等人已经看不下去了。

第四十四章

夜探溪村

“苏大人!”这时候步凌空已经换了极为敬重的称呼,“您就别求全责备了,刚才这位……”

“唐求。”苏渐提示道。

“对对! 唐大人这身星流术威猛无比,把那些妖孽打得落花流水,已经十分神勇威武,您就别再说他了。”

步凌空这时简直用了一种撒娇的语气——其实也难怪他,如果他手下有个星流武士,那还不当大爷一样供着? 怎么还可能像苏渐这样,打赢后还横挑鼻子竖挑眼呢?

被他这么一说,苏渐也笑了起来。他道:“其实我兄弟俩感情很好,只是觉得刚才事情可以更完美些……”

“完美了完美了! 已经非常完美了!”萧安大叫道,“没什么好说的,本来咱们就是个全军覆没之局,我老萧还想着这一回,这身一百多斤算是交待在这里了,没想到还能起死回生。没什么好说的,我老萧在这儿给几位小爷行大礼了!”

说着话,他便深深躬身,双手抱拳于额顶,行了一个近似于顶礼膜拜的隆重大礼。

见他如此,其他青龙府兵包括步凌空在内,不仅没觉得奇怪,反而也十分自然地跟着向苏渐几人行了一个大礼。

“好了,不要客气了,”苏渐笑道,“此地不可久留,诸位青龙军兄弟,还是尽快收拾上路吧。这里离接头地点也不太远，鼓鼓劲就能到了。”

“苏贤弟言之有理。”这时候步凌空的称呼又换了。

说完后，他看看眼前的战场，便发现虽然刚才面临崩溃，但火妖真正杀死的士卒并不太多；当然如果苏渐他们晚来一步，全军覆没也是肯定的了。

虽然看到重整旗鼓还能继续上路，步凌空却用问询的眼神看向苏渐。

这时不仅是他，连萧安以及全体青龙府兵，也都用恳求的眼神巴巴地看着苏渐。

见得如此，苏渐毫不犹豫地道：“诸位青龙同袍请安心启程，我苏某会带玄武卫众兄弟，从旁护卫，必定送你们到安全地带！”

“太好了！谢苏大人！苏大人义薄云天！”刚才静静期盼的青龙府兵，顿时爆发出一阵热烈无比的欢呼声！

且不提他们继续朝东赶，再说晶海行营大总管阮天择。

这边打得热火朝天，他却带着五百多亲卫军，还在路上磨蹭。

这一路上，他又是打猎，又是埋锅造饭，总之各种拖延。

于是在苏渐和步凌空的队伍走后一两个时辰，他才带着人马姗姗而来。

还没走近，便闻到空气中的血腥味，他不惊反喜，回头跟亲信庞玉说道：“必是他们得手了。”

听得这话，庞玉心领神会。

有了先前议事厅中的推心置腹，庞玉自然不会理解成是步凌空护送任务得手。

于是他咧开大嘴，一脸笑容地奉承道：“大人神机妙算，他们怎么会逃得过您的算计？”

“还好还好。”阮天择矜持地谦逊一声，立即迫不及待地命令队伍加快速度，朝前面奔去。

阮天择这么做，自然因为心里有底。作为暗中的盟友，他已经事先跟火妖王的人详细沟通过，就连步凌空他们遇伏的时间地点都一清二楚。

当他带人快步跑近，果然见得前面荒野沟壑中尸横遍野，景象惨不忍睹。

“哎呀！”阮天择假模假样惊叫一声道，“怎么回事？难道本总管来晚了？”

“悲愤”的呼叫声中，阮天择怀着无比喜悦的心情，扬鞭催马，抢先朝前面战场奔去。

只是，当他催马赶得近些，看清那些倒了一地的尸体时，忽然愣住了。

眼前的景象，如此出乎他的意料，以至于他甚至打马退了两步，朝四周看看，确定是这地方没错。

“怎么……大部分是火妖死尸？”

正惊愣间，却忽听庞玉惊慌来报，说收到前方消息，那批运送的火晶，竟然已经送到了！

“怎么回事？”众目睽睽之下，阮天择不便发作，便将庞玉拉到一边，极力压住怒火问道。

“是这样，”庞玉压低声音禀道，“方才听探子来报，本来火妖军就要得手，没想到那新来的苏观察带着几人，头戴鬼面具杀出，竟把火妖大军杀退了！”

“什么玩意儿？！”这一下阮天择再也忍不住了，怒吼道，“别告诉我步凌空那么多人顶不住火妖兵，他苏渐随便带几个人就行？别跟我说戴个什么破鬼面具就能吓退大军！你在这儿跟我说书呐？！”

“大人息怒！大人息怒！”庞玉惶恐道，“刚才那探子就是这么说的。倒不是靠鬼面具退敌，而是听说那苏渐还有随行的两个少年，竟然都是星流武士！”

“什么？！”阮天择这下真的震惊了。

“就凭他们这三个乳臭未干的小娃娃？”阮天择叫道，“就连老子这武探花都还没修炼成星流术呢，他们怎么就行了？！”

“大人息怒！大人息怒！您先消消气，”庞玉赔着笑小心说道，“大人您别忘了，那几个娃娃年纪虽小，可都是灵鹫学院毕业的啊……”

还真是“人的名树的影”，放在灵鹫学院身上也一样。庞玉这“灵鹫学院”四字一出口，阮天择顿时闭口不言。

“也没甚大事。”阮天择终于恢复了平日的镇静，“小事小事。反正我们也没什么损失，死的都是火妖族的人。”

嘴上这么说，他却阴沉着一张脸，打马回到大队人马中。

看着此时已经开始七嘴八舌议论纷纷的亲卫军，阮天择大喝一声：“都吵什么吵？我们收兵回营！”

被他这一声吼，行营亲卫军踏上了归途。

不用说，长途行军，却又无功而返，这士气可想而知。

众人垂头丧气往回而行，阮天择跟在队伍后面，美其名曰压阵，却是不想让别人看到他的表情。

行出一两里地，看到没人注意他时，阮天择抽出腰刀，一把砍倒路旁一根红晶石笋。来了这么一下，他才觉得胸中这口气顺了些。

正提着刀郁闷地往回撤时，阮天择却只听得一阵急促的马蹄声，正从身后由远及近而来！

阮天择吃了一惊，忙转过身看去，却见正是苏渐带着他那帮人，骑在高头大马上疾驰而来。

等他们跑得再近些，阮天择听见他们嘻嘻哈哈地讲着什么笑话，心情分明极好。

见得如此，再想想先前庞玉参将说的话，阮天择便忽然觉得胸中刚顺了一些的气儿，又开始堵上了。

“哎呀！这不是阮大总管吗？”当苏渐骑马赶到近前，忽然大惊小怪地叫道。

“是我啊。”阮天择抬头看着他，不冷不热地回答。

“阮大总管啊，有句话虽然您可能不爱听，可我是个粗人，不吐不快，您可不要生气。”苏渐看着他，一脸真诚地说道。

“有话就说。”阮天择冷冷地说出这句，然后又在心里补充道：有屁快放！

“阮总管，要我说，您这接应可真是不力啊！”苏渐一脸诚恳地抱怨道，“你看啊，我和步都尉、萧校尉他们，都把伏击咱们的火妖贼人来回杀了好几遍了，尸横遍野，遍地伏尸，货都送到那边了，您可还没到啊。”

“这也没办法，”阮天择一脸严肃道，“没想到火妖越来越狡猾，不仅伏击你们车队，还晓得设伏我这支救援队伍。本总管带大军和他们周旋，故此姗姗来迟。刚才本总管已听说你们把火晶安全送达，也就收兵回营去了。”

“这样啊……”苏渐好似愣了一下，然后一脸天真地看着阮天择手中提着的腰刀，“是啊是啊，大人您一定刚和火妖苦战过。看！您的刀都有点卷刃了，如果不是您亲口说，我还以为是砍了路边的火晶石笋呢！”

“嗬嗬，那哪能呢。”面对“天真无邪”的少年，阮天择觉得自己此刻的心情，简直比当年“武状元”被人黑走时，还要糟糕百倍。

“那大人您就带着大军慢慢走吧，”苏渐嬉笑道，“我和兄弟们就先回去了，毕竟刚才杀退火妖，还抢了些战利品，得早点回丹丘城清点瓜分了。”

听他这么一说，半死不活的总管队伍一阵骚动，显然既眼馋又不满。

见得如此，阮天择更加愠怒。

他强忍着怒意，挥挥手道：“去吧去吧。”这也就是“玉面狐”了，换个人，被气得半死时，哪还能保持基本礼节呀。

看着苏渐等人快马绝尘而去，阮天择怒气盈胸，忽然又想到，就在几天前，自己还对苏渐发出这样的评语：

“这苏渐乳臭未干，还是一个耿直粗莽之辈”“峣峣者易缺，皎皎者易污”“这种人，必斗不过我”。

再想想刚才，这小子简直精得跟什么似的，就算是多年老江湖，也未必有他这样鬼啊！

想到此处，阮天择脸上红一阵、白一阵，胸脯剧烈起伏良久后，猛地又一举腰刀，冲着路边的石笋石柱一阵胡劈乱砍，就好像刚才惹他生气的不是苏渐是它们似的。

见他如此失态，那些察觉到动静的下属，包括庞玉这亲信在内，全都噤若寒蝉。他们目光全都旁移，假装什么也没看见。

发泄了一阵，阮天择的怒气也渐渐平息；然后他举起手中的刀，看见刀刃卷得跟锯子似的，便气得使劲一扔，连这把跟随自己多年的佩刀也不要了。

再说苏渐。从炎风原回来后，他便陷入深思。

很显然，这次炎风原诱敌风波，虽然并没有抓到阮天择走漏风声的确切证据，但从结果来看，那火妖来袭的时间和地点，都精准得可怕，让人不得不怀疑。

更何况，还有阮天择亲卫军的姗姗来迟！

如果从这一点推断，那阮天择和火妖族暗通款曲之事，几乎呼之欲出。

只是，他究竟为什么要这么做？

想到这个问题，苏渐忽然想起了另一事。

来之前，无论是从轩辕鸿那里求授机宜，还是跟宫里有人的端木楚闲聊，苏渐都了解到，最近那宰相大人司徒威，可是在朝堂中含蓄表达了要跟龙族亲善共处的意思……

而司徒威，正是阮天择背后最大的恩主和靠山！

也难怪苏渐怀疑到宰相司徒威身上。

这不仅是来之前轩辕鸿的暗示，更重要的是，阮天择能把事情做得这般有恃无恐，背后没大人物支持才有鬼！

判断出这一点后，苏渐便开始等待即将到来的狂风暴雨。

毕竟，是他带人坏了阮天择的“好事”。

不过让他奇怪的是，在接下来的三四天里，这丹丘城竟是风平浪静，阮天择根本就没来找他的碴。

“怎么回事？”苏渐有些惊讶，“难道他也惧怕我身后的轩辕鸿大统领？”

“不应该啊，他背后之人可是司徒宰相！宰相要为难玄武卫，甚至不用自己出手，直接指使户部尚书高元博就行了。”

正想不通时，却听得晶海行营有人来通传，叫苏渐前去行营议事。

“来了。”苏渐做好承受报复的准备，略微收拾了一下，跟唐求、亚飒交代了些事情，便前往议事厅。

到了议事厅中，出乎苏渐意料，那阮天择却是满脸堆笑，说出一番苏渐做梦也没想到的话来。

“苏观察，”只见阮天择笑容可掬道，“前几日炎风原一别，因为收尾事务繁忙，一时也没顾得上你那边。怎么样？这几天公务可还好？”

“托大人的福，一切如常。”苏渐不知道他葫芦里卖的什么药，很谨慎地答道。

“是这样，我也不绕弯子了，”阮天择一副心直口快的样子说道，“这次请苏观察来，是想请你帮阮某一个忙。”

“是公务还是私事？”苏渐问道。

“是私事。不仅是私事，还是喜事！”阮天择满面春风道。

“咦？大人有什么喜事？”苏渐惊讶地问道。

“是这样，”阮天择侃侃而谈，“我嘛，一心为国，忙于公务，故而至今未娶。当然也不瞒苏老弟，愚兄的眼界也有些高，寻常庸脂俗粉并不放在眼里。但是最近，却让我在这晶海偏远小地方，碰见了心仪的女子。”

“哦？不知是哪个汉家女子这么有福？”苏渐问道。

“倒不是汉家女，”阮天择笑道，“就是住在红溪村的红晶族长义女，红焰女。”

“红晶族？”苏渐讶异道，“难道阮大人竟要娶一异族女子？”

“这有何不可？”阮天择看着他道，“既在我华夏辖内，我等自该一视同仁，不须有种族成见。”

“大人所言甚是。”苏渐表达了歉意，不过心中却道：一次不诚信，终生难相信。别看你嘴上说得多好听，看来这嫁娶红焰女之事，背后定有蹊跷。

心中怀疑，苏渐嘴上却道：“果然是喜事啊，在下恭喜大人了！”

“好说好说。”阮天择喜气洋洋地挥挥手道，“所以，要请苏老弟帮忙的，就是这件事啊。”

“嗯？”苏渐讶道，“这事我还能帮上什么忙？”

“当然能帮上了！”阮天择道，“我现在正缺个有分量的人物当媒人，去帮我提亲。我想来想去，营中大多粗鄙之辈，无论谁都不及苏观察您半分。”

“呃！”苏渐闻言，一时愣住。

他到这时才终于弄清了阮天择的意图：原来，阮天择是要自己去当“媒人”！

其实这事儿如果放在后世，根本没什么。媒人嘛，这不很正常吗？但在当时，阮天择这请求，可谓无礼之极。

其时有“三姑六婆”之说，那“媒婆”正位列六婆，属于社会中极卑贱、极不入流的人物。

所以现在阮天择让苏渐去当媒人提亲，虽然并不是说他就是“媒婆”，但对苏渐这样有头有脸的男子而言，还是十分冒犯失礼的。

“原来在这里等着我！”苏渐这时候便全明白了：这阮天择果然没有咽下那口气，现在便通过这种方式，对自己进行变相的羞辱。

但玉面狐就是玉面狐。他这羞辱，虽然极其明显，但披着喜事的外衣，让苏渐没法发作。

想通这节，苏渐暗恼之余，却也在心中冷笑：

“想羞辱我？你也不去打听打听！

“我苏渐虽然出身卑微，没什么势力，但羞辱我的人，大都下场不太好看。你就不怕我把你这门如意婚事给搅黄了？”

心中恼怒，但他表面却不动声色，只是说道：“阮大人，其实您高看苏某了。我不过是一杂役出身的玄武卫，怎么算得上分量重？要不大人您还是另请高明吧。”

“苏老弟你说的这是哪里话？”阮天择一副假意生气的样子，“哪见有人自谦成这样的？苏老弟，过了过了！”

此后他又软硬兼施，极力劝说。

见他如此，苏渐倒也不好当场翻脸，毕竟这是人家的好事。

从这点想，苏渐便觉得这阮天择还真的无愧“玉面狐”之名：

按官场规矩，如果他拒绝，就算犯上；从私人事务上讲，按淳朴的风气，也不好这样坏人家的终身好事。往严重里说，拒绝了的话，就等于给阮天择的婚事蒙上阴影，可能会带来不吉利的兆头，万一今后再有个三长两短，他苏渐一辈子都脱不了干系。

看起来这有些胡搅蛮缠,但在当时的环境里,可都算众口一词的舆论真理。

想到此节,苏渐心中暗骂阮天择狡猾之余,便也决定接下了。

当然作为乐观之人,他也在心中安慰自己:“罢了,本来也想去探听一下红晶族虚实,这一来倒是个好机会。毕竟是替阮天择说亲,那如果我有什么动作,他的人就不好干涉了。”

想通这一点,他再无犹豫,便冲阮天择拱手笑道:“既然总管厚爱,在下也就不谦逊了。我就帮大人往红溪村走一趟,定为大人办成此事。”

“甚好甚好! 哈哈哈!”见他答应,阮天择心情大好,竟很突兀地放声大笑起来。

别人不知道,他自己心里却很清楚,几天前炎风原之事,他是被这姓苏的给摆了一道;现在他见苏渐对自己带有羞辱性质的请求,无法拒绝,勉强答应,便觉得这几天郁积于胸的闷气,好像都一扫而光了。

对他这样的心思,苏渐心知肚明。

心中不快之际,他随口问道:“对了,敢问大人,在下对那红晶族虽然知之不详,却也知道,他们风俗古怪,一般不和外人通婚,不知大人怎么能做成此事? 难道是……”

“你觉得我是用权势压他们?”阮天择一副洞察苏渐心思的模样,抚须傲然道,“非也非也。我阮天择一向雅量高致,怎么会做出这等恃强凌弱之事?”

“实是红晶族长赤阳,最近不知怎的身染怪病,药石罔效,正巧我有良方可治。这不,最近几剂药下去,这看似绝症的病却大有好转。

“因此那族长之女红焰女,感念我援手之情,正巧我也对她动心,如此才成就一段好事。”

“哎呀! 原来其中还有这么一段佳话!”苏渐故作惊奇地大叫道。

“哈哈,当然当然!”阮天择大笑不已,心情十分愉快。

看着趾高气扬、得意扬扬的大总管,苏渐这时心中却道:“原本随口一问,却问出些可疑。虽然还不知道是什么,但此事背后如果没人捣鬼,我可不信!”

这一来，就更让他坚定要往红晶族走一趟的念头了。

当苏渐带着阮天择的礼物，率几个从人前往红溪村时，却没有带亚飒和唐求。

这倒不是有其他什么缘故，而是他们玄武卫中的规则：前往生死叵测之地时，同一团体的几个头目，绝不可同时行动，以免遭遇不测时被一网打尽。

并且，此时的丹丘城虽然表面平静，但却暗流涌动，必须留人在后方坐镇。

说起苏渐此行前去的红溪村，正位于红焰晶海的偏西方。

红焰晶海的整个地势，东方炎风原、南方云浮山脉高，北方、西方的平原低。

于是千万年来，晶海之水无数次漫溢，在地势相对最低的海西平原上，冲刷出无数天然的沟渠，最终形成现在千条万缕的小溪。

红溪村正坐落在晶海西畔这千百条溪流沟渠上，正可谓"千溪之地"。

当苏渐赶到红溪村时，正是午后。

他在远处便看见，无数带着淡红光彩的溪流，纵横交错，支脉蔓延，简直如同大榕树蔓延的须根，场面颇为壮丽。

红溪村造型奇特的古朴茅屋，便见缝插针地建在溪流之间的沙地上；它们每个屋顶都呈尖尖的三角形状，最底下一层都用石柱、木头支撑起来，形成一楼的架空层。

苏渐见闻颇广，一看屋顶的形状，便知此地多雨，尖顶三角形便于雨水流下；一看底层架空的吊脚楼式样，便知这红焰晶海的湖水很可能经常泛滥。

而其他各种奇特的装饰，便无疑是因为红晶族是上古晶灵时代的遗族，即使经历这么多代变迁，还是带有上古时神秘古老的特征。

不过苏渐这份纵览村景的悠闲，很快就没了。当他走近红溪村的村口时，正看见村口的大路上，竟然在光天化日下熊熊燃烧着一片火海！

刚开始他还以为自己眼花，觉得是不是把红艳艳的溪水，再加上日头的反光，当成了火焰；但当他再走近一点，便确认自己并没有看错：那村口的大路上，真的是燃烧着一片火海！

而且虽然那火焰并不高，但顺着大路延展，前后几乎有四五十步长。

更要命的是，那片火海如有灵性，当他们这群人靠近时，本来几寸高的小火苗突然“轰”的一声蹦腾而起，窜起几乎半丈高！

看到这情景，要想从这条大路进村，真的只有飞过去了。

当然，苏渐也不是不可以带人绕远路，从周边溪流群中，蹚水跋涉绕进村。

这念头，苏渐不是没有过。但当他看清火海后那群面带嘲讽的红晶族人，便知道，眼前这条火焰之路，是他唯一的选择。

虽说他跟阮天择不对付，今天这趟差也带有羞辱性质，但如果他不接下差事，什么都不用说；但现在接下了，此刻他面对异族人时，代表的就不仅仅是他苏渐自己，而是整个丹丘城甚至整个华夏国的脸面了。

所以，纵使火海当前，他也不能退！

这时他看看身后，发现阮天择派来抬礼物的行营随从，已经一个个吓得脸色煞白。

“哈哈！”苏渐忽地放声大笑，用一种轻松的语气说道，“没想到第一次来红溪村，竟然发现失火了！”

听得此言，对面那些虎视眈眈的红晶族人，神色变得有些古怪起来。

“虽然碰到火灾，但村还是要进的。”苏渐转过头，跟那些随从说道，“一会儿，跟紧了，保证你们无事。”

听他此言，随从们只得点头，毕竟现在也只能选择相信他了。

跟他们交代好后，原本脸带戏谑的少年，却忽然神情一肃。今日他穿的是素白色的宽袍大袖，这时便见他袍袖向前一挥，也不知怎么，便有一股狂风凭空生发，如一条风龙一样，狂暴无比地朝火海呼啸扑去！

“狂风袭”，如果有识货之人在场，就会发现少年此时随手生发的，正是风系的中级法术。

虽说苏渐擅长火灵法技，但作为灵鹫学院的优秀毕业生，其他各系法术肯定都有涉猎。所以眼下他打出这道“狂风袭”来，没什么值得奇怪的。

但看到这卷地的狂风，朝火海席卷而去，苏渐身后这些行营随从，却个个目瞪口呆了！

“哎呀！”他们心中叫苦不迭道，“果然嘴上无毛，办事不牢，这小苏大人怎么还嫌火海不够旺，在这儿煽风点火呐？是嫌我们过会儿烧得不透吗？”

这时候那些红晶族人也是一样的想法，都不知道苏渐葫芦里究竟卖的什么药。

所以这时候，就看出有文化的重要性来了。

对一般人来说，都知道风助火势，但苏渐在灵鹫学院中深造三年之久，哪会这样肤浅？

于是，眼看狂风如龙，冲入火海，顿时火海这一路的空气，被迅猛过境的狂风抽空，火焰再难烧着；再加上狂风本身向外排斥火焰，于是苏渐这一招出手后，马上在行营随从和红晶族人眼中造成一种奇景：

原本气势汹汹的火海，竟被少年随手发出的这一狂风龙卷，硬生生地从中辟出一条无火之路！

“跟我来！”这时候苏渐一声大喝，抢先便朝这条无火之路走去；与此同时，他袍袖不断挥舞，保证自己前后过境时，不断有狂风席卷。

见得如此，那些行营随从又惊又喜，赶忙抬起礼物，一溜小跑着跟在苏渐后面，就这样很快地通过了刁难他们的火海。

见他们竟以这种方式通过火海，那些红晶族人不由得面面相觑。

本来他们还以为，对方会绕路，或者跟他们请求灭火。

经历此事，那些本来气势汹汹的红晶族人，就有些沮丧。

“请问哪位是主事之人？”苏渐拱手问道。

“我是。”出乎他意料，一个也就十四五岁的红晶族少年，挺身而出，站在苏渐的面前。

“你？”苏渐看着他，有些惊愕。

这倒不是说苏渐看不起小少年，毕竟他自己也没多大，但是在这种场合，对方只派这么个小小年纪之人来迎接，就非常不合适。

如果说刚才的火海让苏渐觉得有点古怪，但毕竟还能理解成这是红晶族古老的规矩。但到这时，看见这位自称“乙六”的少年主事人出来，苏渐就觉得事情很不对劲。

“按阮天择的说法，他娶这位红焰女，应该是情投意合、两相情愿的呀，难道有假？”苏渐疑惑地想道。

接下来的一件事，坐实了他的疑惑。

“大人，”那小乙六嫩生生地说道，“请大人随我先去村中客房休息。族长、红焰姐姐他们今日有要紧事，只能过两天再见你。”

“呃！”听了他这句话，苏渐马上明白，自己已经吃了一个变相的闭门羹。

不得不说，虽然苏渐心理素质很好，但遇到这样的结果，也挺失望。

苏渐本来以为会和红晶族的头头脑脑厅堂相见，还能看看红焰女长什么模样。毕竟他少年心性，童心未泯，对“准新娘子”有着天生的好奇。

现在苏渐开始觉得这件事有些不简单。那位青年才俊阮总管，很可能又跟他隐瞒了什么重要信息。

接下来的事情，进一步加深了他的这种判断。

当他和随从们跟着前面那个蹦蹦跳跳的少年乙六，走到了落脚的驿馆客房前，这才发现，这客馆房子不仅面积小，位置还偏僻，处在村子最南边的角落里。

它离晶海倒是近，但同时也显得更加阴暗潮湿。

不仅如此，当乙六将他们安顿好后，这红晶少年好像对他们挑来的几担礼物不屑一顾，问明有哪些东西后，单单把阮天择口中的特制药剂“定魂汤”给拿走了。

“果然如此。”苏渐到这时，终于确认并非自己疑心病太重。

这时候，他一回头，便发现随从们眼神闪烁，对自己的目光躲躲闪闪。

“这里面有事。”苏渐想道。

经过这一番折腾，已经将近黄昏。

当日影西斜、天色渐暗时，那红晶族倒是没把他们忘了。

他们按时送来了简单的晚餐，不过和晚餐同来的，却还有几个红晶族武士。

他们身穿简陋的鹿皮盔甲，手持铁叉，看似站在门外守卫驿馆安全，但实则就是看守。

“竟然还派人把守！”察觉到这一点，苏渐不仅没生气，反而觉得事情越来越有趣了。

他想，说不定，自己这回还真来对了。

吃完晚饭后，苏渐透过窗户，看着入夜后的红焰晶海，便发现她正散发出柔柔的红光。

黑夜中，这种光色柔淡如水，十分助人入眠。可惜这会儿，苏渐是绝不会睡的。

事实上，现在红晶族只把苏渐当成一般使节，已经犯了个错误。

确实，如果是一般使节，这种情况下也只能规规矩矩，在驿馆斗室中闷坐愁城。但别忘了，苏渐号称“孤胆屠龙”，可是玄武卫的精英，尤其还是最不按常理出牌的那个！

于是，苏渐看似欣赏夜景，却把屋外情况尽收眼底。

仔细观察了一阵，他终于摸准那些守卫们分布的位置，甚至连每个人走神犯困的周期都看得一清二楚。

当月光移动，他这片窗前空地恰好陷入幽暗的月影。他立即迅速回身，在床后脱下了宽大的袍服，换上一套黑色夜行衣。

一切收拾停当，他便如灵猫一样，团身跃出窗外，悄无声息地落在窗前阴影里。

停了停，见未被发觉，他便蹑足潜踪，开始夜探红溪村。

他心中坚信，别看自己得到冷遇，但种种迹象表明，今晚对某些红晶族人来说，也注定是一个不眠之夜。

在普通人眼里，地形平坦的红溪村，即使到了夜里，有红焰晶海的柔光映照，到处都很敞亮，很难藏身。

但苏渐是谁？

在他眼里，看似敞亮开放的红溪村，却存在着一个四通八达的黑暗王国。

他一路行走在各种树木房屋的阴影里，畅通无阻，那纵跃飞奔之时的从容气度，让他如同幽暗国度的王者。

很快苏渐就听到了自己想要听到的信息。

当他隐伏于一处相对高大精良的村屋后窗阴影里，便听到里面有人在抱怨：

“你们说，丹丘城那个大总管，也催逼太急。算上今天这个毛头少年，已经是第五拨人来说亲了。”

“谁说不是呢。虽然听说那华夏族的大总管，也是青年才俊，但如此做，毕竟乘人之危。”

“对啊，他不过仗着有药方能治咱们族长的怪病，便拿红焰女嫁给他做条件，总有强娶民女的嫌疑。”

“吓！真能治好吗？我却不相信，毕竟族长他老人家还是病恹恹的样子，脸上的黑气也不见消退，只是减轻而已。”

“减轻也是本事！咱们不是连炎风原的火妖巫医都偷偷请过？还不是一点办法都没有？”

“唉，看来咱们族这么好的姑娘，真要嫁给异族人了……”

“咦？你们说，红焰女出身可不简单，是万年火晶之气凝成的，性情最是刚强贞烈，她会愿意嫁出去？”

“怎么不会？虽然她出身奇特，但拜咱们族长为义父是不假的，平时父女感情也一向很好，现在义父身染重病，为了救父而嫁人，红焰女做得出来的。”

“但为什么好几次都拒绝了丹丘城的提亲？”

“那你就不知道了吧？那是族长大人不愿意红焰女为自己做出如此牺牲，才几次三番拒绝的。”

“唉，这叫什么世道啊……”

在这一句之后，屋里交谈之人不约而同地一声叹息，一起陷入了深深的沉默。

他们陷入了沉默，苏渐的内心却翻腾起来。

“原来，我还真的被阮天择那混蛋摆了一道！”苏渐心中苦笑道，“没想到我堂堂好男儿，这次却被奸人当枪使。估计在红溪村民眼里，我就是强娶民女的恶霸帮凶！”

心中转念，他从窗后悄悄退出。

这时候他抬头一看，发现自己已经很靠近红焰晶海了。

因为晶海日夜散发淡红光彩，所以无论什么时间、什么角度去看晶海之滨，那里的景物都一清二楚。

这时候苏渐抬头一看，正巧看见晶海边淡红湖水的映衬下，正有一男一女两个身影，在礁石上依偎说话。

此时晶海泛彩，如同光明红幕，将海滨夜谈之人的剪影，烘托得无比鲜明。

苏渐立即发现，两人中那个男子，竟是十分眼熟。

“步凌空?!”等靠近些，苏渐看清是谁时，顿时大吃一惊!

他没想到，那位低调方正的折冲都尉，这时竟出现在红溪村中，还和一个身材无比曼妙的女子相互依偎。

“他来这里干什么?”苏渐不由得心下有些犹疑。

不过很快，碰见熟人的惊讶，就被那女子曼妙的身姿转移了注意力。

苏渐经历丰富，算是阅人无数，毕竟无论是京华城还是灵鹫学院，都集合了人类王国中最美的一部分女子。但这时候，他还是为这女子惊人的身姿而惊艳。

第四十五章

怪症惊心

借着晶海的淡红光辉，苏渐看得很清楚，虽然她盘膝端坐，但依旧看得出身形极为曼妙，尤其那两条玉腿，纤细修长，还很白皙，在红色湖光中白得耀眼。

和一般的华夏女子不同，这女子生着一头罕见的金色头发，金光闪闪的长发从她肩头如流瀑般倾泻而下，在迷离的夜色中熠熠生辉。

同样可能是因为异族的缘故，她身上的衣物也极少，就像是某种极简主义，苏渐发现她竟然只穿着胸衣和短裙！

它们只能遮住女子身上必须遮住之处，其他的部位一概外露。比如她白生生的玉臂玉腿，唯一的装饰物就是红玉手镯、脚环，其他再无一丝一缕。

而她的身姿本就曲线玲珑，袅娜曼妙得惊人，现在衣物布料还这么简省，给苏渐这样看惯了长裙大袖华夏衣冠的少年，带来的冲击力可想而知。

在这样的震撼之下，苏渐甚至过了很久才反应过来：

咦？这女子身上简短的鲜红胸衣和短裙，边缘竟然都呈自然辐射燃烧的火焰形状，很明显并非寻常的丝绸布匹衣物。

“红焰女！”虽然这时还没看见女子转过脸来，苏渐就已经知道，这女子应该就是以美艳、异族风情闻名的红焰女。

潜行得再近些，苏渐便听到了两人的对答。

那红焰女正对步凌空忧伤地说道:“凌空,那阮总管几次三番相逼,今日又派人来提亲,你说我该如何是好?”

水光潋滟里,红焰女的声音空灵与娇柔杂糅,声线奇异而美妙。

“红焰,”平素执拗古板的步都尉,这时变得十分温柔,“虽然我很喜欢你,但是族长他老人家的病情,不能再拖了。”

“你的意思是……”红焰女侧过脸来,怔怔地看着他。

“我也不想的,”步凌空难过地说道,“可是阮总管的药真的管用,虽然一时未能根治,也只是因为你现在还没答应他吧。”

“红焰,”步凌空深情款款地看着女子,“我很喜欢你,但正是因为如此,才不能因为自己的喜欢,而阻止你去救父,那样的喜欢太自私。为了成全你的孝道,我可以退出。”

“你……退出?”红焰女浑身一震,吃惊地看着他。

“是,我不能成为族长伯父治病的障碍。这,才是我认为的‘大爱’!”步凌空既悲伤又凛然地说道。

“呜……”红焰女忽然间失声痛哭。

“红焰……”步凌空手抚痛哭女子颤动的香肩,不停地安慰。

这时候,方正的折冲都尉以为,红焰女是被他的“大度”而感动,但他却不知道,表面似乎感动哭泣的女子,内心更多的却只是悲伤。

作为万年火之精灵的红焰女,其内心也跟火焰一样热烈而纯粹。在她的认知里,爱是纯粹的,是不可以退让的,所以当听到步凌空这样说之后,她哭了。

这时候,苏渐的心中,对步凌空的话也有些不以为然。

他在想,如果自己是步凌空,遇到这种情况,会怎么办?

这般想象一下,他就觉得,如果换成是自己,还真的不会说出这样的话来。换成他苏渐碰上这种情况,他会想尽一切办法,和自己的爱人一起解决问题。

他会想尽一切办法治好老族长的病,实在不行,他可以使出一切不违法的奇招怪招,一定要让能治病的阮天择帮他这个忙!

想到这里,苏渐觉得自己有些“想多了”,但却忽然心里一动。

“嗯？治病？”仿佛灵光一现，苏渐忽然间找到了一个打破眼前僵局的办法！

心中打定主意，他看了看水幕天光前那两个陷入哀愁的剪影，不再停留，身形如行云流水般自暗影中悄悄遁去……

第二天上午，正当那些红晶族人还想将苏渐几人晾在一边时，却突然听到乙六传来一个惊人的消息：

那阮天择派来说亲的使者，竟然宣称他就能治好老族长的病！

听到这消息，那作为红晶族议事厅的红溪村祠堂里，顿时炸开了锅。

本来按道理，听说苏渐宣称能治病，就该立即请他来。但族长赤阳的侄子赤明，这个有点志大才疏的红晶族小年轻，却对此不屑一顾。

他很肯定地说，苏渐肯定在胡扯，在耍人族一贯的花头智谋，只不过为了打破冷遇局面，骗他们接待而已。

其实，他这愣头青一样的想法，还真的接近了真相。

但作为当事人的金发红焰女，却提出了反对，倾向于让苏渐来。

她的理由很简单，现在只要有一丝可能，就要试上一试。

本来两人相持不下，作为通报人的乙六这时候说了一句话：“红焰姐姐、赤明大人，乙六发现，这位领头的苏渐，好像跟那几个阮总管的熟脸随从，并不是一路人。”

“啊？”赤明叫道，“小乙六，你可别胡说，姓苏的是阮天择派来的，怎么会和他的人不是一路人？”

被赤明这么一喝叫，乙六这半大少年便有些畏缩。

这时红焰女鼓励他道：“小乙六，你说说，你是怎么看出来的？”

“红焰姐姐，”乙六鼓起勇气道，“我昨天和今早，和这位苏使者接触了几回，便发现，他好几次听说一些事情时，倒好像根本不知情，几次都回头看那些随从，那些随从的眼神也都躲躲闪闪的。”

“特别是今天一大早，苏渐来门外跟我们说他能治族长伯伯的病时，总觉得他神神秘秘的，好像是瞒着阮总管派的随从来的。”

“那更说明这苏渐是在胡扯！”赤明断然喝道。

“也未必。”红焰女摆了摆手，“还别说，这么一说起来，这个使者叫什么……”

“苏渐！”乙六机灵地接茬道。

“对，苏渐，”红焰女轮廓分明的美丽脸庞上，若有所思地说道，“我好像在哪儿听说过这个名字……”

“你怎么可能听说过？”赤明嗤笑道，“姐姐，咱们红溪村荒郊僻壤，怎么可能知道这样的无名之辈？”

“不对，我是听说过。”红焰女坚持道。

冷静下来想了一会儿，她忽然叫起来：“想起来了，是半年前，有个过往的行商，自称从京华城来，我们便求他说说天下的逸事。”

“他说了很多，其中似乎提到，一个还在什么学院读书的少年学生，竟然在残月峡孤身杀死过兽龙咆哮者！好像这少年的名字，就叫‘苏渐’。”

“嗤——”赤明不屑一顾，嘲讽道，“还以为姐姐要说什么，那次我也在场，也听说了啊。但这可能吗？杀死兽龙，还是咆哮者，还是孤身一人杀的！疯啦?！一眼就能看出是走江湖的人族奸商瞎吹牛罢了。”

“对，我还想起来了，”赤明接着道，“那商人之后还说，苏渐不仅杀死过兽龙咆哮者，后来还去龙境中杀了个来回，不仅救出女同学，自己还安然归来——”

“对对！”红焰女美丽的大眼睛顿时一亮，脱口大叫道，“就是他！为爱闯龙境的苏渐！”

“吓！还‘为爱闯龙境’！”赤明无奈地道，“我说红焰姐姐啊，你能不能不那么幼稚？真不是我跟你抬杠，或是说要贬低你，你们女子啊，真的就是容易轻信。”

“特别是，编的故事里面，还夹杂点什么荡气回肠的爱情故事，就更让你们坚信不疑。都是编的啊！那苏渐如果真的深入龙境，还谈什么救人呢，自己早就化成一堆兽龙的粪便啦——唉，姐姐，你别给我翻白眼，还真就是这样。”

“现在我赤明算是明白了，人族发明的词语，还是有点道理的。”赤明一副老气横秋的感慨样子，“所谓‘无知妇孺’，不就是说你们女人还有小孩嘛。你看，红焰姐姐，还有个小乙六，无知妇孺都在我面前凑齐了。”

“我不管！”红焰女叫道，“只要有一丝可能，我就要一试。再说了，就算你说的都对，那人族行商为什么不编别人的故事，偏偏编他‘苏渐’的呢？而且阮天择不派别人来，偏偏派他，很可能说明他是有点门道啦！”

“哼，你这分明开始胡搅蛮缠了！我看你自己也不信吧？却还要这样！”赤明把头偏过一边，气道，“随便你怎么样好啦！果然啊，不能跟你们妇孺说道理的！”

“乙六，”这时红焰女也不睬他，转向小少年说道，“你快去跟那苏渐说，就说红焰女有请！”

差不多这时候，驿馆中那个叫向泰的随从首领，正跟苏渐叫苦：

“苏大人啊，怎么会这样？以前来我们好歹还能见到红焰女，怎么这回连个面都见不着？这要是回去了，可怎么跟阮大人交代？”

“不用急。”苏渐摆了摆手，从容道，“你相信吗？不出半日，他们就得来请咱们。”

“不会吧？”向泰吃惊地看着他，一脸的不相信。“对了，”他忽然想起一事，有些好奇地问道，“今早大人跟驿馆守卫说了啥？”

“放肆！”苏渐忽然变脸，喝道，“本大人做事，还要你过问吗？”

向泰没料到一脸亲切的少年，竟会突然发怒，顿时脸色一阵红一阵白。他讪讪道：“是在下唐突了。我也只是担心大人安危……不过，我们连正主儿都见不到，回去怎么好交代啊？”

从他这话，就看出此人果然是阮天择安插在随从中的亲信，行事跋扈，身份肯定不一般。苏渐都已经发怒了，他辩解之词还没说完，就立即转移话题，又把事儿兜回到苏渐身上。

苏渐显然也察觉到了这一点。

他不动声色地看着向泰，没再生气，只是扔下一句“我说他们会来就会来”，便闭目养神，不再理会了。

“好吧。”这时候无论是向泰还是其他行营人员，全都面面相觑。虽然没再说话，但他们的眼神都在无声地交换着同一件事情：

果然这位观察使年轻，不仅做事不靠谱，还爱吹牛……

正当他们心怀鬼胎时，却忽听得门外一阵脚步急响，紧接着大门就被猛地撞开！

“什么事！”向泰等人一直绷紧了神经，一听这动静，顿时吓得跳了起来，伸手就去摸佩刀。

正惊恐忙乱间，却听苏渐从容镇定道：“小乙六，这么急赶来，有什么事？”

“不就是红焰姐姐相请嘛，请诸位大人快跟我走！”乙六小后生急吼吼叫道。

“啊？！”苏渐还没什么表示，向泰等人却立即目瞪口呆了！这时候他们的目光齐刷刷看向苏渐，就跟看到鬼似的。

“向泰，”临出门前，苏渐回头跟向泰一笑，“你应该是担心我的安危吧？就冲你这一点，我便告诉你好奇的事情吧。其实，早上我只跟他们说了一件事：我，能治好红晶族长的病。”

苏渐的声音很轻，但向泰却好像忽然被惊着了一般。

他不仅手足无措，眼神中还闪过一丝慌张。不过他很快赔笑道：“大人果然年少有为，竟然连岐黄之术也精通啊。”

“嘿嘿。”苏渐没再说什么，只是留下一个意味深长的笑容，就跟着乙六往红溪村中心而去。

“哼！”看着他的背影，向泰脸上闪过一丝阴鸷神色。

他低声道：“就凭你？治好赤阳老儿的病？做梦吧！刚才差点被你唬住。”

“才想起来，咱阮大人为了能让赤阳老儿的病有起色，可是动用了宰相大人的关系，找到宫中御医的门路啊。”

“对对！”旁边有随从连连附和道，“向大人不必太往心里去。不就是吹牛嘛，小的跟他差不多这年纪的时候，也这样。”

“走吧！”向泰一挥手，阴笑道，“咱赶紧去看看，万一苏大人牛皮被戳破，要被他们乱刃分尸，咱哥几个也好帮忙求一两句情嘛！”

“嘿嘿，就是就是！”这时候在紧赶着追上去的随从眼里，前面那位小苏大人，基本就是个死人了。

很快，他们这行人在乙六的引领下，来到了村祠议事堂前。

还没等走到近前，苏渐就听到一个阴阳怪气的声音。

“哎哟姐姐，”只听那阴阳怪气的声音道，“这苏大人的年纪，怎么这么小啊？靠不靠谱啊？姐姐你不是经常说我嘴上无毛，办事不牢吗？可我看他，比我还小好几岁呢。”

苏渐闻声抬头一看，却见一个二十三四岁的红晶族小青年，正靠在大门门框上，看着自己阴阳怪气地说话，语气十分轻浮。

“赤明，怎么能这么跟皇朝天使说话呢？”伴随着这有些柔糯嘶哑的声音，一个貌美如花、身材更是极婀娜的金发女子，出现在村祠议事堂大门前。

“本官苏渐，两位是？”苏渐端着架子，沉声问道。这时候，他已换上了华夏衣冠，一身雪色素袍飘飘扬扬，不仅庄重，而且飘逸。

“不愧天朝上使风范。”拥有着异族美貌面庞的红焰女，如男子般抱拳一拱手，然后一指自己，又指指旁边的年轻人，落落大方道，“我是红焰女，你叫我红焰就行；他是赤明，是我义父族长的侄子。咦？!”

一直风度大方、态度亲切的红焰女，刚自我介绍完，却忽然有些突兀地叫起来：“苏大人，你有问题！”

“哈！”旁边赤明如获至宝，大叫道，“姐姐，我就说他有问题！”

不过红焰女却没理他，只是盯着苏渐的眼睛道：“你是不是见过我？”

“呃？”苏渐闻言一惊，心说难道昨晚偷窥他们的行为，被发现了？

心怀鬼胎之际，苏渐表面也好似吃了一惊，讶异问道：“没见过啊。姑娘何出此言？”

“没见过？”红焰女一脸疑惑，“不对啊，像你这么大年纪的男子，第一次见了我这容貌身材，尤其身上还穿得极少，脖颈、肚脐、手足都露在外面，白生生的，还不看得两眼发直，恨不得把人家吞下去？怎么你却一脸无所谓的样子？”

“嗯，你这人不仅说话声音没有变调，连呼吸还很正常，这太不对劲！你看看你后面那些随从！”

一听她这么说，不仅苏渐哑然，向泰等人羞惭，连赤明也猛地拿手一捂脸，痛苦叫道：“姐姐啊！你还真是什么话都往外说，太丢脸啦！”

“这有什么丢脸的？”红焰女腰肢一拧，不以为意道，“本来就是这样，他很不正常！”

“哈！”看着她这异于人族女子的做派，苏渐倒觉得很有趣。

“这女子，有意思。”他心想，“居然能从我神色如常，推断出我很可能见过她了。唉，那位族长侄子啊，你可不知道，你姐姐还真猜对了！”

虽然心里这么想，他却“道貌岸然”地一拱手，优雅说道：“红焰姑娘，‘非礼勿视’，正是我华夏千年礼教，已深入本官内心。所以，如此并无任何不正常。”

“当然不正常！”红焰女脱口叫道，“换了你们那些满口仁义道德的老先生也就罢了，但你可是‘为爱闯龙境’的苏渐啊！”

“哈哈……”这下子，苏渐再也装不下去了，一脸尴尬，苦笑道，“‘为爱闯龙境’？什么乱七八糟的！哦，原来你是说那件事啊……”

“没想到都传到你们这边来了，还什么‘为爱’——得。”他看了看红焰女满脸兴奋的表情，连忙道，“我们还是说正事吧。红焰姑娘可别忘了，请我来，是为你族长义父看病的啊。”

“对了，差点忘了！”红焰女以手抚额，埋怨了下自己，不过接下来她狠狠看了苏渐几眼，便犹疑道，“你……真的会看病？”

“当然。”苏渐神色自若。

“可是会看病的大夫，不都是老头子吗？”红焰女天真地问。

“红焰姑娘，我们是先在这里讨论大夫的年龄问题，还是先去看看令尊的病情？”苏渐笑道。

“好吧，那你跟我来。”红焰女便带着苏渐，前往族长赤阳的住所。

本来，苏渐只是想找个借口，打破眼前的僵局，不过等他一看到卧床不起的老族长脸色，便是大吃一惊！

虽然“会看病”只是借口，但他毕竟不是对医术一无所知。

作为灵鹭学院的学生，他还是好好看过几本经典医书的。什么《灵枢经》《黄帝内经》《神农百草经》之类的，也都曾熟读过，再加上作为玄武卫一员，寻常的跌打损伤治疗方法，也是手到擒来。

所以，当他看见赤阳的脸色时，就发现，这恐怕不仅仅是“病”的问题。

作为红晶族人，虽然赤阳已经年老，但皮肤相比人族而言，还有几分光彩。但这时候，这应该不错的脸色，却呈现一种诡异的蜡黄。

如果只是蜡黄还好，最诡异的是，在他蜡黄的底色上，还有一股黑气在流转。

这黑气，不仅游动于五官之间，还能自己变色，从黑变成紫，从紫变成青，然后又毫无征兆地变回黑，就好似一条灵活游动的变色小蛇。

“这……”苏渐见状，满脸惊异，怔怔地盯着这股黑气，好似看呆了。

红焰女一直在观察他的脸色。见他如此，不禁有些失望。

“看来又和以前那些大夫一样了。”这般想着，红焰女便忍不住道：“苏渐，你们人族的医师，看病不都是要‘望闻问切’的吗？怎么你只顾呆看啊？”

“我这不是在望嘛。”苏渐硬着头皮道。

“那‘闻问切’呢？”红焰女追问道。

“是啊是啊，”赤明也嚷道，“看你这慌慌张张的样子，这医师肯定是假冒的吧！”

被他两人这么一逼迫，苏渐也有些慌张。不过正是急中生智，他心中忽然灵光一现，顿时说道：“不要急，我苏渐看病只需‘望’和‘切’。”

说罢，他便快步走上前，伸手掐住床上赤阳的手腕，开始假模假样号起脉来。

“咦？”虽然作为异族女子，不熟华夏医术，但毕竟这些基本的东西，红焰女还是知道一二的。于是，一看苏渐这样子，她总觉得有哪里不对劲。

迟疑了片刻，她才想起来：“呀！这少年握手腕的姿势，很不专业啊。别的大夫先生把脉时，都只拿两根手指轻轻地搭在脉上，他怎么就这么大大咧咧地握住爹爹的手腕？”

正迟疑间，红焰女却见少年闭上眼睛，瞑目凝神，那握住手腕处，竟忽然腾腾地冒出一些奇光来！

见得如此，本来一肚子疑问的女子，又把所有疑问咽回了肚里。

不仅是她，苏渐这高深莫测的做派，也一时震住了屋中其他人。就连对他具备天然敌意的赤明，也立即闭嘴。

这时他心想："难不成，这厮还真会看病？看他闭目养神、手腕泛光的样子，难道他真有什么祖传的绝技医术？"

是不是绝技医术不知道，但很快苏渐已经睁开眼。

他收回了手，虽然还没说话，但已是一脸凝重，神色无比严肃。

见他这副样子，红焰女心里顿时就慌了。

"苏、苏大人……爹爹他，究竟得的什么病？"她带着惶恐地问道。

"不是病。"苏渐摇了摇头。

"不是病？！"赤明立即叫了起来，"那就是你有病吧！叔叔他这样子，不是病是什么？我看你分明就是假冒大夫，眼看病瞧不出，就开始胡言乱语妖言惑众！"

"苏大人，怎么不是病呢？"这时向泰也假装好心道，"病应该还是有病的。我们阮大人可是请过宫中御医诊察过的。就是这病该怎么治，需要好好斟酌，所幸我家阮大人已经有了些眉目……"

"不对。"让众人没想到的是，这明明胡言乱语的少年，却再次坚持道，"这不是病。若真按病去治，永远也别想治好。"

这时候，苏渐才不管众人质疑甚至鄙夷的目光。别人不知道，但他自己知道——刚才急中生智用秘技"血瞳心眼"接触族长，终于查出了真正的"病灶"：

原来，这红晶族长大人根本没有生病，而是体内寄生了一种罕见的黑暗生物，约莫看看轮廓，竟是某种传说中恶魔国度的魔物！

"怎么这年代还有魔物？"说真的苏渐非常吃惊，思忖道，"它究竟从哪里来的？怎么会进入族长的体内？这背后……"

"但不管是什么势力在作怪，能解除被龙族封印过的魔物，还能种到族长体内，这能量绝对可怕！"

突如其来的问题实在太过严重，以至于连苏渐这样镇定之人，这时也陷入了有些惶惑的沉思。

但这时候，别人可不能理解他的苦心。

那赤明依旧不依不饶叫道："姐姐，怎么样，我说吧，他就是个骗子！你还信以为真，不是'无知妇孺'是什么？亏你还这么'大'年纪。"

面对赤明的指责，红焰女一时语塞，无言以对。

这时向泰则假惺惺地拉着偏架："大家也不用怪苏大人，毕竟他年纪也不大，有时说说大话，也是能理解的嘛……"

"不，不是我说大话。"看似愣怔发呆的少年，忽然间好似清醒过来。

他并没管赤明，而只是盯着向泰。

盯了他片刻，让向泰心里开始发毛时，苏渐忽然语气不善地说道："向泰，你刚才说什么？嗯，不管你原来是什么人，这回来红溪村，你就是在我手下做事。请问刚才，我允许你说话了吗？"

如此质问时，苏渐的眼神变得锋利如刃，如同戳到向泰心窝里。

其实向泰能成为阮天择的亲信，其能力胆识绝对过人。并且苏渐不知道的是，相对那庞玉是阮天择麾下第一打手，这向泰其实是阮天择的第一谋士。

但就是这军师一样的人物，这时被少年一瞪，立即噤若寒蝉，不仅不敢再多啰唆，只觉得连后脊梁骨都开始发凉。

教训完向泰，苏渐转向红焰女，用十分真诚的语气道："怪我一时情急，没把话说清楚。令尊这不是病，而是有一只十分古怪的魔物在躯体内潜伏！"

"魔物！"这字眼如此陌生，以至于包括红焰女在内的在场众人，愣了一会儿才反应过来。

"魔物？"赤明从起初的震惊，很快又变成质疑。

他对一脸认真的苏渐嗤之以鼻："还魔物呢！怎么样，姐姐，各位，我刚才就说他妖言惑众，你们看看，他果然搬出魔物来，真的很有想象力啊。"

"你叫赤明吧。"一直没理他的苏渐，忽然转脸看向他。

"是啊，怎么了？"这时候被苏渐一瞪，赤明才忽然发觉，这个比自己还小的华夏少年，这双眼睛就跟刀子一样。

"没怎么样，但有个事情想提醒你，"苏渐冷笑着看着他，"刚才你听没听见你姐姐称呼我什么？"

"称呼你什么？"赤明觉得莫名其妙。

"'皇朝天使'。"苏渐的神情变得冷酷，"赤明，我原谅你是化外之人，之前一切，既往不咎，但有个我朝常识要跟你普及：你既是我华夏治下子民，就要识尊卑，重礼仪。虽然本使心胸宽阔，但如果你再敢跟本使出言不逊，你信不信我立即回去，召集大军，将你这小小的红溪村荡平？"

一直气焰嚣张的族长侄子，听完苏渐这番话后，终于变得脸色煞白。

他刚才一直出言不逊，但这一刻，他几次张嘴想说些什么，却最终都没敢说出一句话来。

见得如此，虽然刚才跟苏渐不对付，但向泰也忍不住面容肃然起来。

"对啊，我刚才怎么没想到？"向泰心说道，"不管如何，我等来到这里，就代表天朝上国的颜面。赤明你一个小小的混蛋，怎么敢一直对苏渐脸不是脸、嘴不是嘴？不说苏渐了，你这样做，也是对我等几人的大不敬啊！"

这么想着，他忽然也起了一股同仇敌忾之心，其他几个随从也大抵都是这心思，于是现场的气氛，立即紧张起来。

"苏渐，你……"这时候红焰女看着苏渐，也好像忽然神沮气短，连话都说不连贯了。

不过，正是这样，她内心竟有些欣喜：看来传言没错啊，你瞧苏大人这一副杀气腾腾的样子，肯定是杀过不止一个龙族才有的啊！

正当她转着这样奇怪的心思，却忽听到那病榻上传来一句微弱的话语："赤明……你个不肖子……听大人的没错……是、是魔物……"

"啊？"听得此言，别说红焰女了，就连赤明也是又惊又喜。

虽然被骂了，他抢先冲到病榻前，惊喜叫道："叔叔，你终于能说话啦？"

"我……"很显然赤阳族长极度虚弱，刚才说了那么多已经是极限，所以这时候只吐出一个字，便艰难地转动头颅，将目光看向苏渐。

这一下在场所有人都明白了：

自己的事自己知道，之前没人提醒想不到，族长也不敢想；今儿苏渐一提醒，作为当事人的赤阳族长自己，也根据自身状况确定：就是魔物附身了！

别看赤明愣，可也不是傻瓜。看明白这一点，他立即冲到苏渐面前，急声道："苏大人！苏大人！快救救我叔叔吧！"

"你说救就救？"看到他这会儿说话还是唐突没礼貌，苏渐便不准备原谅他。

其实他并不是这样不宽容的人，实在是今时不同往日。今日来红晶族这里，他苏渐就不仅是代表他自己，还代表整个华夏天朝上国。

见得如此，赤明大为后悔，但也没什么办法。

急得像热锅上的蚂蚁时，赤明的目光忽然扫到红焰女身上，立即眼前一亮，又跑到她跟前道："姐姐，你快求求苏大人吧！是你眼光好，看出苏大人能成事，你就帮帮我叔叔这一回吧！"

"唉，"红焰女看着他，叹了口气，"赤明，以后你还敢这样张狂吗？我看苏大人啊，既然是天朝上使，怎么可能真跟你计较，只是为了教训教训你，让你长个记性吧。"

"姐姐！"赤明还没听出来她真正的意思，一脸委屈地看着她。

"哈哈哈，"苏渐忽然哈哈笑道，"红焰姑娘，你不愧为万载晶灵，这么会说话。好！不让你的话白说，我苏渐确为堂堂天朝上使，不跟村野之夫计较。"

"只是，"他话锋一转，"要我出手对付这魔物，将它驱逐出族长躯体，并不难。难的是，魔族力量叵测，即使小小魔物，也往往具有强大的毁灭之力。若我真将它驱逐出来，你们能保证不出事？"

"能保证！"赤明脱口叫道，"别看我赤明莽撞，我自小就打磨筋骨，一身武艺法技高强，苏大人您尽管驱魔，等它出来后，我赤明一人对付它即可！"

"还有我。"这时红焰女也不抬杠了，沉声道，"既然苏大人说出我是万载晶灵，我红焰女当仁不让，确实一身火灵秘技颇为精湛，对付魔物应该无虞。"

"那就好。"苏渐不再说话，迈步向前，就想动手。

只是这时候，刚刚同仇敌忾的向泰，却一脸难看的神色。

看着苏渐就要挥手施法的样子，他忍不住道："大人，还请三思啊！毕竟魔物之说已经骇人听闻，如果处置不当，恐损我天朝颜面啊。”

“你这话不对。”没想到苏渐摇了摇头，“我刚已答应他们，君子一诺，千金不换，若我此时收手，才真是有损天朝颜面。”说罢，他毫不迟疑地开始作起法来。

见得如此，向泰十分后悔，埋怨自己刚才不早点出手。无论软磨还是硬拦，总要将他阻止。

不过，向泰转念又一想：“什么魔物？真是荒诞之言。好吧，我还好心相劝，你却非要来真的。过会儿出了丑，可别扯上我们几个。”

“更何况，你这么做，虽然毫无用处，根本治不好赤阳老儿的病。但你出了手，就证明想坏我家主公的好事——好！既如此，一会儿等你失败，我也就不用客气了，咱兄弟几个，撕破脸跟你斗吧！”

心中转着这样凶恶的念头，向泰也不看苏渐现在在怎么样折腾，自顾自地回头，跟其他几个随从使眼色。而这几人，也都是阮天择精心挑选跟来的，这时候根本不用向泰说话，一看他的眼神，便明白了一切。

这时候苏渐已经开始作法。

虽然他并没有学什么驱魔术，但心里比较有底，因为几次实战下来，他已经渐渐摸清胸前“星降之链”的底细。

他发现，不管还有什么其他功能，至少能确定，这星降之链对黑暗生物竟是有奇效的！

于是，这会儿他便开始运转灵脉，将修炼而得的灵力聚往胸口的“膻中穴”，与正挂在那里的星降链坠呼应共鸣。

而别人并不知道苏渐胸口的底细，所以这会儿只看见少年闭目凝神之后没多久，那胸口竟忽然散发出一阵奇光来。

这光芒，开始并不起眼，但随着苏渐的作法，它变得越来越明亮，后来几乎将少年胸口洁白的衣襟照成了半透明。

尽管有所谓男女大防，但红焰女还是目不转睛，一动不动地看着那里。

“这是……”熟谙火焰之力的万年焰灵，这时候却感受到一股奇特的力量，正在少年的胸口蠢蠢欲动。

之所以觉得奇特，是红焰女感觉到，这力量竟给她一种“既熟悉又陌生”的感觉。

疑惑了良久，她脑中忽然灵光一闪，忍不住脱口叫道：“哎呀，这是星空之力！”

正叫出声时，恰好少年无比潇洒地一挥手，就将这道饱蕴星空之力的辉芒，打向床榻上的族长！

本来赤阳族长奄奄一息，好似个死人。但当这道星芒扑上身躯时，却猛然发出一声嚎叫，明显不类人声，紧接着他就腾地一下子坐起身来！

还没等众人反应过来，本来面如金纸、虚弱无比的赤阳族长，这时候却忽然狰狞了面目，竟用力挣起了身子，张牙舞爪地想朝少年扑来！

众人见状皆惊，全都本能地后退，但此刻离得最近的苏渐却不退反进。只见他踏前一步，双手急挥，瞬间无数道灿烂的星芒朝发狂的族长飞击！

“嗷！”一声凄厉无比的惨叫声后，忽然间一个黑影从族长身上腾空而起，望空朝众人扑来！

与此同时，那赤阳族长好像突然失去所有神魂力气，如一只掏空的面口袋般软绵绵地倒在地上。

所有这些变故，全发生在电光石火之间，在场众人甚至来不及看清腾空而来的魔物面目，就吓得四散奔逃。

不过这时候，苏渐却眼疾手快，百忙中一把揪住正从身边慌乱跑过的赤明，大叫道：“赤明！魔物出来了，就等你‘一人对付即可’了！”

第四十六章

红粉问情

“啊!”赤明一声惨叫,语无伦次叫道,“快放开我快放开我! 魔物要吃人啦! 哎哟! 妈呀!”

正当他狼狈不堪时,那红焰女却凝神而立。身材妖娆的女子,在抱头鼠窜的众人中,就如同任身边海浪往来却岿然不动的礁岩。

“魔物敢尔!”只听红焰女娇叱一声,顿时身周凭空燃起无数红焰,绕身飞翔,如同火鸦飞翔。

“咦?”苏渐惊异地看着她,便见娇娜的女子在周身火焰中随手一探,便抓出一团火焰,朝那满屋乱窜的魔物奋力一扔。

这团火焰刚离手时,还只是正常的火焰形状,但是在飞向魔物的过程中,却神奇地不断变形,到了魔物跟前时,却已经变成一只真正的火焰雄鹰!

只见这火鹰扑到魔物面前,立即扬起烈火利爪,朝魔物当头抓去!

见得如此,魔物那对诡异的绿莹莹眼睛中,竟似流露出一丝不屑。

山魈猿猴一样的魔物,只是扬起爪子一挥,空中瞬即闪过几道绿痕,仿佛无形的空气都被它的爪牙抓破。

当这样霸道的爪子对上火焰雄鹰的利爪时,那本来煊赫无比的烈火鹰爪,却转瞬嘶然而灭。

威风凛凛的火焰雄鹰,霎时间心胆俱丧,哀哀惨叫两声后,便化作无数细碎的火苗,转眼消失不见。

见得如此，那魔物气焰更涨，"叽叽叽"几声诡异鸣叫，便起身飞扑，朝发出火鹰的红焰女迅猛扑来。

见魔物如此凶猛，众人也都和刚才那只火焰雄鹰一样，心胆俱丧，但红焰女却夷然不惧。

待魔物飞扑到近前，她便清叱一声，于是那满头金色的长发，忽化作汹涌吞吐的金色火焰，并且瞬间凝成枪矛之形，对着魔物直直戳去！

见得这样的金色真火，那魔物仿佛识货，逃避危险的本能立即发作。

这时众人便见这个小黑猿一样的魔物，在空中用一个完全违反自然规律的动作，硬生生改变了方向，竟是从横空飞扑的状态，没有任何过渡转折，就突然坠下，直直地落在了地上，躲过这几乎下一刻就要刺中自己的致命焰矛。

见得如此，众人更是心惊，连本来镇定的红焰女，也禁不住开始惊慌失措。

而那魔物通灵，感应到众人的恐惧，顿时"嘎嘎嘎"一连串怪笑，气焰更加嚣张。它猛地腾身而起，如一道黑色闪电，迅疾无比地扑向红焰女的面门。

如果是别的部位还好，见它竟朝自己脸上扑来，作为女子，红焰女本能地大惊失色。

"啊呀！"她第一个动作，竟不是闪身躲避，却是身形纹丝不动，只是惊叫着用双手捂住了脸！

见她如此，在场众人也顿时用双手捂住了眼睛——因为魔物猖狂，他们根本无从救援，红焰女遇难在即，他们不忍心看到接下来鲜血四溅的场面。

眼看惨剧就要发生，却猛然只见一道蓝莹莹的光华闪耀而来，还没等众人反应过来，便听得一连串诡秘无比的嘶声惨叫，声调惨烈无比。

"啊？"正捂眼睛没看清的众人，心里顿时想道，"没想到红焰姑娘美貌绝伦，临死的惨叫却这么难听聒噪！"

正这么想着，却忽听得"应该已经死了"的红焰女惊喜交加地大叫道："苏大人，你这剑，好厉害！"

“呃？”众人闻言愕然，怀着“红焰女怎么诈尸了”的念头，移开手一看，却见那魔物已经被一支蓝莹莹的长剑钉在了地上，哀哀地惨叫，眼见便是不活。

“怎么会这样？”赤明率先脱口惊叫道，“怎么死的是魔物？”

“啥？”红焰女愤怒的目光顿时射过来，怒叱道，“你说的是人话吗？难道死的是我你才开心？”

“不、不是的！”赤明连连摆手，然后赶紧转移话题，“咦，这把剑谁的？长得挺好看，竟然就把魔物杀死了。”

说此话时，他看向宝剑的眼神中，已经显出贪婪的神情，本能地就上前伸手去拿。

“这把剑，我的。”一个如沐春风般的声音，忽然在他耳边亲切地响起。

“啊，是你的啊。”赤明如梦方醒，扭脸一看，苏渐意味深长地看着自己，便只得讪讪地收手。

这时候，除了赤明，屋中一众红晶族人，看向苏渐的眼神已经大为不同。

本来他们还以为，苏渐只是个模样英俊的少年，没想到刚才竟那样凌厉地出手铲除魔物，场面宛若仙神。

不过这时候，大家的注意点，却更在地上那个魔物尸体上。

魔族生灵，甚为奇异，连死后的变化，都与其他族群不同。

当它被血歌剑钉死，便立即开始萎缩；此时不仅伴随着嘶嘶的怪声，还冒出一阵阵腥臭刺鼻的黑气，倒好像它的尸体正在化成黑烟一样。

于是，虽然魔物最终化成的黑烟逐渐消散，但它的样子，已经深深地印在众人心底。

“这是‘魔狮’，”苏渐忽道，“我在《魔族万灵志》上看过。魔狮乃是魔族贵妇人喜欢豢养的宠物，天性喜好寄生于晶灵族人身上，以吸噬其神魂晶气成长。故当年凡是豢养魔狮的魔族之家，必不断猎取晶灵族人供其吸取滋养。只是……”

说到这里，苏渐忧心忡忡道：“只是魔族三百多年前便已被龙族镇压封印，包括这种魔灵宠物也概无幸免，怎么今日能在这边陲红溪村见到？

还特别寄生在族长身上!”

一听此言,屋中一众红晶族人又惊又怒,那刚刚恢复神气的族长,更是脸色大变。

被两个族人扶住的赤阳族长,此时看着苏渐,嘴角牵动几下,好像想说什么,但眼角余光微不可察地扫了向泰一眼,便欲言又止。

见得如此,苏渐也不客气,转头对向泰这些阮天择的人,老气横秋地说道:“向大人,你带我们的人先回驿馆。赤阳族长病体方愈,神气未足,少不得要本使施展回春妙手,细细察看一番才行。”

听他这么一说,向泰一愣,心说道:“呸!还回春妙手,说得跟你会医术似的。刚才老子已经看出来了,你最多会两手旁门左道的驱魔之术,根本对医术一窍不通!”

心中不屑,但表面他却连忙赔笑道:“苏观察,您施展回春妙手,解除族长病痛自是手到擒来。不过族长他病情奇异,不瞒您说,下官也熟读过医经,不若暂且不忙走,陪在一旁,必要时也好替大人您打个下手。”

“这样啊……”见向泰要死狗赖着不走,苏渐点点头,也不发怒。

他只是忽然抽出血歌剑,手指一弹锋刃,待剑发出一阵龙吟虎啸的剑鸣后,才悠悠说道:“向大人有这番苦心,在下真是感佩。这样,我看老族长气血虚弱,现在根据我独门医术秘技,正需要输血,请向大人把袖子捋起来。”

“好啊……请问捋起袖子是要做什么?”向泰一边卷袖子,一边好奇地问道。

“自然是拿我这削金断玉的利剑,在你胳膊上砍一剑,接点鲜血救济给老族长了。”苏渐淡淡说道。

听得此言,向泰脸色立时就变了。

但他还不死心,强作镇静地问道:“要多少?”

“也不多,”苏渐道,“装满一两个海碗也就够了。”

“大人!”向泰猛地大叫一声,“下官突然想起来,驿馆中还有许多公文未写,大人您专心治病,下官就先回去了!”

说罢也不等苏渐回应,就立即招呼他那伙人,如同火烧屁股般夺门而去！

见得如此，赤阳老族长和红焰女等人，全都忍俊不禁，待他们出门跑远后，一齐放声大笑。

苏渐转向老族长，从容问道："老人家，晚辈刚才看您神色，是否有话要对我说？"

"苏大人！"老族长叫得一声，便扑通一声跪倒在地，匍匐叩首道，"多谢大人救命之恩！"

"老族长快快请起！"苏渐赶忙上前，将他搀起。

"跟我不必多礼，"他道，"有什么话，但讲无妨。"

"苏大人这风采，老朽佩服！"赤阳又赞得一声后，便看着地上已经差不多消失的魔物，忧心忡忡道，"方才大人说这是'魔狮'，老朽却想起一事来。"

"何事请说。"苏渐道。

"老朽以前一直听闻，说是那天杀的火妖族，几年前已从龙族那里得到秘术，可以解封一部分当年龙族镇压的低等魔族封印。老朽听闻此事时，便听得这魔狮，就在他们能解封的魔物品种里。"

"那就是说，这事是火妖族干的了？"苏渐若有所思道，"若如此，倒也无妨，火妖族越来越猖狂，竟开始抢掠我华夏天朝的军资了。哼，这样不知死活，迟早我朝会派大军灭了他们！"

"这是自然，华夏天军一到，这等跳梁小丑定然化为齑粉。不过……若真只是如此，倒还好。"赤阳欲言又止道，"老朽有句话也不知当讲不当讲……"

"前辈您有话但说无妨。"苏渐道。

"好！那老朽就拼了这身残躯，说出这话来吧！"

本来神气恹恹的老族长，这时候倒像马上要豁出命去似的，用一种视死如归的语调说道，"老朽也看得出来苏大人少年英杰、神采不凡，才敢斗胆说出此言。若此事真是万恶火妖捣鬼，那倒还好，怕就怕……老朽听说，你们的阮大人，近年竟和火妖时有接触……"

"哦？"听得此言，苏渐猛吃一惊，心里顿时想道，"看来，我没冤枉这位阮大人。连本地土著红晶族长都说他和火妖有接触，那前日之事，定然是他跟火妖族勾结无疑。”

确定阮天择可疑之后，苏渐又想了想，才发现，族长这话，更是猛然将自己点醒：还别说，这事太像是阮天择干的了！

这厮一开始时，觊觎红焰女美色，想娶，但从族长刚才的表现来看，红晶族对此肯定不从。于是阮天择就暗下黑手，用从火妖族那里弄来的魔獏，找机会种在了族长身上。

“如果真是这样，事情还挺麻烦。”苏渐想道，“来之前，那阮天择种种表现，分明是真心看上了红焰女。这回一计不成，还会再生一计，绝不会善罢甘休。如果这样，这个红晶族确实麻烦了。”

他用同情的目光看着屋里的人，心想道：“以阮天择的身份地位，还有能动用的力量来看，说红晶族这回惹上了大麻烦，都算是往轻里说的……咦？！”

顺理成章地想到这里，苏渐却忽想起一事，心里便猛然一惊！

原来，他想起来，那个同来的阮天择亲信向泰，曾在无意中说起，红晶族长的怪病，连“宫中御医的方子也治不太好”。

作为玄武卫中人，苏渐最重视这种无意中说出来的话，因为在双方斗智斗勇之时，只有这种最无心的情况下说出的话，才最可能真实。

所以，一想到这句话，苏渐就忽然有些吃惊，因为听向泰那口气，这魔獏，还真有可能并不是阮天择做下的手脚。

“如果不是他干的，也不是火妖干的，那……”顺着这思路，苏渐的神色忽然变得十分凝重。历经了这么多磨难，苏渐便深深知道，只有“看不见的对手”，才是真正最可怕的敌人。

“但愿不是如此。”苏渐心里安慰着自己。

正这么想时，却忽听那赤明叫道：“叔叔，不是我没眼色，您的病还没痊愈，我本不该说这些。但是事情紧急，我也顾不得了。”

听他如此叫，包括苏渐在内的目光，全都被吸引了过去。

只听他道：“怎么叔叔，听您的意思，倒把阮大人视为仇人了？红焰姐姐就不嫁他了？”

“当然！”红脸膛的赤阳族长断然道，“本就不愿，现在魔物已除，更无求他之处。”

“真无求他之处？”赤明叫道，“您别忘了，他可是本地最大的官啊！现在他摆明看上了姐姐，就算不帮咱看病，没了这个恩情，也完全没办法拒绝啊！”

别看赤明这番说辞做派，跟个愣头青似的，但他这番话还别说，倒是一语道破实情。

听他此言，不仅红焰女有些黯然，旁边那个老谋深算的赤光长老，也面色凝重，一时无语，显然没什么好办法。

这时只有赤阳族长大叫道：“怎么说？现在害我之人，很可能就是你口中这位‘阮大人’，这样子还要我把女儿嫁给他？”

“赤明！”这时他的声音几乎是吼起来的，“你，还有你们，都要记住！红焰女虽是我义女，但却是晶海万年火焰晶气凝结成的灵体，她不属于任何人！现在她好心尊我为义父，难道咱还真要把她当成说嫁就嫁的族长女儿？”

“那不然呢？”赤明犟劲儿上来，梗着脖子顶嘴道，“红焰姐姐一直跟我们生活在一起，现在我族有难，她不能不帮！”

“你！”赤阳族长气得胡须直颤，怒叫道，“赤明，你给我闭嘴！就算你们都有心这么做，我赤阳老汉也不能卖女求全！”

“哼！”赤明不满道，“叔叔，你这几天被魔物缠身，病糊涂了吧？对对，‘不能卖女求全’，这话什么时候听都好听，可咱也得就事论事。”

“您，还有大家都想想，火妖族已经常常袭掠我们了，弄得咱苦不堪言，这种情况下如果再得罪了阮大人，什么后果，你们都想想吧！再说了，如果伺候好了阮大人，火妖的灾祸，也就迎刃而解了。”

“你！”赤阳族长瞪着他，虽然很生气，但对赤明刚刚这番话，却竟是一时驳斥不得。

这时候，作为当事人的红焰女，神色哀伤。

这种局面，对她来说，实在难堪。

从她本心，肯定不想嫁那个什么根本没感情的阮总管，但是赤明的话，虽然难听，但道理却是没错的。

红晶族被火妖所扰，已是风雨飘摇，如果再加上阮天择的雷霆之怒，则“灭族之祸”可不只是说说，很可能转眼即至。

红焰女都这么想，更别说屋里其他人了。屋中众人此刻的心情，可谓是一片凄风苦雨。

其实大家都不是愚笨之辈，再被赤明这样直头直脑地一剖析，便都知道，这是个“进亦忧、退亦忧”的两难局面。

这种情况下，屋内已经有些人眼含泪光，显然已经想象到一些悲惨的画面……

“赤明所言，我倒有些不同的看法。”正当众人一片愁容惨淡时，却听苏渐忽然开口。

“苏大人请说！”赤阳族长立即叫道。

“你想说什么？”赤明一脸警惕地看着苏渐。

“我想说的是，你刚才的话，听起来挺有道理。”苏渐心平气和地道。

“什么叫‘听起来’？本来就是！”赤明还是改不掉他那嚣张的口气。

“嗯，但是有一点，大家要小心。”苏渐不跟他计较地继续道。

“是啥？”赤明不以为然地问道。

“把一切希望，只寄托在一个人身上，是很危险的。”苏渐道。

“你这话什么意思？”赤明一愣，看着他。

“我说的就是阮大人。”苏渐毫不避讳地说道，“我不仅是听说，而且是亲眼所见，他纵容手下，猎取你们红晶族人为奴取乐。”

“这！”赤阳族长一听，倒吸了一口冷气。

“有这事？”他把目光转向侄子赤明、长老赤光。

“是好像有……”赤明不情不愿，跟牙疼似地抽着气说道，“好像有往海北之原走的族人，被行营兵将抓去，不过不一定是猎奴，可能是触了什么王法吧……”

“够了。”这次赤阳没有吼叫，而是平静地看着赤明。等到把他看得直发毛时，他才转过脸，朝苏渐说道：“苏大人，老朽多谢你的提醒。唉！”

本来硬气的老族长，这时候却像苍老了十岁，叹气道：“我红晶族，也是自上古传承，经历风风雨雨、浩劫灾祸，跌跌撞撞走到今天，还以为有天命助我，便得苟延残喘。没想到……”

“没想到天若亡我，无路可逃！

“唉，罢了，也值了。就算此际灭族，我红晶这等小族，能延续至今，也是叨天之幸了。”

“呜……”老族长此言一出，屋内众人，顿时哭声一片，就连一直气冲冲的赤明，也不禁觉得心气黯然。

“各位，先别着急哀伤。”一片泣声中，却听苏渐朗声说道，“其实，贵族秉性纯良，又忠于传统，我苏渐虽然不才，倒也想助各位一臂之力。”

“您的意思是……”赤阳和众人，顿时都把疑惑的目光集中在少年的脸上。

“我是说，”苏渐冷静说道，“我华夏国，上有圣主，下有贤臣，国势正是昌明；而尔等虽是小族异族，但既服我华夏礼教，便是我朝子民。所以我华夏君臣上下，绝不会任由红晶族受人欺凌！”

苏渐这一番话，说直接，却大部分都是官方套话；但要说含蓄，换一个角度理解，却已经说得直白得不能再直白。

所以，赤阳、赤光、红焰女等人都听明白了，他们的眼睛顿时全都亮了起来，心中不约而同想到：

可能，眼前这人，和阮天择是不一样的。那阮天择看着势大，也未必就没人治得了他……

他们都听懂了，但赤明没听懂。

有了刚才的教训，他这回并没有说话。

但他心中的话语，却比说出来更加沸腾激烈：

“蠢蛋！都是蠢蛋！”

“你们竟然被一个比我还年轻的后生给骗住了！

“你们平时一个个了不起，怎么样？这会儿被我看出来了，你们全他娘的都是蠢蛋！

“怎么，你们还想受这小子的哄骗，想跟阮大人斗？呸！都不看看自己几斤几两！

“好，叔叔，你固执，你老朽，你看不清形势，你想以卵击石，好，不要紧，你就继续固执老朽下去吧。新的时代已经到来，拯救我红晶族群，还得看我赤明！”

心中滂湃若斯，最后他竟不顾别人目光，“砰”的一声摔门而去！

见他如此，赤阳非常无奈。他刚想说些什么道歉的话，却被苏渐一摆手阻止。

“老人家，魔物初除，您还需休息静养，切莫动气。”苏渐微笑说道，“华夏有谚，‘船到桥头自然直’，许多事，不必多虑。”

现在屋中红晶族上下，已视苏渐为救星，听他说出如此话来，全都略略安心。

此后苏渐不再逗留，拱手告辞，回到驿馆去了。

再说赤明。

刚才摔门而出，他便气冲冲一路往红焰晶海边走。这也是他们红晶族人的传统，一旦烦躁气闷，心情不得平静，他们便会去红焰晶海边，看着浩瀚的晶海之水，寻求心灵的宁静。

以前赤明如此做，也是屡试不爽，但今天这回，却发现暴躁激烈的心绪，始终难平。

此时日光西斜，已近黄昏。

泛着红光的浩瀚晶海边，赤明一路用脚踢着鹅卵石，暴躁吼道：“都是蠢货！都是蠢货！你们都看不起我！看不起我！”

这时他又想起魔狮初现时，那苏渐还揪住了他，结果别人不知道，他自己却非常清楚，当时他的底裤，顿时就湿了……

一想起此事，他就变得更加愤怒狂暴！

正当赤明手舞足蹈地咒骂发泄时，忽然有个声音带着笑意响起：“赤明少爷，你这是在骂谁呢？”

赤明闻声回头一看，却是那个丹丘城来的随从使者，向泰。

“我这是在骂老天！怎么，你们华夏人管得宽，我连骂老天爷都不行？”赤明尽管看着向泰一脸笑意，但说话就是没法客气。

“哎呀你竟然骂老天，这不行啊！”向泰装模作样地惊叫道，“你这样，是会被雷劈的！”

“被雷劈就被雷劈！”赤明梗着脖子道，“一下子就死，总好过被火妖活吃！”

“原来小少爷是担心这个，”向泰若有所思道，“确实，要说让我们吃鸡鸭牛羊还行，被人吃，我猜那滋味恐怕不太好受吧。”

“你这不是废话吗？！这还要猜？！”赤明瞪着他叫道。

“哈，这不是我看小兄弟您心情不好，逗个乐子嘛。”向泰装作委屈地道。

“都什么时候了，还逗乐子！”赤明挥挥手，显得很不耐烦。

“那应该到什么时候了？”向泰道，“其实依我看，事情并没有小兄弟你想得那么悲观。”

“这还不悲观？”赤明气鼓鼓道，“眼见和你的主子联姻不成，接下来我们红晶族就要面对丹丘城和火妖族的双重威胁，这还不悲观，那你说说啥叫悲观！”

“错了错了！”向泰忽然连连摇头道，“首先，我要帮我主上声明一下，阮大人他乃当世大才，绝非好色之人。你们要弄清楚，他对红焰姑娘的爱，纯粹发乎真情，怎么让你们说得跟强抢民女的恶霸似的？你们如果再这样，阮大人他才真的会生气呢。”

“真的？”听了他这话，赤明心情忽然有些好转，那暴躁的心还真有些平静下来。

“当然是真的！”向泰斩钉截铁道，“阮大人是做大事的人。你没听说过吗？大人有大量，他怎会因为区区一女子跟你们计较？”

“再说了，别怪我说得不好听，一个红焰女而已，在你们眼里如珍似宝，可放到美女如云的华夏天朝，根本就不算啥。”

“这不会吧，”赤明有些怀疑地看着向泰，“我这挂名的堂姐，可是要模样有模样，要身材有身材，怎么就比不上你们华夏的美人呢？”

“哈，所以我才说，别怪我说得不好听，”向泰挤着眼笑道，“你们这是‘坐井观天’！华夏这成语你们知道不？别的不说了，这红焰女的头发颜色，那啥玩意儿啊？金黄金黄的，跟顶着一头菊花似的，一副蛮夷婆娘长相!”

“若换了我,根本不会娶她,娶了她也带不出门——你也别瞪我,摆明了告诉你,阮大人将来若真将她娶进门,也只能当小妾,排名还不能靠前!”

被他这样一通雷烟火炮般的话语一说,本来气势汹汹的赤明,顿时就被说得一愣一愣的,他气焰全消,现在只能眼睛眨巴眨巴地看着向泰。

作为丹丘城第一谋臣,向泰的口才岂是赤明能想象的?

见他被自己慑服,这时向泰又换了一种语气,如春风化雨般温言软语说道:

“其实,赤小兄弟,在我向某人眼里,你们眼前根本没什么困境啊,更谈不上绝路了。我看你也是年少有为,绝非久居人下之辈,那你可以投靠我家大人啊。”

“投靠?”听得这词,赤明才恢复点精神头,叫道,“什么‘投靠’?我赤明胸怀大志,才不投靠任何人呢!”

“好好,算我用错词,”向泰察言观色道,“是联盟,联盟!我代表我家阮大人,正式邀请贵红晶族赤明大人,一起联盟,共创大业。”

“联盟,这还差不多,”赤明大大咧咧道,“还是你们有眼光,看得出我赤明不是一般人。罢了,你们华夏人有句话说得好,‘士为知己者死,女为悦己者容’,我就跟你们联盟了!”

见他这样还端着架子,向泰心中不喜,不过口中却赞道:“哎呀我家大人果然没看错,赤明大人不仅智勇过人,连这样生僻的古语都知道,可见对我华夏文化也十分精通,真是再合适不过的好盟友啊!”

“哎,我们真没看错,你们红晶族有些人真的老朽,只有你赤明才代表红晶族的未来啊!”

就这一番话,足见向泰有多老辣,他不仅克制情绪,满口好话,特别是还都说到赤明的心坎上了!

于是,他顿时就把赤明说得心花怒放,不仅先前的忧愁愤慨一扫而空,现在还一副睥睨自雄的姿态,好像刚才这番话后,从此整个晶海地区,除了阮天择他谁都不放在眼里。

如此志得意满之时，赤明大大咧咧说道："向大人啊，别怪我说话难听，都是为了成事。我想问一句，咱家这阮大人，到底行不行啊？"

"什么叫行不行？"向泰眨着眼，看着他。

"他连那老家伙的病都看不好，能斗得过苏渐吗？那苏渐可是一来就把那什么魔物给揪出来啦。"

"扑哧！"向泰一副忍不住笑出声的样子，不屑道，"赤明大人，刚才在下还夸你智勇过人，怎么这会儿你就想岔了？"

"请问，雄才伟略，和医术高低有什么关系？否则名医都能治国了。更何况，苏渐那个只不过是旁门左道的驱魔小术罢了，根本上不得台面。"

"这倒也是。"本来就对苏渐不满，赤明顿时就被说服。

不过他想了想，罕见地摆出一副小心翼翼的样子，看着向泰低声问道："有件事我很想知道。"

"请讲。"看他这副样子，向泰就知道他要问什么，但还是装作不知道的样子问道。

"我是说……"赤明欲言又止道，"那魔狮……跟阮大人真没关系？"

"还以为你要问什么呢，"向泰嗤之以鼻道，"怎么，这还叫事？嘿嘿，就算真有关系……不是更好吗？"

赤明一听，本能地心惊，伸手就去掏随身短刀，但手刚伸到中途，却又放了下来。

于是落日余晖中，他看着向泰，忽然间也笑了。

"赤明，"这回向泰没用敬语，沉声说道，"有一件事，我向某差点忘了。"

"什么事？"看他这样子，赤明忽然间有种莫名的紧张。

"是这样，"向泰道，"你也知道我晶海行营何等强大。你想要和咱联盟，达到自己的目的，不是说一声'联盟'就行的。"

"那要怎么做？"赤明紧张地问道。

"很简单。你得要有投名状。"向泰道。

"投名状，这个我懂。"赤明强作镇定道，"你们想要什么投名状？"

"杀人。"向泰冷冷道。

“杀人……”平时胆大包天的赤明，忽然间觉得手心冒汗，呼吸都有些困难。

平静了片刻，他才问道：“你们要我，杀谁？”

“苏渐。”向泰轻声说道。

再说苏渐。

黄昏降临，他刚收拾了一番，却忽然打了个喷嚏。

“咦？”他看看窗外，心想道，“这天气也不凉啊，怎么冷不丁打个喷嚏？难不成有什么人在想我？”

正这么想着，却只听得有敲门声。

“谁？”苏渐站起来，警惕地问道。

“我。”一个甜美软糯的声音响起。

“原来是红焰姑娘。”苏渐神色顿时变得轻松，赶忙去开门。

“红焰姑娘，你来找我，有什么事吗？”苏渐一边将她迎进门来，一边问道。

“有事啊，”红焰女笑吟吟道，“你看，我给你带来‘赤霞酒’，还有些菜，酬谢你治好我义父的怪病。”

说着话，她一举手中所提之物。苏渐看得分明，她手中正是一个竹篾包裹的酒坛，还有一只食盒。

“还别说，我正巧还没吃饭。”苏渐笑道，“你来得正好。那就一起喝两杯吧。”

别看红焰女艳光照人，因为异族的长相，还天然有一种高贵幽深的气质，但这时却如温柔的小媳妇，帮苏渐整理食案，铺排开酒菜。

当二人坐下，小酌几杯后，红焰女忽然问道：“苏大人，您是大地方来的人，小女子心中有个难题，不知道您能不能帮忙解答一二。”

“什么难题啊？”苏渐笑着看着她，“你先说来听听，不过如果是你们女儿家的事情，我可帮不上忙。”

“不，它也是你们男儿家的事情。”红焰女道。

“那就好。”苏渐精神一振，信心十足道，“那你快快说来。”

“是这样，先前我们红晶族面临的困境，苏大人你也再清楚不过。”红焰女道。

“你指哪一件？”苏渐问道。

“就是义父族长他身染魔物，阮总管又借此逼婚。我想问的是，”红焰女目光灼灼地看着少年，“我想问，如果你是我的情郎，这时候你会怎么做？”

“什么？”苏渐夸张地大叫起来，“我还只是个孩子，姐姐千万不要问我情爱方面的事！”

“你说还是不说？！”红焰女一把夺过少年正要往嘴边送的酒杯，沉着脸道。

“好，好，我说我说。”苏渐忙抢回酒杯，笑道，“只是开个玩笑，缘何要抢我的酒？你这‘赤霞酒’啊，甘烈香醇，还真美味。”

“那当然，”红焰女傲然道，“这可是我独门手艺，特别寻找的红焰晶海水底最优质的泉眼，采撷火晶含量最恰宜的水源酿就。相比其他普通水质，红焰之水酿出来的酒，既有美酒烈性，又不容易醉，还能驱寒祛湿，最是酒中佳品了。”

“不错不错，”苏渐鼓掌赞道，“那不知红焰姑娘是否有意，等此间事了，我出点钱，咱俩一起合伙去京华城中开家酒铺？一定很赚钱的。”

“咦？这主意不错啊……啊？喂！”红焰女忽然如梦方醒，怒道，“你这人东拉西扯，我都差点忘了刚才问你的问题了。你到底说还是不说？”

“哎呀，没糊弄过去。”苏渐嘻嘻一笑，然后想也不想便道，“那种情况啊，我苏渐自然会想尽一切办法，和你一起解决问题了。谁叫我们是相爱的情侣呢？有事情自然要一起面对。”

“怎么面对？”红焰女看着他。

“我一定会想办法治好老族长的病。”苏渐认真道，“如果实在想不出别的招儿，并且只有阮天择能治好这病的话，我苏渐一定会使尽一切手段，定要让那阮天择帮忙，还会尽力让他别想到‘强娶你、拆散咱’这事上去。”

“真的……会有这办法吗？”已经听得有些痴了的女子，幽幽地问。

“办法嘛，都是人想的。”苏渐道，“关键是态度。只要肯用心，能拼命，办法总是会有的。”

不知不觉中，他也受到他那位恩师秦玉的影响，这话颇有励志金句风。

还别说，当红焰女听到这里，那一双美目顿时涟涟闪动，然后又一动不动、目不转睛地盯着苏渐。

当苏渐都被她盯得有点发毛时，红焰女忽然转开了目光，神色竟有些黯然。

良久后，她才幽幽地说了一句：“可惜啊，他不是你……”

这句话，虽然很简短，声音也不大，但听在苏渐耳里，再看看眼前情景，他忽然有些动容。

他暗中埋怨自己：“苏渐啊苏渐，你又不是她情郎，在这里逞什么英雄？显见这姑娘对我的答案比较满意，那我这不是在拆人家步凌空步都尉的台吗？如果真坏了别人的好事，简直如同作孽。”

想到此处，他眼珠一转，连忙又说道：“红焰姑娘，我刚才其实只是随口大言。”

“哦？”红焰女转过来，看着他的脸。

“是啊是啊，”苏渐连连点头道，“其实，有些说大话了。更现实点，遇到这种情况，假如我是你情郎的话，自然是要退出的了。”

“退出？”红焰女一愣，不知道想到什么，便盯着苏渐的眼睛，问道，“你究竟如何想，便要退出？”

第四十七章

相知按剑

“这自然是,那种情况下,虽然我很喜欢你,可是族长他老人家的病情,不能再拖了。”借着点酒意,苏渐侃侃而谈道,“虽然我不服气,可人家阮总管的药真的管用,即使一时并未根治,也只是因为你暂时还没答应他而已。”

“所以,尽管我很喜欢你,但不能因为自己的喜欢,就阻止你去救父,那样太自私;为了成全你的孝道,我当然可以退出,我绝不能成为族长伯父治病的障碍——这,就是我认为的‘大爱’!”

如连珠炮般说完这一通,苏渐心说道:“步都尉,步兄,我刚才说的这一番话,简直就是你那晚应对红焰姑娘的翻版。兄弟我这么做,也算是仁至义尽了,希望对你俩的感情有帮助。”

正这么想着,却没想到刚才一直静静听他说话的女子,猛然弹身而起,冲着他怒目而视,叫道:“苏渐! 你偷听那晚我俩说的话!”

“啊?”到得此时,苏渐才忽然意识到一个问题:自己急于补救,也做得太过了,立即就引起了红焰女的怀疑。

“唉!”苏渐不由心中哀叹,“真是聪明反被聪明误啊。”

这般想时,他也起身,走到门边,将原先半掩的门打开。

见他如此,红焰女反倒一愣,问道:“苏渐,你这是什么意思?”

“什么意思?”苏渐也很奇怪地看着她,“既然你看出我偷听了你们的情话,这时候难道不应该愤怒而去吗?”

“嗯?”红焰女顿了一下,反而笑了。

“哼,我就不走,”她看着门口的少年,“我的心思,就让你猜不着,否则你下次还会自以为聪明,做出什么蠢事。”

“啊,不走啊。”苏渐听了,便往回走道,“那我们坐下来,继续喝。”

“谁说要坐下来继续喝?”红焰女却道。

“咦?”苏渐这下子真的被弄糊涂了,“刚才你不是说不走吗?”

“可是我也说了,就让你猜不着。”红焰女得意道,“我们继续喝,但不是在这里!走吧,既然咱的苏大人都开了门,那这门不能让贵客白开,我们带上酒菜,去晶海边喝吧。”

“去晶海边?”苏渐一愣,但马上就笑了,“也好也好。这晚风温煦,宛如春风,若去晶海边看着浩瀚湖景喝酒,那感觉自然更好。”

“正是如此。”红焰女嫣然一笑,便收拾起酒具食盒,和苏渐一道,往最近的晶海边走。

和苏渐以前惯见的夜景不一样,夜晚的红焰晶海,依旧散发着淡淡的红光。

在夜幕笼罩大地时,整片红焰晶海就好像一块巨大无朋的彤红暖玉,向天宇散发着淡赤的毫光,仿佛那晶海的深处有着繁华无比的夜市,繁星一样的街灯映亮了夜空。

看到这样的景象,见惯宵禁后京华城黑黝黝夜景的苏渐,便觉得观感如此奇特。

当然心情更奇特的一点便是,昨晚在这晶海边,还是他偷听红焰女与步凌空相会,没想到今日就换成他苏渐和红焰女在同样的地点把酒言欢。

赤霞酒虽然醇厚,毕竟颇有些烈性。自刚才到现在,粗算起来,红焰女已有七八杯下肚。因而她此时已经酒饮微醺,两颊酡红。

所谓“灯下看美人,越看越精神”,这夜晚散发红光的晶海,所起的作用和那灯烛也差不多。

于是在苏渐的眼里,红光中酒饮微醺、动作越来越放开的红焰女,容貌更加美艳动人,身材更显摄人心魂。

而苏渐自己,已有的三分酒意,便化作了在他眼中红焰女美貌的加成。所以很自然，他此刻面红耳赤，心跳得越来越厉害，好像越来越难以自已。

不过他毕竟是心性坚毅之人，或者换句他自己的话来说，就是他苏渐，是个有原则的人。所以尽管这时候很难控制自己，他还是想尽办法，努力转移自己的注意力。

这其中最大的一个办法，就是在此情此景中，他努力去想梦中的月歌、学院的雪穹，在心中不停地给自己催眠：

"红焰女的美貌，也不过如此；月歌、雪穹，甚至玉妃教习，都更好看一些……"

还别说，苏渐这有些可笑的土办法，还真的暂时转移了注意力。

这时候的红焰女，却根本没注意到少年在天人交战地苦熬。

畅快地喝了一会儿赤霞酒，她兴头上来了，便欠了欠身子，缓缓抬起美丽的双眸，看着苏渐说道："苏大人，你的见识真多。那你知道梦吗？"

"梦？"不提还好，一提"梦"字，苏渐顿时一愣。

"对啊，梦。"红焰女醉醺醺道，"我经常做梦。梦之间，还互相关联。我可以在今日的梦里，忆起前日梦中的人物和场景；但睡醒来，光天化日下，却又想不起曾经梦到的任何事物。"

"就好像，我梦中是一个前后贯通关联的世界，现实却又是另一个。它们相互独立，当我醒来时，就好像有一阵神秘的风，把它们之间的通道吹断……"

她这番话，苏渐听得有些入了神。

其实红焰女描述的这种现象，很多人都有，算不上稀奇；但放到经常做怪梦、还不断连载更新的苏渐身上，却变得更加有共鸣。

于是当红焰女说完，他想了想，便道："梦中忆梦，梦境关联，便宛如异世。说不定，这证明真有转世轮回。"

"哦？这是什么意思？"红焰女疑惑地看着他。

"你想啊，也许我们那些和现实毫无关联的贯通梦境，其实是我们前世看到的情景、遇到的人物、生存的世界。"苏渐看着她道。

"哦……"听了他的话，红焰女陷入了沉思。

沉默了一阵子，她忽然喃喃自语道："那我的前世，是什么呢？"

"一棵草？一块石？一只鸟？一片雪？

"还是只是这荡漾千里的晶海中，一朵微不足道的浪花……"

"这些事，想不清。"见女子渐入痴迷，苏渐忙道，"如此良夜美景，在此安坐多无聊？反正下酒菜都吃光了，我们不如把酒而行，往别处走走。"

"好啊，"红焰女低眉顺耳地道，"我们随便走走，也好。"

正是：

月映红焰水，
分明隐霞波。
浅沙汀上夜云多，
几丛芦苇如雪。

红影映烟波，
眸光转流年。
望月步徐轻说梦，
耳畔幽香暗起。

随意徘徊一阵，苏渐笑着提议道："既然随便走，那我们往北边流霞川而去吧；我曾在丹丘城上远眺流霞川，见她极美，便想看看她在晶海的源头。"

"那好啊，我们就往北边行。"红焰女温婉说道。

他二人这一路把酒而行，往往饮一口酒，谈一会儿天，一路倒没闲着。

就像后世之人动不动"谈人生，谈理想"，他们两人这晚也未能免俗。

先是红焰女提起，问苏渐此生有什么理想。于是少年便说，他第一理想是打倒恶龙、光复家园，第二理想便是找到心中的那个人。

他说的那个人，自然是奇怪梦境中的圣龙公主月歌了。

但红焰女显然误会了这句话，以为苏渐说的并不是具体哪个人，而是想找到此生的真爱。

于是多情的焰灵，大有知己之感，痛饮完一口酒，醺醺然地回应少年，说她也是如此。

在这泛着淡淡红光的晶海之滨，婀娜的女子说，情郎挚爱，自是她一生所求，不过在此之外，她还想找到那把传说中的神琴“落霞惊涛”。

她充满憧憬地说，这把神琴，千百年前第一次出现在东海龙公主灵漪儿手里，后来又被一位叫月婵的公主所得，正是她一生的梦想之琴。

她这辈子，哪怕只拨动一次琴弦，为自己心目中的那个人弹出一个音符，那之后就算魂飞魄散，也都心甘情愿了……

说到这里时，红焰女的酒已经喝得太多了。

于是在酒意的驱动下，再加上一点报恩的心思，她此刻看向苏渐的眼神，竟有些迷离。

其实不仅是眸光迷离，她的心也已经乱了。

晶海夜光，如梦如霞。

迷离的光影中，她不仅觉得苏渐清俊飘逸，玉树临风，更觉得他大智大勇，磊落洒脱，几乎是她平生所见过的男子中，最英武豪侠的那一个。

在这样酒意情思的驱动下，她那玲珑有致的傲人身体，便离苏渐越来越近……

而苏渐血气方刚，自然并非木石。

但奇怪的是，这种事情里，作为本应该更加奔放无忌的男子一方，苏渐这时却显得更加的克制。

他本是机敏之人，红焰女的亲近暧昧举动，他怎么会不知？但这时他心中想的却是，红焰晶海局面已然复杂如此，如果他再跟步凌空喜欢的女子发生纠葛，那真叫节外生枝，很可能坏了大事。

他心中这般想时，那红焰女的兴致，却正到了最高点。

她如此，只因这时，他们二人恰已走到流霞川的源头。

流霞川之源，果然极美。站在地势相对较高的晶海之畔，红焰女看到星辉湖光下，那流霞川源头闪闪发光如同流瀑横躺，便不免心动神摇。于是她婉转了身形，向身畔的少年贴近，终于就要做出情不自禁的举动。

只是就在这时，一直看似酩酊而醉的苏渐，却忽然目如星辰，转过身来，对她一抱拳，朗声说道：“送君千里，终有一别，谢谢你送我这么远，我这就要走了。”

“走?”红焰女一时还没反应过来,那双美目如蒙水雾,痴痴地望着他,呢喃道,“大人,你是要回驿馆么?”

“不,不回驿馆了。”没想到苏渐说道,“我这就回丹丘城去了。”

“啊? 什么意思?”红焰女有些惊愕,但还没完全反应过来。

“我是说,红溪村之事对我来说,已经到此为止了。”苏渐平静说道,“我现在已到流霞川的源头,只要沿着河川顺流而下,到天明时就能回到丹丘城。”

“你!”这时候,红焰女已完全清醒过来,再无半点情肠。

苏渐冷静的话,就好像一阵清冷的晨风,将她的酒意吹走。回想之前的一切,红焰女忽地惊声叫道:“苏渐,原来我去找你时,你就准备不辞而别了!”

“也不是不辞而别,”苏渐道,“我这不是在跟你告辞吗?”

“你!”红焰女霎时间柳眉倒竖,凤眼圆睁,似是要怒叱,却忽又放松表情,叹息一声道:“唉,如果……如果他有你一半心机,我也不必愁苦那么久了。”

“啊?”苏渐顿时愕然,心说自己这个有些不太厚道的举动,怎么在红焰女那里,却有了这么正面的评价?

正想着,却听红焰女又幽幽说道:“苏渐,苏大人,其实有什么事,你只管对小女子明说,花样的心机,无须用在奴的身上……”

“这……是这样,”苏渐清声说道,“倒不是刻意隐瞒,而是先前你我二人饮酒,言语投机,实找不到机会明言。”

“那你为何要急着现在就要走?”红焰女一指天上,说道,“你瞧,天未放亮,三星正明,还是夜最深沉之时。你还是一个华夏官员,为何要这样偷偷摸摸、连夜遁走?”

“倒不算偷偷摸摸,我这么做自有理由。”苏渐摇摇头道。

“什么理由?”红焰女追问道。

“你真要知道?”苏渐看着她,神色变得很凝重。

“我……”到这会儿,红焰女已经知道,苏渐这人,说一是一,不会有什么虚言花头，于是察觉他神色转为凝重时，她也跟着觉得心里有些发慌。

如玉的贝齿咬着嫣红的嘴唇，想了良久之后，红焰女便下定决心道："苏渐，你说，我想听听，你有什么理由要连夜遁走。"

"好，既然你要听，我便说。"苏渐道，"不瞒你说，我已察觉，你那位堂弟，和那向泰嘀嘀咕咕，暗中谋划，举动颇为异常。为免发生不测，我必须连夜走掉。"

"啊？"一路只是喝酒赏景的红焰女，没想到苏渐忽然这样说，顿时以手掩口，惊得半晌无言。

"真的么？不至于吧，我那堂弟虽然……"就在红焰女回过神开始为赤明辩护时，却想不到这时那驿馆中发生的一幕。

几乎就在红焰女辩解之时，那向泰接应到赤明及其死党，便趁着深沉夜色，冲进苏渐的客房里。

冲进这里，他们也不说话，各举兵刃，对着床榻上隆起的被褥猛地劈砍了许多刀！

"成了！"眼见得手，赤明得意叫道，"苏渐，你这小人，看你被大卸八块，还能怎么猖狂！对了还有你那剑，现在是我的了！"

"快快！"赤明急不可耐地大叫道，"给我打起火把，我要看看他横死的惨状，顺便找找我的剑！"

听他命令，便有手下燃起火把。

只是当火光刚一亮起，便有手下疑惑道："咦？老大，怎么不见血？"

"不会吧？"赤明一听，忙分开众人，跨步向前，猛地一掀那条七零八落的薄被。

"啊？！"看清被下情形，赤明蓦地一声惊叫，"苏渐人呢？！这、这是谁的包裹行囊？"

众人闻声齐齐伸头一看，却见床上被窝里，根本没见苏渐，取而代之的却是一个花布行囊。

当然这行囊，现在已被砍得粉碎，各种布料碎片飞满了一床，几乎看不清本来的面目。

"怎么会这样？！"众人面面相觑，那赤明更是面色如土。

正在这时，那向泰蓦然一声哀嚎："哇呀！这是我的行囊！我的行囊啊！我的新衣服啊！花了我半月薪饷的新衣服啊！"

原来这时向泰挤进来，便发现床上刚被碎尸万段的行囊，看那包袱皮熟悉而别致的纹样，赫然正是他的行囊！

刚才他还为众人刀剑乱砍叫好，但这时却看见自己重金置办的昂贵新衣，已被砍成了千百碎片，其状惨不忍睹，催人泪下。

而当向泰抹抹泪眼再看时，就这毁坏程度，别说当铺，连收破烂的都不会要啊！

目睹如此惨剧，向泰霎时悲愤交加。看着满地满床的新衣"遗体"，他忍不住两手颤抖，热泪盈眶。

而这时赤明还在他耳旁聒噪："向大人，虽说苏渐没砍成，但我这行动已经说明了态度，这投名状，你可得收下……"

大约又过了一个多时辰，那红焰女终于回到了红溪村中。

回到村里，心情复杂的女子并没有立即返回自己的住所，而是第一时间赶到了村中驿馆。

到了驿馆里，她直奔苏渐曾住的客房，便惊奇地发现，虽然房间中显然已被精心打扫过，但角落里还是残存了几片不起眼的衣服碎片。

她走过去，蹲下身，拈起这几片只有指甲大的布片，便清楚地看到，它们显然是被利刃砍碎的。

见得如此，红焰女惊愕不已。

这时她想起了少年那张微笑的俊俏的脸，发呆一会儿，便忍不住慢慢地绽开如花的笑靥。

于是在这间没什么光亮的小屋里，她将碎布片拈到眼前，对着它，就好像在对着苏渐说道：

"这次，算你的理由成立。"

"我，红焰女，原谅你了。"

静谧的夜色，仿佛深沉的晶海之水，掩盖了所有的秘事和风波。

到了第二天早上，当旭日升起、朝霞漫天的时候，小小的红溪村里，仿佛什么都没有发生过。

而对于红焰女来说，虽然看出了蛛丝马迹，却也无法因此发起指控。毕竟，她将那残留的碎布片，给负责驿馆的族人看后，族人却道这并非苏渐之物。

经过仔细辨认，那族人甚至说，这布片花纹，倒和那位叫“向泰”的大人的行囊很相似。

换个旁人也许会想不通，不过红焰女听了，却只是嫣然一笑。此时她想起了少年那慧黠的笑容，便觉得一切都有了答案。

到了这天傍晚，那步凌空依据两人特有的联络方法，又约红焰女来晶海之滨相见。

一见面，这位行事方正的步都尉便急着问道：“那事情，怎么样？”

一向和他默契的红焰女，这时候却反问了一句：“那事情？什么事啊？”

听她这么问，步凌空有些惊讶，不过也耐心地解释道：“自然是丹丘城来的使者。你们……答应他们的提亲了吗？”

“没有答应。”红焰女道。

“唉……”步凌空搓着手，叹息一声，“此事真是难办啊。”

“也不难办啊，”红焰女道，“事情已经解决了，以后再不用受那个什么阮总管要挟了。”

“啊？”步凌空吃惊地看着她，“怎么回事？难道……伯父的怪病，好了？”

“对！”红焰女道，“族长义父的病已经好了！”

“啊？！”步凌空闻言，显然猛吃一惊，睁大眼睛看着她，不敢相信地问道，“怎么会？你不是在哄我吧？那病可真是难治，怎么忽然就好了？”

“怎么，你不希望我爹爹病好？”红焰女不满地看着他。

“不、不是这意思，”步凌空尴尬地笑道，“我当然希望伯父早日痊愈，健健康康了。只是乍然听闻，确实吃惊，毕竟前日还无佳音，怎么这么快就痊愈了。难道真有神人感念你的孝心，赐下了仙丹？”

“仙丹？当然不是。”红焰女道，“不对，如果真要说有神人，那这神人就该是苏渐了。”

“苏渐?”步凌空十分惊奇,“怎么这事和他有关系?”

“当然有关系了,”刚才绷着脸的红焰女,这时却展开笑颜道,“全赖苏大人驱魔的本事高明,这才发现原来我爹爹不是生病,而是有魔物上身了。”

“啊? 魔物?”步凌空吃惊地看着红焰女。

“对啊,还有名字呢! 叫什么来着……对,魔狰!”红焰女眉飞色舞道,“当时苏大人神目如电,一看出是魔物作祟,立即施展神术,不仅立即将魔狰逼出爹爹体外,还施展无上神功,将魔狰就地消灭!”

“呀! 那苏大人,没想到还有这样本事!”步凌空一脸的钦佩之色。

到这时候,他才知道到底发生了什么事,于是他也喜上眉梢,转脸对坐在身边的女子道:

“红焰,伯父终于痊愈,自是可喜可贺。更重要的,你我二人,也总算渡过了难关,可以回到以前开开心心的日子了。”

说出如此情话时,步凌空很自然地伸出手去,想要握住红焰女的手。

这样的动作,放在以前,十分寻常,毕竟两人情浓之时,连抱都抱过了。

但就是这样十分合理自然的动作,却出了一点意外。

当步凌空的手刚碰到红焰女的手掌时,红焰女的身子明显一僵,不仅那身子僵直,手掌更是迅速地抽回,让步凌空握了个空。

“红焰,你……”步凌空一脸愕然地看着女子。

“凌空,我、我的心很乱……”热烈单纯的女子,这时候却跳下了刚坐的礁石,退后了两步,在淡红的湖光中对往日情郎说道:

“对不起,这些天发生太多事,我的心,真的很乱。我们俩的事,我……我还要再考虑……”说完这句话后,红焰女整个人也好像如释重负。

听了她这话,步凌空吃惊地看着她。这时他不仅深感意外,还无比震惊。

他嘴角动了动,想说点什么,但红焰女这时已抬起头,去看那天边朦胧的月,深深地呼吸了一口气。

好像如此她便鼓足了勇气，转脸看向步凌空，满含歉意地说道："凌空，对不起，我的话一定让你不高兴。但我今天真的很累了，今晚相会就到这里吧，我想先回去了。"

"好吧。"步凌空应道。

这时候，他明显表现出一个青龙军折冲都尉应有的素养。听红焰女说出那样意外的话来，经历初始的震惊之后，这时候他已重归平静。

于是他反过来安慰女子道："红焰，不用你说对不起，道歉的人应该是我才对。"

"是我没能力，让你这些天独自承受这么多。"他深深地自责道，"真的，我真的应该更有担当才对。我现在真的还有很多话想跟你说，但看你现在的样子，确实需要休息。那咱们，就下次见面再谈吧。"

"嗯，凌空，谢谢你。"见步凌空如此通情达理，红焰女也挺开心，在露出一个充满歉意的笑容后，她便转身离去。

此时，月色湖光相映，水声涛声交织，红焰女袅袅娜娜离去的背影，充满了女人味。看着她渐渐消失在夜色中的背影，刚才表现得如同一个真正君子的步凌空，这时候的眼神里，却闪过了一丝荫翳……

再说苏渐。回到丹丘城之后，他就跟亚飒和唐求说明了此行的一切。

当他说完后，便用征询的眼神看着二人。这时一向反应较慢的唐求，却抢先开口大叫道："老大，你太不仗义啦！红焰女身材这么好，你却不带我去看！"

"呃？"苏渐听了有些莫名其妙，"我刚才有说她身材好吗？"

"说了。"亚飒点点头，"原来你自己都没留意，看来那女子身材真个出众，连苏兄都不知不觉多说了两句。"

"这倒是……哎呀，重点不在这里！"苏渐哭笑不得道，"我说这些给你们听，是想问问你俩，对这些事，你们有啥看法。"

"这个嘛……"亚飒尚在沉吟之时，唐求又抢先叫道："不入虎穴焉得虎子，我郑重请求前去驻扎红溪村，监察那里的一举一动！"

"得了吧。"苏渐看着大义凛然的胖子，嗤之以鼻，"要是派你去，监察谁的一举一动，还不知道呢。"

“自然是最引人注目的那个了!”唐求毫不掩饰地道,“若是我去了,一定尽忠职守,不分昼夜地监视——”

“唐兄,别说笑了!”亚飒看不下去了,打断他道,“你去红溪村,是去那边相亲吧?不过你说的这个还挺有道理,这小小的红溪村,暗流涌动,别看远离丹丘城,却是各方势力利益纠结之所,说不定还真可能是打开丹丘城局面的缺口。”

“嗯?此话怎讲?”苏渐眼睛一亮,看着亚飒。

“你们想啊,红溪村是红晶族族长居住地,正是晶海地区红晶族的中心。我们都知道,无论谁想在晶海地区占上风,红晶族的领地和人力都是不可忽视的重要资源。”亚飒侃侃而谈道。

“我懂了。亚飒,你眼光还真准!”苏渐赞道,“这几天里,我就在想一个问题。”

“什么问题?”亚飒问道。

“我在想,‘玉面狐’阮天择,真有那么好色吗?”苏渐沉吟道。

“肯定有啊!”唐求叫起来,“是男人哪有不好色的?”

“那是你!”亚飒没好气地看着他,“还别说,苏兄你这么一提醒,此事果然有古怪。”亚飒若有所思道,“阮天择和萧龙雀,号称华夏宰相门下文武双雄,自然都是做大事的。这种人,什么美女没见过?”

“更何况他还以狡诈多智闻名,据我所知,这种人不太可能对一个女子如此腻乎。苏兄,连你这次在内,他应该已经派人去红溪村提亲五回了吧?”

“啊?我懂了!”这时候唐求终于从他那点小爱好中跳出来,有些吃惊地道,“那阮天择,是不是想通过结亲的方式,间接控制红晶族?”

“对,应该就是这样。不过,”苏渐道,“恐怕开始是间接,但以‘玉面狐’的手段,过不多久,就会直接侵吞吧。”

“一定是的。”亚飒想起一事,道,“上回在海北之原,看见他纵容属下劫掠红晶族人,则他对红晶族的真实态度,可见一斑。”

“果是如此。好!”苏渐终于下定决心,“看来跑不了,这红晶族、红溪村,正是我等破局的关键!唐求——”

“在!”见他表情严肃，唐求不敢插科打诨，马上以下属的姿态抱拳听令。

“你带几个兄弟，马上前去红溪村。”苏渐肃然道。

“啊?”唐求茫然道，“大哥，刚才我那些话，真是开玩笑的……”

“想什么呐?”苏渐瞪着他道，“我是说，你带人给我日夜监视红溪村，特别留意红溪村那位族长侄子赤明，密切注意他和丹丘城间的一切往来!”

“是!”唐求一抱拳，大声领命。

“很好。”苏渐对他的态度赞许一声，又转向亚飒，“亚飒兄，丹丘城这边，你多留意晶海行营的动向。特别是那位向泰，好像他还顶着个‘录事参军’的官衔吧，看着并非行营直属，但此人正是阮天择手下第一谋士，如果没料错，阮天择要打红溪村的主意，这向泰一定不会闲着。”

“好，我知道了!”亚飒也忙一拱手，表示得令。

不过，就当亚飒和唐求都要离去做事时，苏渐好像想起一事，忽然又叫住他们：“唐求，亚飒，且慢离去。”

“还有何事?”唐求和亚飒一齐转身，看着苏渐。

“是这样，”苏渐沉声道，“还有一个人，你们俩也帮我留意一下。”

“谁?”唐求和亚飒异口同声问道。

“步凌空。”苏渐道。

“步都尉?!”别说唐求了，就连亚飒听了这个名字都很惊讶。

“为什么?”他俩再次异口同声问道。

“为什么，我也说不准。我只是看见一些有趣的事——胖子，亚飒，”苏渐忽然话锋一转，“虽然你俩都是灵鹫学院的高才生，但咱玄武卫有很多门道，你们还要慢慢学。以前事赶事没顾得上你们，那今天我作为玄武卫的前辈，就教你们第一个规条——”

“是啥?”亚飒和唐求齐声问道。

“那就是，除非排除怀疑，你可以怀疑任何人。”苏渐沉声说道。

“就这个啊，”唐求叫道，“跟绕口令似的。不过，既然是老大你教的，我会好好记住的。”

唐求有点不以为然，但他旁边那位灰发少年，在心里将这句话咀嚼几遍后，那一贯阴郁的眼神，却渐渐地变亮了……

说起来，不管阮天择的行营势力在晶海地区如何强大，要论起追踪、侦缉、偷听等手段，还要属玄武卫最专业。

很快，当苏渐命令下达之后，一条条看似没什么关联的信息，如流水般向他汇总传来。

"向泰出城，前往红溪村。"

"向泰见了赤明。"

"向泰不再出城。"

"红溪村外驿路，日常行人多了两成。"

"赤明开始找亲信族人，在自家屋后地下掏洞，并且都趁夜劳作，不像是挖储藏蔬菜过冬的寻常地窖。"

"丹丘城来了一些面目凶狠的江湖客。"

"他们往红溪村去了。"

"他们说是感受红晶村落风情。"

"但他们都不购物。"

"但他们忽然都不见了！"

"赤明亲自上门请族长赤阳、族老赤光等红晶族头头脑脑，说是要在三天后的吉日，在他家院里摆流水席，庆祝族长叔叔魔物祛除、身体康复。"

"赤明和家中仆人去采购了许多鱼肉菜蔬，但都堆放在厨房或院里，并没有启用屋后新挖的坑洞。"

"赤明一向比较抠，但这次准备食物出手却十分大方，全不砍价，是不是转性了？"

林林总总的信息，无论有用没用，全都送到苏渐的案头。

这些消息，看似琐碎，没太多关联，但在苏渐这样玄武卫的专业人士眼里，却渐渐勾画出一幅完整的图画……

当他听到赤明要请客时，立即不再在丹丘城停留。他尽点玄武卫驻地的好手，包括亚飒在内，一律骑马，往晶海之西的红溪村疾驰。

此时，他一身玄黑劲装，身后一袭猩红披风，玄武卫中了解他的人都知道，这是苏渐每临大事时的装束。

这一路，苏渐他们并没有走路况最好的驿路，而偏偏绕远，专挑那些荒草丛生、人迹罕至的小路。

并且，当他们离红溪村就剩下七八里路时，却忽然停住脚步，在一个隐蔽的小山坳中安营扎寨。

这时带人监视红溪村的唐求，已经得到传讯，来这个小山坳中和他们会合了。

刚一见面，还没来得及打招呼，苏渐已劈头问他道："胖子，如果我让你去活埋人，你去不去？"

"啥？妈哟！"唐求惊叫道，"老大，你疯了？快快，跟我到一边去，我要好好开导开导你！"

"你先把话听完，"一向笑意盈盈的少年，这时候却脸色冷峻说道，"我是说，要活埋的那些人，都是穷凶极恶的匪徒，还意图杀害我华夏治下良民，那你还出不出手？"

"这样啊……"唐求眨眨眼，没正面回答，只是道，"其实自从到丹丘城来，胖子我除了偶尔上街瞅瞅大姑娘小媳妇，其余时间都在刻苦修炼。"

"什么'裂地术''落石术''落井下石术'自不必说，就连土灵中级法术'巨岩压顶'，也让我在前几天练成！"

"很好！"苏渐一击掌，高兴道，"待会儿我跟你一细说，你便知道，明日之事，你那什么裂地落井下石术、巨岩压顶术全都要用上！"

且按下他们在此隐匿商议不提，再说赤明。他宴请红晶族首领们的日子，终于到来了。

说起来也挺奇怪的，当一个人下定决心，认为自己即将大展宏图之际，他能一夜之间跟换了个人似的，不仅精神焕发，连气质都有所改变。

赤明现在就是这样。

原来那么一个毛躁的、眼高手低的主儿，当胸中谋划了大事，认定必将成功之后，他整个人都忽然变得自信深沉。

在他那帮死党面前，赤明现在还真颇有大将风度。各种往来调度、事务安排，他都指挥若定，布置得井井有条。

见他如此，他那帮狐朋狗党，更是兴奋。他们觉得自己跟对了人，全都认为今日之事不可能失败，他们哥几个笑傲晶海的好日子，就在眼前！

随着宴请时辰的临近，原本镇定的赤明，也开始变得紧张起来。

在虚情假意地迎接宾客间隙，他如同有强迫症一样地反复问自己的亲信：

"给阮大人准备的婚书准备好了吗？

"红印泥准备好了吗？

"到时候让赤阳老儿在婚书上强按手印的人安排好了吗？

"跟屋后密室中的好汉们，说清楚到时候动手的信号了吗？"

反复确认好之后，赤明才终于心满意足，开始全心全意地扮演起自己的角色来。

红溪村的庆典流水席，虽然带有自己的民族特色，但和华夏其他地方的流水席相比，并没有本质的不同。

一张张方桌，从赤明家的中堂，一路往院子里摆。

而赤明突然在采购方面变得慷慨，不仅表现在不讨价还价上，还表现在购买的食材质量和数量上。

作为相对贫困的少数族群村落，别说牛肉了，就连羊肉都很少舍得在宴会上用，但今天赤明不仅让人宰了七八只羊，还买了一扇鲜红的牛肉。

这些在红晶族人眼中十分珍贵的食材，这会儿就在院子两侧的空地上一字儿吊起排开，旁边就是直接架在火堆上烤的粗大的水缸，缸中的水早已急不可耐地烧得咕噜咕噜响，一如此院子主人此刻的心情。

第四十八章

宴无好宴

要知道赤明家中今日这宴请，虽然号称流水席，但规模并不大，连中堂带院子里，总共也不过七八席。

一般说来，这样的流水席，无论有没有亲戚关系，都会请村里最年长的那几位长寿老者坐在上座。但今天的宴席在这一点上，显然不同。

赤明今日宴请的，全都是红溪村中有头有脸的人物，连带他们的家属。

对此，赤明美其名曰只是家宴，主要是为了庆祝族长叔叔身体康复，毕竟族长大病初愈，受不了太闹腾。

这一点倒是说得通，但这回没有请红焰女，赤明就有些强词夺理了。

想不让她来，赤明没想到什么好理由，最后实在没办法，就直接说，他和红焰女在是否和阮天择联姻的事情上，一直不对路，今天如果请她来，大家言语一个不注意，又吵起来，反倒影响欢庆气氛，所以这次就让他赤明任性一回，不请她了。

他这话，在邻里一向和谐的红溪村中，实在显得牵强。不过既然他这样坚持，别人也不好说什么，毕竟他才是请客的东家。

那长老赤光听到这样的理由，倒是有另外的想法。

“难道赤明这小子，转了性子？”赤光长老想道，“他这后生一向毛毛躁躁的，这回还能想得这么深，也不容易。如果今后他一直这样，也不啻是一桩美事。”

赤光此时还不知那夜赤明领人在苏渐客房中干的“好事”，这时候他还一个劲儿地把赤明往好的方面想，却不知道赤明真正的理由，却是忌惮红焰女神秘的火焰灵法，怕她一会儿坏事。

于是，当赤明确认族里的头头脑脑都到了，而武力不凡的红焰女真的没来时，他这颗心终于彻底放下了。

当他真心欣喜放松时，那表现也出奇的好。

于是开席之后，他各种祝酒说辞，如流水般淌出，说得又跟花儿似的，倒让所有出席的长辈族人听得满心欢喜。

他们都觉得，赤明这不靠谱的伢儿，今儿开始是真的懂事了。

见他这样的表现，连族长赤阳也真心欣慰。毕竟，今天这流水席的由头，就是恭祝他身体康复啊。不管以前怎样，见自己的侄儿如此有孝心，赤阳怎么会不老怀宽慰?

所以，赤阳一改以前对赤明看不上眼的做派，也是真心地接受他的各种敬酒，没多会儿就喝得满脸放光，醉意醺然。

见大家都喝得醺醺然，特别是看到赤阳族叔也喝得半醉，刚才表现得又乖又巧的赤明，脸上却忽然浮现出一丝冷笑。

“叔叔——”他忽然举杯对赤阳叫道。

“嗯?”族长醉眼醺醺地看着他。

“有句话，这几天我想了很久，一直想跟你说。”赤明道。

“说，什么话，”族长大着舌头，结结巴巴道，“你、你是我的侄儿，有、有什么话，随便说。”

“好！其实我觉得，红焰姐姐，还是应该嫁给阮大人。”赤明道。

“呃?”一听他这话，赤阳的酒劲儿忽然去了大半。

作为红晶族一族之长，赤阳岂能是一般人物?赤明只是轻轻这一句话，顿时就让这老头儿嗅出些异常味道来。

赤阳没有像一般人那样，听赤明说出不合心意的话，就跟他大吵大闹。这时他反而冷静下来，不仅酒醒了大半，还注意手中力道，轻轻地从容地放下酒杯，看着赤明道:“你说说，你为什么这么想。”

“叔叔，你这么问，就很奇怪。”赤明一扫先前的谦卑，直视着族长的双眼说道，“这不是明摆着的道理吗？很多人会说，你现在没病了，求不到阮大人了，想不嫁女就不嫁了。”

“可咱们想过没，难道以阮大人的身份地位，他要娶个夷族小女子，还真的要用什么来交换吗？阮大人如此人物，就算软求不行，直接抢人，任何人都无话可说。”

“侄儿，你酒喝多了。”赤阳半晌无言，最后忽然说了这么一句。

“我酒多？嗤，再多也没你多！”赤明很不客气地道，“你刚才让我说的，我就要把话说完！”

“我不知道你怎么想的，我总觉得你们的想法很奇怪。有这样一个大好机会，能和阮大人联上姻，这样的好事哪儿去寻？简直天上掉馅饼！

“你们却推三阻四，一副别人给咱找麻烦的样子！今天我就把话撂这儿了，为了我族的前途，红焰姐必须嫁给阮大人为妾！”

赤明这样说话，已算嚣张之极。这时候别说同一桌的赤阳、赤光了，厅堂中其他两桌人，也都听到了，顿时便安静了下来。

这时只有院子里那些老人女子小孩居多的家属们，还不知道屋里发生了什么事，依旧吵吵闹闹地喝着酒吃着菜。

“赤明，”到这时，赤阳族长还是没生气，心平气和地讲道理，“你刚才说的，好像有道理。但难道你忘了苏大人的话了吗？”

“苏大人？哪个苏大人？”赤明斜着眼，阴阳怪气地问了一句。

“苏大人，自然就是我赤阳老汉的大恩人，苏渐了。”族长依旧很平静地说道，“赤明，你难道忘了，苏大人说过，把所有希望寄托在一个人身上，很危险。”

“这不过是危言耸听！”赤明叫道。

“他还说，亲眼看见阮天择纵容属下劫掠我红晶族人。”赤阳道。

“全是他一面之词！”赤明再次叫道。

“你怎么能这样说苏大人？他是我族的恩人！”见他如此顽固，赤阳也忍不住有些动怒了。

“他是你的恩人，”赤明冷笑道，“不是我们的！你们全都当他是个宝，依我看，却分明是他对红焰姐姐动了心思，故而起坏心坏阮大总管的好事!”

“赤明！你——唉，赤明，你知道你这个名字的来历吗?”正要动怒的老族长，忽然叹了口气，换了个话题。

“知道啊，这名字不就是你帮忙取的嘛。”赤明不耐烦道。

“我说的来历，不是这意思。”饶是赤明如此无礼，赤阳依旧苦口婆心道，“为你取‘明’字，便希望你不仅一生明朗，同时更要深明事理。你看看你今天，说的这些都是什么话？有一丝一毫明理之人的样子吗?”

“哈！你终于忍不住了，又跟以前那样教训我了！好!”赤明脸红脖子粗地叫道，“既然你说了，我就当一回明理之人，就算你把我说得如此不堪，我还是要跟你敬一杯酒!”

“不必了。”话不投机，赤阳冷冷地丢下最后一句，便推席而起，准备离去。

“叔叔，别走啊，”赤明忽然换了一副嬉皮笑脸的样子，叫道，“啧啧，你刚才还教训我要做一个明理之人，你看看你，几句话不中听，就要走了？你可看看这屋里屋外，我费了多少钱粮摆下这流水席？你不会连我最后这杯敬酒都等不了吧?”

“好。”赤阳停住脚步，就站在桌边，盯着他道，“你敬吧，我等着，倒要看看你说什么。”

“好!”赤明叫道，“我这杯酒，敬你——”

说到此处，赤明忽然提高了音量，那声音响亮得几乎把屋里屋外的嘈杂声全都压下去。只听他高叫的是：

“这杯酒，我敬族叔，祝你：顺我者百年昌盛，逆我者风烛影残；恩我者一杯鼎盛，仇我者义绝情断!”

他这最后一个“断”字，几乎是狂吼而出，话音未落之际，他也不敬什么酒了，只是把手中瓷杯狠命往地上一摔，顿时便是一声破碎巨响!

到这时候，就算是傻子也能觉出不对了。就算是红晶族人，但多年来也受人族影响，听多了华夏戏文，也知道赤明玩的这一手分明叫“摔杯为号”!

一见他如此做派，赤阳、赤光等人顿时就觉不好。

但他们来之前，其实也不是完全没有防备。这时见赤明摔杯为号，又猛地抽出腰刀，他们也各自从绑腿中抽出短刃，瞬间架住赤明砍来的弯刀！

于是就在电光石火间，他们之间已经过了好几招，这时候院子里那些家属们，甚至还没反应过来发生了什么事。

但这种情况持续没多久，整个院子就都陷入了一片混乱。

这样混乱的来源，不仅是因为家属们看到中堂中的打斗慌乱起来，还因为这时那些伪装成帮工的赤明死党们也蓦然抽出兵刃来，从院落四处喊打喊杀地冲过来。

他们中的一部分人，逼住了这些家属，另一部分立即冲进中堂，要帮赤明对付这些族里的头头脑脑。

见得如此，族长赤阳却是冷笑道："赤明啊赤明，你倒是贼子野心，可惜还是成不了事。"

"怎么了？怎么又成不了事了？"赤明赤红了双眼，架住了赤光这时横劈来的利刃，怒吼叫道。

"你看看，你手下这几个憨货，扳指头数数也不过七八人。就凭你们凑在一起，能对付得了我们这帮老家伙？"赤阳冷笑道。

还别怪赤阳到此时还底气十足，实在是因为，他对赤明突然设下的这次宴席，也充满了警惕，尤其是赤明种种不同寻常的做法，引起了他的注意。

所以，别看没出事前，他和那些多年的老兄弟们，和和气气地来吃酒；但是一旦翻脸，他和这些老兄弟们，立即全都取出衣服下暗藏的兵刃，跟赤明战在了一处。

而赤明和那些死党，毕竟根基浅薄。

尤其是这些所谓的死党同伙——因为"物以类聚人以群分"，能被赤明这样的人搜罗的，差不多全是红晶一族中被人看不起的痞子混混。

所以别看赤阳这帮老家伙加起来快有六七百岁，但就这十来个人，要对付赤明这一伙，简直就跟玩儿似的。

就在赤阳觉得一切都在掌控中时，赤明却忽然冷笑一声："老家伙，还这么自以为是吗？如果我就这点家底，怎敢跟你翻脸？除非我是个傻瓜！”

“呃？”原本自信满满的赤阳，忽然直觉不妙。

“难道……”正在他迟疑间，赤明看着他嗤笑道：“没错，就是丹丘城，总管行营！”

话音未落，只听得屋后一连片巨响，转眼便是人声鼎沸！

“啊呀！”就算老谋深算如赤阳，这时候也禁不住大惊失色！

“嘿嘿，怕了吧？”赤明得意叫道。

不过，虽然心情很愉快，但赤明心下，却觉得事情好像有哪里不对。

“怎么回事？”他心想，“我依向大人之计，在屋后挖了很多密室，暗藏了他派来的高手，这没错。但那密室和我这中堂，不是有地道相连吗？怎么这会儿一连声巨响，还有这么吵，倒像……倒像很多人在同声惨叫！”

正有些犹豫时，赤明却见得中堂一角暗留的地道出口处，遮掩的毡席猛地被人掀开！

“来了！”赤明见状惊喜叫道，“好哇，老家伙，我援军来了，这下你们往哪儿跑——”

正得意时，赤明的声音却戛然而止。

原来，他看见一马当先从地道中蹿出之人，竟然没有按预先的计划杀向赤阳，反倒是一阵风似的从旁边蹿过，往院子里跑去了！

“庞——”他差点说出这人名字，意识到不对紧急改口后，他大叫道，“好汉留步啊！”

“留什么步啊！”那身手敏捷却满脸土灰的武夫大叫道，“他娘的，太他妈坑人！是真的‘坑人’啊，怎么好端端从天而落这么多大石头，压破了地洞，把大伙儿都活埋了？真惨呐！”

“啊？！”听清这话，正在应付赤阳攻击的赤明，顿时面色如土！

“怎么回事？”虽然他一时反应不过来，但也知道事情好像很不对劲。

正惊疑间，赤明便看到，有更多的黑影从地道口中蹿出来。这些人和刚才那人一样，全都蒙了面。别人不知道，但赤明一看就清楚，这些人都是事先向泰帮他安排好的援军助力。

但这时候，这些本该从地道中冲出来援助的“好汉”，表现却极为诡异：他们对赤明的喊叫甚至哀求竟充耳不闻，一个个跟火烧屁股似地忙不迭往屋外院子里蹿去！

“咋回事啊？”赤明几乎要哭了，“我的娘啊，怎么耳都聋了眼都瞎了？你们要帮的人明明在这儿啊！怎么跟看不见似的，一个个光顾着往外跑啊？”

“难道，你们潜伏这两天，吃了我家米粮无数，就为了在我眼前晃一眼，然后往外面跑吗？”这时候赤明真是满腔义愤，欲哭无泪。

这样的奇景，当然也影响了赤阳等人。

因为这景象实在诡异奇葩，以至于他们也禁不住放慢了手中的攻势，愣愣地看着这些灰头土脸的蒙面人抱头鼠窜。

“赤明，”最后那赤阳甚至好心地问仇敌道，“你叫的这些人怎么回事啊？埋伏得倒是挺好的，怎么冲出来不干事啊？你看看你，”赤阳忍不住又生气起来，“还怪我说你！连个鸿门宴都弄不好，太让我失望了！你看你这都找的什么人啊？他们脑子都有病吧？”

听叔叔这么一说，本就觉得无比挫败的赤明，这会儿差点都要哭出声来！

这时候，赤明觉得自己实在太尴尬了——对！就是“尴尬”！

估计从古至今，从来没有一个摆鸿门宴的阴谋者，会有“尴尬”这种感觉！

正当赤明恨不得找个地缝钻进去时，只听得“轰隆”一声巨响，打破了这屋内尴尬难堪的气氛。

众人齐齐一惊，扭脸看时，却见那地道出口的墙角处，就好像被什么巨石砸中，猛然破了一个大洞！

霎时间，这间并不太大的屋子里，破砖碎石横飞。刚才剧烈打斗倒没受伤的赤阳，手臂霎时被飞过的乱石擦了几道血痕。

“怎么回事？”这时候，就连最狂妄的赤明，也不敢将眼前的场景归结为自己那些“朋友们”终于出手造成杀伤了。

正在众人惊疑时，只听得一个清越明朗的声音，顺着破洞传来：

“我说胖子，叫你拿石头砸，你有点准头好不？这墙砸了也就砸了，反正也是那混球家的。但万一砖砖瓦瓦乱飞，碰着族长族老怎么办？”

“哎呀，你还别怪我啊，”另一个声音理直气壮叫道，“我不是跟你说了嘛——这‘巨石压顶’，我练成还没多久呢。”

听得这个对话，虽然后面那人声音陌生，但前面那个清朗无比的声音，这厅堂众人是全都熟悉的。

“苏渐！”同样一个名字，赤阳叫出时，喜悦无比，那赤明喊出时，却是脸色苍白，浑身发抖！

“在！”这时屋后那少年应道，“谁在叫我？赤阳老族长？”

“是我是我！”德高望重的老族长，这时候却欢欣雀跃得像个孩子。

“老族长您没事就好。”这时屋后的砸撞声音渐息，苏渐的声音显得更加清晰。

“苏、苏大人，您怎么来了？”稍微回过点儿神，赤阳老族长便声音发颤地问道。

“干吗这般问？”苏渐从破洞中走进来，声音响亮无比，“老族长这么快就忘了吗？几天前我才说过，尔等虽是小族异族，但服我华夏统治，便是华夏子民，我们绝不会任由红晶族受人欺凌。所以——”

苏渐顿了顿，浩然说道：“所以，我来了！”

一听此言，赤阳、赤光等红晶族老，再也控制不住，霎时间老泪纵横！

这时候哭出声的，还有一人。

不用说，这人正是赤明。

和赤阳他们感动流泪不同，他这时候流的，却是恐惧的泪。

不过在满心恐惧之余，有一件事他还很想不通：

“屋后那空室，我挖了七八个，藏了向泰送来的许多人，而刚才从地道中跑出的，前后也没几个，怎么这么快，苏渐就将他们全部制服了？”

正想不通时，却见一个白白净净的胖少年也顺着巨洞钻进屋来，竟是有些埋怨地对苏渐道：

“大哥啊，来之前看你这么郑重，还以为有多难砸，谁知他们屋后地洞挖得这么浅，一砸就破，根本显不出我土灵法术的苦练成果嘛！”

“让你少费点劲不好吗?”苏渐白了他一眼，又一指赤明，“本来这小子挖洞，只为了临时藏人，要挖多好？自然一砸就塌方了。这样也好，可以少死点人。对了唐求，那些刺客死了多少人?”

“就没死人!”唐求竟显得有些遗憾，“这洞也挖得太豆腐渣了，连个人都压不死，真差劲——好好好，我没别的意思，实在是刚刚玄武卫的前辈们看了下，这伙人竟都是江洋大盗。他们这会儿却只是灰头土脸，并没死伤，真是‘好人不长寿，祸害活千年’。”

“不过跟你说啊，别看这些家伙血债无数，刚才被我石头一砸，土一埋，竟都哭爹喊妈，窝囊得不行!”

“这也难怪了，”苏渐道，“任谁藏在地洞里，突然一塌方，眼见要被活埋，谁不害怕？这些人现在都看管起来了?”

“都抓着呢，”唐求笑嘻嘻道，“亚飒带人看着，一个都跑不了。”

“真一个跑不了倒好了，”苏渐摇摇头，有些可惜地道，“刚才有几个蹿起来跟过街老鼠似的，跑得那叫一个欢快啊，肯定逃掉了。”

“不过，”苏渐话音一转，扭脸看向赤明，“我倒是挺佩服这位仁兄的骨气，到这会儿，竟然还敢直愣愣地站在这里，屹立不倒。”

他这话，顿时提醒了赤明。只听“扑通”一声，原本那般狂妄之人，这会儿却双膝跪倒，五体投地，匍匐到苏渐脚下，哀求个不停。

“离我远点。”这时候苏渐毫不掩饰对他的厌恶，“说起来，我苏渐见识的场面也不少，连对面兽龙国，也杀了个来回，这应该也算见多识广了吧。但就没见过你这样的人!”

“你为了一己私利，竟想弑叔、卖姐、杀长辈！你真是猪狗不如!”

苏渐如此骂时，固然赤明浑身发抖、面色如土，就连受害者赤阳、赤光等人，脸上神色也羞惭不已。

这时，红焰女也闻讯赶来。

她虽然刚才没在现场，但通过一路上的听闻，已经对这里发生的事情了如指掌。

这时看见苏渐痛骂赤明，她虽痛恨赤明，心情倒也和赤阳等人差不多，十分惭愧。

在场的红晶族人，大多抱了一个同样的心思：

“苏大人会不会因此看低我们红晶族啊？别看他年纪小，却是从京华城来的大人物。看他这样的神采风度，再加上他刚刚自己也说，在龙境里杀个来回，显然先前听到的有关他的传闻，都是真的。”

“那这样的话就了不得了，如果他这样的大人物，回到京华城哪怕是轻轻一说，那咱红晶族也吃不了兜着走啦。”

他们这样的心理，听起来似乎夸大其词，但其实事实就是如此。

别看红晶族在红焰晶海地区繁衍生息，声势挺大，但在华夏国这样的巨无霸眼里，根本就不值一提，如同草芥。所谓“灭族”那样的浩大劫难，往往只不过是华夏朝廷要员，轻飘飘的一句话而已。

从这点也可知，华夏国流传的那些威胁性檄文里，类似“不测之祸”“旋踵即至”，还真不是空口吓人。

于是，当他们心情紧张地注视着苏渐时，却看到他忽然意兴阑珊地说了一句：“算了。”一下子，他们这些人提到嗓子眼儿的心，立即放了下来。

很显然苏渐骂了这么一通后，对赤明失去了兴趣。

他甚至连踢赤明一脚的兴趣也没有，就转向赤阳道：“看在你们，还有红焰姑娘的面子上，我就把这厮交给你们处置。”

“多谢大人厚爱！”这时就算年长德高如赤阳，也不得不恭恭敬敬地对苏渐行了个大礼。

“不过，”苏渐忽然话锋一转，顿时众人的心又悬到嗓子眼儿了，“不过赤明这厮，却是意图攻击杀害华夏良民，你们不可轻易放过。”

“华夏良民？”众人还有些没反应过来，红焰女已轻轻插话道：“苏大人这是在说，族长义父，赤光族老，还有你们这所有人，都是华夏的子民。”

“原来如此！”听红焰女一解释，众人如梦方醒之余，对苏渐的感佩之情更加强烈。

“赤明！”只听赤阳族长吼道，“你这个孽障！竟做出如此大逆不道之事，幸亏天使早就洞察，运筹帷幄，才免了一场大祸。”

“尽管如此，死罪可免，活罪难逃，吾以红晶族长之名，奉请晶海神母得知，判你鞭刑三十，刑毕立即驱逐，令你毕生永不得再踏入红晶族领地一步！”

虽然赤阳这判罚，并没有让赤明即刻受死，但从红晶族人的角度，这鞭刑加放逐的判决，简直还不如引颈一死。

于是一听这判罚，本就浑身颤抖的赤明，猛然间抖得如同筛糠！

他呆愣了片刻，仿佛短暂性失去了所有意识，然后猛然号啕大哭，在地上爬了两步，一把抱住苏渐大腿，哭嚎哀求：

“大人开恩！大人开恩！万万念在我赤明年幼无知的份上，让族长叔叔收回成命！”

还别说，赤明还挺聪明，几乎本能地看出，如果他跟族长求情，别说族长不愿意轻饶，就算愿意，在苏渐面前，也不敢改口。

所以他一下就抓住关键，抱住苏渐大腿，向他苦苦哀求。

只是很可惜，苏渐经历过多少腥风血雨？他才不是随便发善心的滥好人。

“滚开。”他抬脚一踢，把赤明踢出一丈远，然后冷冷说道，“你还年幼无知？也不看看你比我还大好几岁，竟敢在本使面前装嫩！”

“你今日做出如此大逆不道之事，猪狗不如，没叫你死，已算便宜，你还敢讨饶？”

“啊？”赤明立时陷入了绝望。

不过他忽然想到什么，顿时如同溺水之人抓住根救命稻草，急切大叫道：“大人大人！我可以立功赎罪，我可以供出来是谁指使，是谁提供钱粮人力——”

“不用了。”苏渐冷笑着看着他，“这不明摆着的？就你这脑子，还想玩什么‘鸿门宴’？还要等你招供？本使已将你们的阴谋弄得一清二楚了。”

“罢了。”说到此处，他真的是有些意兴阑珊，转向赤阳道，“这就算作你们的家事吧，接下来你们怎么处理他，我没兴趣管了。”

说罢，他摇着头，便带着唐求等人走出屋外。

不过在路过红焰女时，苏渐正巧有感而发，叹息一声道：“唉，本来我还以为，红晶族作为上古遗民，民风淳朴，没想到还出了这样颠倒伦常的小人，真是太伤我感情……”

本来他这话说得挺轻,但红焰女和赤阳等人还是听见了。

于是本就羞惭的红溪村众人,这时脸更是红得如同红布一样。当苏渐带人出门后,他们射向赤明的目光,更加地愤怒吓人。

这样的气氛,对赤明而言实在难熬,但让他没想到的是,更严重的打击还在后头。

那苏渐刚出门,亚飒就赶过来,跟他说道:“大人,刚才紧急拷问了一下,有几个江湖客顿时就招了。”

“哦?”苏渐立即道,“他们招什么了?”

“他们说,这回受人指使,要把这宴席中所有人一并杀死。”亚飒响亮说道。

他这话一出,屋里屋外,所有还在场的红晶族人,包括那些家属,脸色唰的一下子变得苍白如纸。

那赤明,本来虽然在地上,还勉强撑着,保持着姿势;一听亚飒这句话,立即整个人都瘫倒在了地上,如同一摊烂泥。

见他如此,赤阳族长既愤怒又同情地看着他,冷笑道:“你看看你,招来的都是什么人!如果你还有一点良心,就别恨苏大人,今日反倒是他救了你!”

听了他这话,赤明呆愣了半晌,忽然间哭了。

这时候,苏渐又听得院后一片嘈杂声,一时没听清,便问亚飒道:“那些杀手在叫什么?”

“他们在说——”亚飒侧耳听了听,“他们在说自己是江湖好汉,武林侠客,这回只是收人钱财、替人消灾而已。”

“他们就说这个?”苏渐冷冷道。

“是的,他们说这是他们江湖人的常态。”亚飒道。

“混蛋!”苏渐猛地怒喝一声,“为利杀人,还好意思说自己是侠客?咱习武之人、修炼之士的名声,就是被这帮混蛋给败坏的!”

“好!如果他们说这是常态,亚飒,你去告诉他们,以后蹲大狱、上刑场,就是他们的新常态!”

“好!”亚飒应声领命而去。

此刻无论玄武卫还是红晶族人，见得苏渐发雷霆之威，谁也不敢再小视他的年纪。

就在苏渐安排人收尾时，那红溪村口，却来了一伙意想不到的人。

这些人弓刀齐备，全都骑在高头大马上。为首一人面如冠玉、眼神狡黠，正是晶海行营大总管阮天择。

阮天择来此，实在是因为本来此事就是他指使的。

做下如此之事，他自然派人密切侦察。

本来他在离此地不远的隐蔽地方等好消息，没想到等来的却是失败的讯息。

如果只是这样，他就应该立即收兵回城，免得有什么牵连，但隐藏在赤明屋后的杀手中，却有他的参将庞玉。

当唐求大发神威，用飞石砸破地洞密室时，庞玉已经一马当先地落荒而逃了。不过也是急切间过于心慌，庞玉窜入荒野，竟是一时迷路，没能第一时间回到阮天择身边。

所以，阮天择见庞玉没回来，便疑心生暗鬼，担心他已经被苏渐的人抓获。

如果是别的人被抓了，阮天择根本不用担心，但庞玉毕竟是自己的亲信，很多事情都知道。

特别是，自己想当"焰海之王"的大图谋，不久前才跟庞玉明言过。如果他被抓，那事情可真会闹大，毕竟阮天择对玄武卫的审讯手段，还是颇有耳闻的。

所以，尽管此时现身红溪村，太过高调，阮天择还是带着自己的亲兵马队来了。他心中已经打定主意，如果发现庞玉被苏渐抓了，即使硬抢，也要把他给抢回来！

很快，他这队人马就和苏渐的人碰面了。

"咦？"一见到他来，苏渐显得非常吃惊，连忙迎上前来，拱手行了个礼道，"怎么阮大人也亲来这里了？莫非有什么要紧公干？"

"倒没有。"看着苏渐这张脸，阮天择就气不打一处来，但还不好翻脸，只得抽着气道，"本官听闻红溪村中闹事，你带玄武卫弹压，担心你压不住阵脚，故此带人来助威。”

“呀？”苏渐装模作样地感激道，“多谢大人厚爱，没想到本观察使一次小小的缉凶行动，竟惊动了大人，实在不好意思。”

“都是同僚，为圣上做事，没什么不好意思的。”阮天择一摆手，结束了这个话题。

他这时正骑在高头大马上，故意不下马，便视线极佳，仔细观察苏渐身后那串儿被锁链绑住的江湖客。

来回看了几遍，他都没看见庞玉的身影，便稍稍放下心来。

不过他还不敢完全放心，便跳下马来，试探苏渐道：“苏观察，你抓捕的不法之人，都在这里了吗？”

“应该是吧。”苏渐道，“不过还有几个漏网之鱼。怎么，听阮大人这意思，莫非知道逃脱之人？”

“倒没有。”阮天择故作从容道，“只是随口一问。对了，不知苏大人怎么会知道今日有事发生的？”

问出这话，阮天择倒不只是为了转移话题。现在他真的很想知道，苏渐这个不显山不露水的家伙，怎么就这么巧地坏了这里的事。

“其实也是赶巧。”只听苏渐说道，“大人您也知道，我上回为了您的事情，来了这红溪村，好歹也跟这里的头面人物相熟。结果我前几天从手下兄弟那里得知，这赤明要请客，竟然没请我！”

“您也知道，我年纪小，气量也小，没被请，心中郁闷，便想来看看有没有什么倒霉事发生——结果您猜怎么着？竟让我‘心想事成’了！”

“……”听他此言，阮天择半晌无语，良久后才勉强笑道，“苏观察，你这人还真是、还真是……福将啊。真是可喜可贺。”

说完这句，阮天择再没了任何虚与委蛇的心情，立即回身上马，带着众人往丹丘城疾驰而去。

一路返城时，阮天择没再说任何话。但在他心里，有一件事变得很清楚：

自己再也不能小看京华城来的这个少年玄武卫了……

红溪村一场鸿门宴闹剧，到此尘埃落定。

作为解决此事最大的恩主，苏渐并没有随着玄武卫押解队伍回去。

他在赤阳族长等人的强烈恳求下，留了下来，参加村里为了洗刷晦气、庆祝破解劫难的庆功宴。

这一晚，整个红溪村灯火通明，到处载歌载舞。

这样全村欢庆的庆功流水席，比白日赤明那个规模不知大了多少倍；不仅是红溪村，甚至附近那些红晶族村落，几乎家家户户都把自家的桌子摆出来，放上精心准备的酒菜，再点上灯烛。

于是，一张张摆满佳肴的筵席，连成了一片，它们沿着红溪村的村路街道延展，与周边的红晶族村落衔接相连，在夜幕下仿佛成了一条条闪耀着火光的长龙，一直蜿蜒延伸到四乡八野、晶海山河。

作为今晚红溪村夜宴最尊贵的宾客，苏渐自然被奉为了上宾。

对于红晶族，苏渐怀着一种奇妙的感情。

作为一个正直善良的少年，他天性便喜好惩强扶弱，于是红晶族在各方强大势力夹缝中艰难求生的现状，深深地打动了他。

除此之外，大多数红晶族人体现出来的质朴善良、尊重传统，又让他大生好感。

所以，虽然在红溪村中逗留时日不长，他已经深深地喜欢上这里。

除了这些私人感情因素，苏渐看重红溪村，还有公务方面的考虑。

某种程度上来说，他现在和这些红晶族人一样，也在各方强大势力的倾轧下，行事艰难。

别看最近几件事，都让他做成了，但苏渐清醒地知道，这些都只不过是小打小闹，并没有真正改变宏观大势。

身负大统领的厚望，苏渐来到红焰晶海丹丘城后，却发现局面比自己想象的还要凶险艰难。

阮天择自不必说，现在看来他是整个晶海地区动荡形势的幕后推手之一。

阮天择好对付吗？一点都不。

撇开他“玉面狐”的威名不说，他身后那位司徒宰相，别说一个小小苏渐了，就连玄武卫大统领轩辕鸿，也根本不是同一重量级的对手！

第四十九章

焰女夜浴

除了阮天择这一派，还有火妖族。

本来火妖族和苏渐并没有直接的关联，如果可以，苏渐只需要查出谋害上一任玄武卫晶海观察使的黑手，顺便稽查出阮天择的不法之事，也就足够交差了。

但很遗憾，事情总不会按自己的期望发展。

苏渐从来不觉得自己是个找麻烦的人，但郁闷的是，麻烦总是来找他。

这不，和阮天择在炎风原中的第一次真正交锋，就让他和火妖族兵将直接发生冲突，伤亡不少，结下了完全不可调和的仇怨。

发生这一切，那地位超然的晶海驻军青龙府兵可以依靠还好，毕竟，他们才是这个地区最强大的武力所在，用得好的话，可以起到一锤定音的作用。

但很遗憾，谁叫苏渐心思过于敏锐？偏偏让他发现，那位表面刚正不阿的青龙军折冲都尉步凌空，有些行事做法，表面看起来没什么，但总透着一些古怪。

于是数来数去，苏渐到最后便发现，看似势力繁多的红焰晶海地区，自己有可能依靠的，却只有这个同样弱小不堪的红晶族。

想到这一点，苏渐便在心中苦笑："轩辕大人啊，您还说我是福将，可您看看，我这点福气也快要到头了。"

心中这么想着，这个向来乐观豁达的少年，也免不了喝起了闷酒。

再过了一阵，他觉得心中实在烦闷，便对热情劝酒的红晶族人们告了个罪，离开宴席，到附近的晶海之滨走走，透透气。

作为众所瞩目之人，苏渐的一举一动，大家自然都看在眼里。

见得他神色落寞、酒意酣然地离席，族长赤阳忽然心里一动，便特地走到红焰女身边，小声道："红焰啊，苏大人喝了不少酒，对这里又人生地不熟，你跟过去看看，别出什么事。"

"嗯。"红焰女对苏渐颇有好感，即使族长不说，她也会跟过去的，这时自然点头应允。

只是，当她尾随苏渐，走到那红焰晶海之滨时，却看到他身子一晃，脚下一个不稳，竟是直直地摔在晶海里！

这一下，红焰女再也顾不得隐藏行迹，立即奔过去，想也不想，便跳到了晶海之水里。

"呼——"

就在她奋力朝少年落水处游过去时，却没料到苏渐已经钻出水面，呼了一口气后，他还含糊不清地笑道：

"呀，没想到这晶海之滨，水这么浅，才到我腰。本来还想好好泡个澡，醒醒酒气，得，还是上岸去吧。"

说着话，他正要迈步往岸边走，却冷不防那急着游来救人的女子，正和他撞在了一起！

苏渐虽说没有大醉，但毕竟酒意朦胧，这事出突然，忽然在水里被什么活物一撞，他顿时大惊失色，本能地就把红焰女往外一推。

"哗啦——"随着一声水响，女子窈窕的身形，被他推出很远。

他这一举动，红焰女倒是猝不及防，被推出去一丈多远后，她也有些惶急，便本能地在水底站稳脚跟，整个人浴水而出。

"苏渐——"

当她立定、破水而出，正焦急地朝苏渐那边呼喊时，却忽然看见，刚才狠推自己的少年，这时候整个人都好像呆了，怔怔地看着自己，眼神一动不动。

“啊，你怎么了？”红焰女有些焦急地发问。

她实在担心，这个红晶族最大的恩人和靠山，现在这副痴呆的样子，会不会是出了什么问题。

但惶恐的女子并不知道，自己才是造成少年这副痴呆表情的根源。

原来，刚才红焰女从晶海之水中浴水而出时的场景，那姿态真个极美。

她的身姿，本来就曲线婉转，妖娆玲珑，从红光点点的水波中破水而出时，那凹凸玲珑的身姿，简直连女子看了都会动心。

而此时月光正好。满月将冰清玉洁的光辉从天顶流泻，洒在她的身上，不仅将金色的发丝染成了银色的桂冠，又和她修长脖颈、饱满胸脯上的点点彤红水珠交相辉映，霎时间好像发生了奇妙的反应，给她的娇躯披上了一层冰晶与火焰交织的轻薄绢纱。

此刻的红焰女，如此唯美、诱人、空灵，似出水的芙蓉，又如同瑶池的仙女从梦境中走出，向苏渐翩然而来，在旖旎的光影中舒展着梨花带雨的曼妙身形。

作为万年的晶海焰灵，红焰女再是热烈单纯，经过刚开始的焦急惶惑后，也很快弄清楚少年为什么露出这样的神情。

于是一时间，她有些羞赧，还有些骄傲。经历了短暂的思想斗争后，她并没有像本应该那样做的退后、掩饰，而是大胆地涉水向前，走近苏渐身前。

走近之时，玲珑的娇躯带动了湖波旋转，宛如她此时眼中流动的情波；她那一颦一笑，还有湿身后袒露无遗的惊人曲线，都好像在无声地散发着春天的气息。

气氛旖旎。

几乎来不及思考，佳人已在眼前。

而老天爷好像也来凑趣，刚才亮如银盆的满月，恰被一丝夜云遮住，让整个晶海变得昏暗。

本就旖旎的气氛，此刻更加暧昧。

也许，所谓“天作之合”，也不过如此。

近在咫尺，红焰女的心跳得扑通扑通。

也许很草率，也许很放荡，但她还是勇敢地仰起了脸儿，等待自己深深景仰的男儿轻轻地一吻……

“啊？”在这样的重要时刻，那不远处晶海之滨的沙丘后，本该在宴席中的赤光长老，却着急地对身边同样凝目观看的人急道，“赤阳，咱们还不出声吗？你女儿就快要被他占便宜了！”

“哦。”同样在偷窥的族长，却岿然不动，眼神中闪烁着只有长者才有的智慧光芒。

“你懂什么，”只听赤阳道，“什么叫‘快要被他占便宜’？”

“难道不是吗？”赤光惊讶地看着他。

“当然不是。”赤阳说道，“根本反过来好不好？是我女儿，或者说我们整个红晶族，包括你我在内，要占这位小苏大人的大便宜！”

“咦？”赤光奇怪道，“老哥啊，你不是总说不想把女儿嫁给外族人吗？”

“那不一样。”赤阳摇摇头道，“相信我，我赤阳早年也曾游历天下，你要相信我的眼光。这个人族少年，绝不一般。”

“哦，我觉得也是。”赤光对自己这位老哥，一向是非常信服的，所以听赤阳这么一说，他立即加入对方的阵营。

于是，这俩老头就在这沙丘后，攥紧了拳头，看着水中那二人，不停地小声叫道：“亲啊！快亲！快亲啊！”

只是很可惜，在这在场三人的期盼中，到了最后关头，看似酒意蒙胧的苏渐，却还是猛然惊醒，选择了克制自己。

“抱歉，”只见苏渐在水中对红焰女躬身一礼，“感谢红焰姑娘情意。我只觉得此处水冷，便想要先回岸上去。”

“啊？”红焰女没想到还有男子在这时候还能选择克制，便忍不住惊讶出声。

但很快她就奇怪地发现，怎么自己这声惊呼，声音变得这么大？还夹杂着苍老的男声？混杂在一起就像和声一样！

如果这还没让她知道怎么回事，但很快奇怪的声音又传来：“唉！真可惜，怎么就不亲呢？”

这一次，别说红焰女了，就连苏渐都反应了过来！

他俩不约而同地扭头朝岸上一看，却见湖滩上的那个沙丘后面，正露出赤阳和赤光两张饱含遗憾的脸。

“你们！”这一下，红焰女又羞又气，立时捂着脸，从湖滨水中飞奔而出，很快跑进了茫茫夜色里。

“两位……”虽然刚才没做下什么羞耻的事情，但苏渐现在看着湖岸上的两位长者，也变得十分尴尬。

“我们？”这时赤阳的眼神中再次闪烁起智慧光芒，一指天边云月，一本正经地说道，“苏大人，我老哥俩，只是来湖边赏月。怎么，你也觉得今晚月色很好，便酒都不喝了，特地约我女儿一起来这里洗澡？”

且不说苏渐在红溪村这边风花雪月，那阮天择回到丹丘城行营，却是大发雷霆！

到了这会儿，阮天择终于明白了一件事：

这个看似乳臭未干的少年，和他那个死鬼前任何啻有天壤之别！

见他愤怒，他手下那哼哈二将庞玉和向泰，大气都不敢出。

从红溪村的垮塌地洞中逃出来后，庞参将的气势都好似比平时矮了一截；向泰的计策也刚刚失败，这时候自然没脸说什么。

发了一阵怒，阮天择注意到他俩这副模样，顿时没好气地喝道：“怎么回事？跟两根霜打的茄子似的。哼！以前你们俩不都是趾高气扬，横行丹丘城来着？怎么着，这会儿变小鸡雏了？”

被他这么一骂，庞玉和向泰两张老脸都变得通红。

还没等他们吭吭哧哧地辩解两句，阮天择便不耐烦地挥手道：“都别啰唆了，还是说正事儿吧。你们说，那苏渐小儿已经两次三番坏咱的好事，总得想个招儿来对付他，否则这口气怎么出？”

“大人！”憋屈了这么久的庞玉，立即叫道，“也不用怎么麻烦，待那苏渐落单时，小的瞅个空子，一刀将他宰了就是！”

“你是说，用‘暗杀’？”阮天择看着他。

“对啊！”庞玉兴奋道，“苏渐这小子毕竟年纪还小，少不得图热闹去逛街，哪次走到暗巷，老子冲上去一刀就了账，岂不快哉！”

"得了吧！"阮天择冷笑道，"你想过没，如果苏渐真这么容易对付，他还能搅和成今天这个局面？还暗杀呢，就不说他们玄武卫是暗杀的祖宗，就这苏渐的武力值，是你个小小的庞玉能抵挡得住的？"

"啊？对呀！"被阮天择一泼冷水，庞玉顿时清醒过来，心悸道，"差点忘了，苏渐这厮，竟然身具朱雀星流术啊！"

一想到这点，庞玉顿时像泄了气的皮球，同时还颇为后怕。

"大人说得没错，"这时向泰接话道，"要用武力，绝对不行，你可别被他那张小白脸给骗了。要对付他，还得用这里。"说到此处，他指了指自己的脑袋。

"哦？"阮天择一听，饶有兴趣地问他道，"你有什么计策？快快道来。"

"属下是这么想的，"向泰开足脑筋道，"其实这回红溪村之事，我们也不是全无收获。据属下细心查探得知，原来那步都尉与红焰女竟有私情。"

"啊？"阮天择惊讶一声叫道，"什么？这事我怎么不知道？"

很显然，阮天择几次三番想将红焰女纳为妾室，对这个消息颇为敏感。

"呵，"向泰赔笑一声，小心地拿捏着尺度说道，"大人您日理万机，心怀天下，自然注意不到这样犄角旮旯的细节。"

"属下可是风闻，那步凌空私下和红焰女有接触，不过也都各自守礼。而虽然咱最近给红溪村下的套子没成事，但之后小的们来报，那红焰女竟似又对苏渐看上了眼。"

"啊？可恶！"阮天择顿时勃然大怒，"好哇你个苏渐，不仅坏我事业，还抢我老婆，此仇真是不共戴天！"

"呵，呵呵，"向泰干笑两声，不敢置评，接着又道，"其实，大人您不必动怒，这些都是风闻，或有其事。咱们不正好可以利用这事情做文章吗？苏渐介入，步兵头发怒，我们从中挑拨，引二人相争，大人您正好可以收渔翁之利，岂不妙哉？"

"妙个屁！"阮天择大喝一声道，"上次你不是也说，那个赤明五行缺德、十分靠谱吗？最后还不是功亏一篑！"

"这、这不是没想到他们不按常理出牌嘛，"向泰额角冒汗道，"按理说……这些人不该是不懂阴谋诡计吗？"

"你说到点子上了！"阮天择收起怒容，沉声说道，"正因为苏渐这伙人，竟然也懂玩阴谋诡计，这才可怕啊。"

"所以，别怪我刚才骂你们，否你们的点子，你们的招儿如果放在别人身上，比如那个前任观察使，放在他们身上好使，但放在苏渐身上，恐怕就另当别论了……我们还得想更阴损的招儿！"

"你们信不信？先说庞玉。"阮天择看着两位亲信，分析道，"你还说要暗杀他？你信不信还没等你堵着他，你就先被玄武卫的人在暗巷里套了麻袋——"

"你还别一脸不服气。你是不是总去青楼厮混？就你那张破嘴啊，有点事儿就跟那些娘们说，走漏风声，被苏渐打闷棍，简直是没跑的！"

"还有你向泰，你信不信，你这计策到最后也够呛。"阮天择一脸悲观地道，"虽然本座还没想明白苏渐这混蛋会怎么化解，但总有种直觉，要是咱真这么去挑拨了，没准弄假成真。本来苏渐没心思的，结果最后也把红焰女给娶了，还跟步凌空交了朋友，你说晦气不晦气？"

被阮天择这么一说，庞玉和向泰顿时都十分沮丧。

沉默了一会儿，向泰有些不服气地道："大人，难道苏渐这厮真这么厉害？我们不试试哪知道？"

"不用试了。"阮天择一挥手，脸上又是霸气流露，"是，苏渐是很厉害，我不否认最开始我小看了他。不过，在我'玉面狐'面前，他还差得远！"

"这厮先前屡屡得手，实在是因本座没留意他的手脚，没把他当对手；现在我注意到了，他就玩不转了！"

"当然当然！"向泰一脸期待地问道，"大人想怎么亲自对付他？"

"亲自对付他？哈哈哈！"阮天择猛地爆发出一阵大笑，"要我亲自对付他，哈哈哈，他却还不够格！我阮天择是要谋大事的，对付一个捣蛋鬼，还需要亲自动手？"

"这……"向泰一脸迷茫，"大人，属下真是越来越听不明白了……既然您不亲自对付，又不要我和庞参将出手，还不愿挑动步兵头，那、那要怎么做?”

“别忘了，我们有靠山啊。”阮天择阴阴一笑，“本座这就修书一封，递与宰相大人，请他老人家派一位听命于他的监察御史，来咱丹丘城巡察。到时候咱这位御史老大人随便寻个不是，把苏渐这小子下到京师天牢，还不是手到擒来?”

“哇！妙计妙计！”向泰顿时夸张地赞道，“太厉害了！不愧是‘玉面狐’阮大人，小的拜服了！”

“对啊对啊，”庞玉不甘落后，粗声大嗓地跟着奉承道，“大人这计策太厉害了！嘿嘿，俺老庞这么大年纪，还有稀罕去青楼的毛病。苏渐这小混蛋血气方刚，正是惹事的年纪，放到监察御史那些古板老大人的眼里，还不处处都是毛病?!”

“哈?”阮天择有些不敢相信地看着这位粗豪将军，“庞将军，不错啊！你这话还别说，分析得还真是在理!”

“是吗?!”被阮天择这么一夸，庞玉脸上那几颗带毛的痦子，每一颗都好像在放光!

就在向泰嫉妒的目光中，庞玉不客气地领下了阮天择的夸奖，容光焕发地叫道:“其实也对啊，毕竟跟随了阮大人这么久，俺老庞也变成粗中有细、智勇双全的儒将了嘛!”

“哈哈，儒将，哈哈!”阮天择指着庞玉，笑个不停。

还别说，被庞玉这样一搅和，本来愁云惨雾的晶海行营三人组，一时间也觉得心情好了很多。

他们心情好，倒也不是盲目乐观。虽然几次事情都被苏渐搅和，但毕竟还是小打小闹，在阮天择的眼里，只能算捣乱。

所以，定下让宰相出动御史的“借刀杀人”之计后，阮天择的目光便从苏渐身上移开，开始谋划自己的“大事”了。

在此后三四天的样子，阮天择亲自去了炎风原一趟。

作为晶海地区的大总管，阮天择这次炎风原之行，却出奇的低调。

这一回，他什么人都没带，孤身一人，还装扮成普通的旅人，十分低调地出城，专寻小路往炎风原而去。

到了炎风原之后，他并不像普通的旅人那样尽量避开闹火妖的幻火宫秘境，反倒是直朝幻火宫而行。

当然，他并没有真正到达秘境之中，而是在西北边五六里地的地方停住脚步。

在这里，是一座幻火宫外围废弃的小宫殿。

就在断壁残垣间，阮天择稍事休息，待到繁星满天的夜晚，就等到了幻火宫的来人。

不用想，与阮天择会面的，一定是火妖族的首领人物。

这要放在以前，以阮天择“玉面狐”的性情，根本不可想象，他绝对不会做下这样容易落人话柄之事。

从这一点看，也不得不承认正是苏渐来到丹丘城后，一阵拳打脚踢，好几次不按常理出牌，竟逼得阮天择不得不放弃了本应有的谨慎。

星空下，炎风里，当紧张的密谋结束后，不论是阮天择还是那位头生双角的高大火妖，脸上全都洋溢着满意的笑容。

“火妖王，我等你的好消息。”临别时阮天择的最后一句话，揭示这位来会面密谋之人，竟是将阴影笼罩整个晶海地区的火妖王！

柔和的星月光辉，丝毫没有减轻火妖王脸上的阴狠凶悍神色。

身材高大的火妖强者，听着阮天择的道别，咧嘴一笑，脸上纵横交错的伤疤纹路中，瞬间好似流动起炽热的岩浆，将整个异样的脸型衬托得如同来自炼狱的赤红魔鬼。

跟火妖王道别后，阮天择便匆匆忙忙地赶回丹丘城。

但他并不知道，他前脚刚走，刚许下承诺的火妖王，却立即在同样的地点，会见了另一个人。

很显然，当这位黑衣人从废墟阴影中浮现，火妖王对待他的态度，要比对待阮天择恭敬得多。

“刚才这阮天择，来找你说什么？”全身包裹在黑袍中的神秘人，倚靠在断壁残垣上，看着火妖王，用低沉的语气问道。

“大人，”桀骜不驯的火妖王，竟用讨好的语气说道，“刚才阮天择那家伙来找我，是想让我在火晶熔炉上捣捣鬼，降低合格火晶的出产量。”

“你答应了?”神秘人语气凝重地问道。

“我答应了。我会派族中精干力量，潜入火晶熔炉工场，安装上我族特有的法器，让熔炉废品率大大提高。不过，”火妖王狡黠地一笑，“不过作为冒险的交换条件，那些火晶废品，阮天择要想办法都运给我!”

“嗯?”神秘人一皱眉，“你要废品做什么?”

“不就是为了完成大人的任务嘛!”火妖王讨好地道，“您不是让我在幻火宫后面靠近横断山脉的地底，挖一条隧道通往龙境吗?”

“那和这些废品有什么关系?”神秘人不耐烦道。

“很有关系!”火妖王不敢再卖关子，忙道，“通过我族法器造成的废品，其实拿回我们手里，就不是废品了。只要族中巫师施展秘法，就能将这些废品火晶，重新变成上好的晶石!”

“竟有这等法子？很好!”神秘人拍了拍手，“这样的话，你们就能制作大量的高能火晶弹，来开隧道了。”

“可不是!”火妖王叫道，“有行营和青龙军在，我们火妖哪弄得到那么多火晶？弄不到火晶，怎么能完成大人您的任务？今晚这姓阮的自作聪明，本王就顺水推舟了!”

“好好好!”神秘人拍了两下手，赞道，“人都说火妖王一味凶悍残暴，却不知道粗中有细，有勇有谋。找你这样的人做事，我也能稍稍安心。”

“能为大人做事，是我族荣幸，肯定尽心尽力！只是……”火妖王忽然摆出一副委屈的模样，叫苦道，“只是可恨那阮天择，总拿咱火妖族当苦力使。我刚跟他说，要他想办法让朝廷下官文，正式承认幻火宫交予我族统领，他却含含糊糊，就是不松口，真是恼火！这样的日子什么时候是个头啊?”

“别急，快了。”神秘人一笑，“你们的好日子，就快来了。只要你们尽心尽力把隧道打好，等我龙族大军攻进来后，还在乎一个区区的幻火宫?”

“呃，大人，还是很在乎的!”在这个问题上，火妖王不敢含糊，连忙道，“幻火宫是我族世代栖息之所，还望——”

“你理解错了。”神秘人打断他道，“不是说幻火宫不给你们，而是只要你们能为龙族大军铺好路，别说幻火宫了，到时候整个红焰晶海都给你又如何?”

“都给我?”火妖王呆呆地看着他。

“都给你!”神秘人一笑,说道,“你还不知道我的上司是谁。告诉你,她的尊贵,在整个龙之帝国中,可以排上前五名。”

“到时候别说红焰晶海了,海东炎风原、海北流霞川、海西红晶原、南方云浮山,都交给你火妖王统治,还不是她老人家一句话的事?”

“那太好了!那太好了!”身材壮硕的火妖王,这时候原地使劲地蹦跳,手舞足蹈,乐得跟个孩子似的!

“对了大人,”趁着高兴劲儿,火妖王开口恳求道,“大人,能不能给几个‘封魔释印’?不释放几个被你们封印的恶魔战士,我怕力量不够。”

“不行。”神秘人斩钉截铁道,“目前局势,并不需要。你若真是驱使恶魔在晶海出现,才真的会节外生枝。到时候华夏伪朝真的派来大军,咱们什么事都做不成!”

“哦,大人说的是!”火妖王接受了神秘人的解释,但脸上还是忍不住有些失望。

“火妖王,你急什么?”神秘人看出他的失望之情,便说道,“只要隧道打通,引入龙军,我自会亲自跟君上进言,释放幻火宫深处被我族镇压的‘烈日炎魔王’,归你们驱使一百年。”

“烈日炎魔王!”火妖王一惊,有些不敢相信地脱口叫道,“您是说,上古在红焰晶海横行的烈日炎魔王?!”

“就是他,”神秘人冷静答道,“烈日炎魔王,魔族时代恶魔国度的火之使者。他的烈焰灵力,正合你们火妖族。有他作为你们的守护者,强大的火焰灵能足够你们火妖子孙繁衍,昌盛百年。”

听得此言,桀骜如火妖王,也顿时跪伏在地,行了一个最隆重的大礼。

看着月色中对自己顶礼膜拜的火妖王者,黑袍神秘客忽然想起一事。

沉吟片刻,他便对地上匍匐的火妖王道:

“火妖王,有机会,帮我杀一个人。”

“谁?”火妖王抬头看着他。

火妖王并没有第一时间等来回答。

神秘的黑袍人森冷地一笑，便渐渐隐身于黑暗之中。

等了片刻，火妖王才从萦绕断壁残垣的夜风中，听到一个名字：

“苏渐。”

接下来这段日子里，在苏渐眼里，相比先前的喧闹，这晶海地区好似忽然陷入了平静。

这样的清净，其实是他梦寐以求的。但相比于盲目乐观的唐求，苏渐的看法却跟亚飒一致：

越是平静，蕴含的危险就越大！

暗流涌动之际，明面上却还发生了一桩让苏渐不太愉快的事。

这一天，行营忽然派人来，说是朝廷派来监察御史，要所有驻晶海的主官都去行营议事厅与他相见。

不用说，这位监察御史，就是阮天择暗地里使的手段，从宰相那里求来，要借刀杀人，对付苏渐的。

苏渐这时候还不明白这一点，但很快，他就明白了。

按指令到了行营议事厅，本来苏渐还觉得，上头派监察御史来应该不是针对他的，但很快他发现，并不是。

新来的监察御史朱献朱大人，人到中年，本就生着一张马脸，却还瘦不拉儿的，天然带着一股刻板沉郁之气。

再加上“相由心生”，可能当久了挑刺找碴儿的御史，脸上便永远笼罩着一股黑气，虎着脸，一双鱼泡眼始终瞪着，好像看谁都跟欠了他钱似的。

苏渐不是一个以貌取人的人，但当他第一眼看到朱御史时，就觉得自己真的很难喜欢他。

这种可以说是偏见，但也可以说不是。因为这种不喜欢的感觉，并非凭空生发，而是来自于朱御史看自己的眼神。

苏渐是什么人？玄武卫的精英！

虽然那朱献似乎已经极力隐藏了什么，但苏渐还是敏锐地捕捉到，这位朱御史看他的第一眼，就饱含着某种不善意的态度。

玄武卫的规条说得很明确，别人看自己的第一个眼神，最具有参考价值。

“难道我曾得罪过他?”苏渐想道,“不对啊,得罪我、我得罪的人也没几个,而且这种人不是送命,就是被我送进大牢,绝无漏网之鱼啊。难道是我想多了?”

很快他就发现,并不是自己想多了。

让他很吃惊的是,朱御史一上来,竟然没查问阮天择有关行营事宜,却是直接看向自己,沉声问道:“你,就是苏渐?”

“正是在下。”虽然监察御史只是八品,但苏渐丝毫不敢怠慢,回答得毕恭毕敬。

“苏渐,你挺了不起嘛,”朱献脸上浮现一丝古怪笑容,说道,“朱某在京师就听说了你不少事迹。”

“都是众人瞎传,”苏渐谦虚地道,“其实也没那么好——”

“好?!”朱献冷笑一声,不客气地打断他道,“你以为我说你好?笑话!苏渐啊,恕某直言,你就是个捣蛋鬼、惹事精啊!”

“啊?”苏渐这时候才发现自己理解错了。

刚才还弯腰答话的少年,顿时就直起腰来,毫不畏惧地直视朱献的鱼泡眼,沉声道:

“捣蛋鬼?惹事精?我没听错吧!朱大人,你虽八品小官,但却是为君王守天宪的御史,怎么来这里跟本观察使出言不逊?这成何体统!”

“好好好!”朱献拍了几下手,冷笑道,“果然有点门道。看来一个小小少年,能混到今日这地步,定是全凭嘴上这番功夫了。怎么,我说你捣蛋鬼、惹事精,你还不服气?”

朱献死死地盯着少年,冷声道:“你想想你在京华城,得罪过多少人?别的不说,只为了争风吃醋抢女人,就用奸计把尚书大人家一个好好的贵公子送入了大牢,就这一条,你敢说你是良善之徒吗?”

“哈!”苏渐怒极反笑,叫道,“良善之徒?我苏渐啥时说自己是良善之徒了?我堂堂一个玄武卫,行事不拘小节,你竟然污蔑我是良善之徒,这不骂人吗?如果让我上司知道,会丢饭碗的!”

“呃?”朱献没想到少年如此反应,刚才气势汹汹,这会儿倒是一滞。

只听苏渐接着道:“朱大人,你如果觉得我把高敞那厮送到牢里,送错了，那你上奏折给他平反啊！这不是你御史的职责吗？怎么这会儿还有工夫来这晶海，只把天大的冤案当说嘴？依我看啊，你这御史当得也稀松啊！”

“你你你！”朱献没料到少年从这个角度反将他一军，立时气得嘴唇直哆嗦，想骂几句，却抖抖索索说不出完整的话儿来。

见他如此反应，苏渐更是大惊小怪道：“怎么现在朝廷选官这么不讲究了？如果是什么匠作下人职位还好，一个堂堂的监察御史，怎好找个口吃之人来当？”

“你你你——”朱献继续结巴了好几声，这才手抚胸口，好不容易顺过气儿来后，便目露凶光，怒声威胁道：“好好好！果不其然，好一个牙尖嘴利的苏观察！你竟敢冲撞我，这一笔算是给你记下了。”

“记下就记下。就像你刚才说的，我得罪的人，多了！”面对人人畏惧的监察御史，苏渐竟是一副不以为然的样子，扭过头，再也不理他了。

这样无声的轻视，对一向被人捧着的朱献来说，实在难受，以至于都忘了要走个跟每位晶海主官相见的过场，一甩袖，就走到后厅去了。

见得如此，那阮天择看了苏渐一眼，摇了摇头，一言不发地追过去了。

“苏老弟，”这时旁边那折冲都尉步凌空，有些忧心地开口说道，“监察御史……别看是八品小官，却隶属于御史台的察院，专门巡按各地，纠察官员，你刚才跟他冲突，这个、这个……颇有些不妥啊。”

“这有啥？”苏渐一副愣头青的样子，“他说我捣蛋鬼、惹事精，就是对我极不尊重，那我干吗给他好脸色看？”

“确实，他不该这么说你。”步凌空这一点倒是认同。

“就是，什么捣蛋鬼、惹事精？”苏渐愤怒道，“我闹的事有这么小吗？应该说我‘混世魔王’，这样才差不多嘛。”

“啊？你……”步凌空愕然道，“原来你生气，是嫌他骂得轻啊。”

“当然啊，你以为呢？”苏渐惊异地看着他，“道理不是这样吗？大丈夫在世，宁使小人怒骂，不可使小人见怜。如果只是骂的话，我根本不往心里去。”

“这……”步凌空愣了片刻，摇了摇头道，“苏老弟还真是奇人。”说罢，他也便转身离去了。

“不管怎样，”看着离去的步凌空，苏渐道，“还是要谢谢你的好心提醒。”

听他如此说，快步往外走的青龙军都尉，没有停步，只是摇了摇手，便分开门帘走出去了。

他们散去，再说内堂的朱御史和阮天择。

“大人息怒！”阮天择一进内堂，就叫道。

“息怒？息什么怒？”朱献一脸平静地看着他。

“咦？”阮天择一愣，“刚才御史大人不是……”

“哦，那没什么。”朱献摆摆手道，“阮老弟以为我真生气？非也非也。不过，如果一定要说生气，我也是气你！”

“呃？怎么气我了？”阮天择更加摸不着头脑，一脸惊讶地看着朱献。

“当然气啊！怎么？就这么一个小毛孩？还找宰相大人搬动我朱献来？实话告诉你，”朱献道，“本来老夫挺高兴，正好多少天没活动筋骨嘴皮，以为要对付什么穷凶极恶、狡诈奸猾的积年老贼，没想到却是这样年少！你这不是耍我嘛！”

“耍谁也不敢耍朱大人！”阮天择连忙解释道，“其实呢，苏渐这厮年少是年少，但三番两次的事情下来，还别说，您说得对，这家伙还真是捣蛋鬼、惹事精，挺会捣乱的，弄得我几次失手了。”

“哈！”朱献仰天一笑，尔后用那双鱼泡眼瞪着阮天择，“阮老弟啊阮老弟，别怪我说话难听。你还是太顾及羽毛，故而才顾此失彼。”

第五十章

被诬为盗

“朱大人的意思是?”阮天择眨了眨眼问道。

“你刚才难道没看出来吗?”朱献冷笑一声,“你看这苏渐,只不过被我一句话轻轻一挑,就暴跳如雷,还敢对一个御史出言不逊,分明是不知道‘死’字怎么写!”

“大人所言有理。”阮天择其实有心把苏渐的所作所为说一说,让朱献别轻敌,不过想了想,也许真的是自己过于保守了,便随声附和,再没有说什么。

“当然有理。”朱献不客气道,“你没听说过?‘御史出巡,不能动摇山岳,震慑州县,为不称职。’阮大人你就放心去做事,苏渐这样的捣蛋鬼,交给我了。就冲他今天这副狂妄劲儿,你信不信,我包他不死也脱层皮!”

从行营议事厅回来,苏渐把发生的事情一说,没想到唐求比他还生气!

“奸臣当道、奸臣当道哇!”唐求那张胖脸涨得通红,叫道,“原来以为只有戏文里那样演,现在才知道都是真的呀!”

“胖子,别激动,”苏渐反过来安慰他道,“兵来将挡水来土掩,我苏渐从来不会任人宰割。不过确实挺痛心,这晶海地区最该查的,分明是那个阮天择!”

“看来他们是一伙的了。”亚飒静静道。

“十有八九是的了,”苏渐目光闪烁道,“甚至,这朱献分明就是阮天择找来的!”

说到这里,苏渐在内堂中来回踱了几圈,忽然停下来,对亚飒说道:“朱献此人,不可不防。亚飒,你给我盯牢他。有什么风吹草动,随时知会我,我好第一时间反应。”

“好!”亚飒一拱手,沉声应道。

“那我呢?”唐求急道,“那朱献老儿,一听就不是好东西,要不我还是跟亚飒一起吧!要是他出什么幺蛾子,我也好第一时间打他闷棍!”

“打闷棍?这像什么话!”苏渐神色一肃道,“朱御史可是朝廷命官,对付他可得讲策略。你不用再说了,这活儿,亚飒合适。”

“好吧……”唐求勉强答应一声,神色有些怏怏。

见他如此,苏渐笑道:“胖子你也别不高兴,接下来你就跟着我。如果没猜错,那阮天择搬来朱献这位大神对付我,想必他自己,必定有更重要的事情做。”

“咦?对啊!肯定是这样!”唐求一拍手,高兴道,“老大,我跟你盯他去!阮天择这小白脸,敢叫咱兄弟不痛快,咱也搅和他的坏事去!”

虽然他们兄弟仨摩拳擦掌,但很奇怪的是,接下来很长时间里,整个晶海地区的局势居然一切正常,甚至连火妖族骚扰红晶族的事情都很少发生了。

红晶族长等人,把这个归结为苏渐的震慑,但苏渐自己却不这么看。

“阮天择究竟想玩什么花样?”这问题在苏渐心头盘桓了很久,却百思不得其解。

虽然风平浪静,省了他很多力气,但苏渐总觉得不太对劲。

这时候反而是朱献那边,对自己脸不是脸嘴不是嘴的,一副随时找茬的样子。

“明枪易躲,暗箭难防。”

苏渐忽然发现,自己竟然同时面对着两支暗箭。

虽然朱献那支,做得比较明显,但也是暗箭,并不知道他什么时候射过来。这一点也很让人难受。

就这样苦闷了好些天。这一日,苏渐忽然觉得,自己的思路可能走进死胡同了。

他突然想到，自己为什么来红焰晶海？还不是因为这儿是王国最重要的军事物资生产地！

所以，无论阮天择还是火妖族要耍什么手段，最根本的关键点，还在于那些火晶！

所谓“提纲挈领”，一想到这关键所在，苏渐忽然间豁然开朗。

“管你诡计千万条，我只抓住这最根本的！”他一下子想通了，便立即叫上唐求，前往晶海北滨的火晶熔炉工场。

说起来，龙族入侵，固然造成了无数惨剧，但没想到还有个意料之外的好处，那就是人族王国更重视工匠技艺了。

以前类似提炼火晶这类事情，就和打铁凿石差不多，从业者地位很低。

但战争改变了一切，以至于以前被视为“细枝末节”“奇技淫巧”的各种工匠技艺，也都被朝野官民重视。

所以，当苏渐和唐求他们第一次拜访火晶熔炉工场时，就被展现在眼前的浩大场面给震惊了！

只见浩荡红艳的晶海烟波背景下，无数熔炉林立，形成一个比晶海还要震撼的所在。

熔炉的样式，和传说中的太上老君炼丹炉相似，但尺寸不知大了多少倍，每一座都几乎有三层楼那样高。

火晶熔炉的炉体上，还用上等的透明琉璃，按秘术打造成不怕高温的炉窗。

有了它们，就能让工场匠人和苏渐这些参观者们，清晰地看见里面正在提炼的火晶炉水。

而这些火晶炉水从高处往低处流动时，从炉窗中看去，正变得越来越浓稠，越来越红亮。

虽说火晶熔炉的样式很像是放大了的炼丹炉，但它明显区别于炼丹炉的一个地方便是，相邻的熔炉间有着复杂的管道相连。

这些管道大多围绕着熔炉，远远看去就好像熔炉间盘旋着一条条青龙。

而作为提炼的源头，晶海之滨也竖着巨大的水车和风箱。它们从晶海中汲取火晶之水，又猛烈地吹起，送入管道中，经过简单的过滤后送入熔炉里。

这样壮阔的熔炉工场场面，对苏渐和唐求来说，都是第一回看见。

于是，他俩就跟初次看到繁华帝都的村野小子一样，光是这样的熔炉工场，就让他俩呆呆地逛了一个多时辰，以至于等反应过来时，却看见日头已变得硕大、彤红，正从熔炉的间隙滑落。

很快，一座座高大的熔炉，就变成黄昏天幕下一座座雄伟奇异的剪影。

第一天就这样无功而返，说起来有些可笑，但却可以说明，在武技与法术的时代，看到这样规模的工场，对人的冲击有多大。

甚至，苏渐悻悻然踏上归途时，脑袋里还忽然冒出一个想法：也许，将来这些工场中诞生的东西，会整个地颠覆时代……

第二天，苏渐又带着唐求来到火晶熔炉工场。

因为对这些东西毕竟外行，苏渐和唐求光在工场里转悠，并没能看出什么。

不过，事情的发展，很快就证明苏渐的猜测并非杞人忧天。

虽然不了解技术细节，但苏渐从工场主事刘达的口中，得知了一个奇怪的现象，那就是一切条件都没改变，但不知道怎么的，这熔炉出产的火晶良品率，从五天前开始就大幅度地下降。

这情况，显然很反常。但当苏渐到工场衙营里追问原因时，主事刘达却说了这么一番耐人寻味的话：

“苏大人，其实这事情，跟你我都没关系。您是管侦缉不法之事的，我是照料工场正常运转的，现在什么事情都没发生，只是良品率下降了，算是天灾，和我俩都没关系……”

“怎么没关系？”苏渐看不得他这样和稀泥，立即追问道，“良品率下降，朝廷肯定会觉得你这工场主事办事不力，削你的官职也不是没有可能！”

“不会的。”刘达刘主事摆了摆手，简简单单地答了这么一句，就开始坐在那张太师椅上闭目养神，再也不理睬苏渐。

本来，如果说刘达说一些熔炉提炼方面的事，把良品率下降归结到那方面，苏渐也许就信了。毕竟，他虽然几系法术玩得很熟，但对熔炉提炼之事，目前确实还不了解。

但现在刘达摆出一副老神在在、笃信绝对平安无事的样子，反倒是引起了苏渐的怀疑。

“难不成，他得到什么人的许诺了？”苏渐心里这般嘀咕，也不再说什么，假装一副被刘达含混过去的样子，不动声色地走出衙营。

但很快他就发现，这刘达主事并没有含混过去。当此后他和唐求在熔炉工场中溜达时，明显身后多了些工场护军。

很显然，虽然这刘达并不一定是阮天择一党，但现在也做出了自己的选择：别出乱子，别惹麻烦。

不过在跟踪这种技术活儿上，苏渐简直算得上这些人的祖宗，尽管这些工场护军遮遮掩掩，但很快就被苏渐一览无遗。

“果然有古怪。”他跟唐求小声说了一句，两人便稍使手段，七拐八绕，很快甩掉了那些尾巴。

光明正大地巡察，已经不太可能了。此后他们俩只得小心翼翼地隐藏着身形，借着熔炉和管道的掩护，仔细地观察工场中的一切异常。

“功夫不负有心人”，很快苏渐和唐求便发现，在工场中穿梭忙碌的工匠里，似乎还真的隐藏着一些可疑的人。

因为行动受限，他俩并没有看清这些人的具体面貌，但总觉得他们走路的姿势、拉得很低的头巾，都不太像这里的工匠。

这时候，苏渐还不敢想象，阮天择竟然敢放火妖进熔炉重地。

但发现了这些铁定可疑的人物，苏渐心里便有了底。

“好哇阮天择，原来你在这里等我！”苏渐心说道，“果然传言不假，为了配合你家主子的和谈主张，你终究还是找机会在工场中捣乱。”

“只是，众目睽睽，他将火晶良品率陡然降低，是怎么做到的呢？”

心中疑惑，苏渐便跟唐求商议，没想到唐求大大咧咧道：“管他怎么做到的！既然被咱看到了可疑的人，那赶紧把他们抓过来一审，不就什么都知道了！”

“咦？对啊！”苏渐喜道，“胖子，没想到你还能想出个靠谱的主意！这主意好！只是，去哪儿找足够的人手呢？”

苏渐掰着指头算道：“阮天择那里，显然不行。工场主事这里，也不方便，刘达这厮态度暧昧，就算不知内情，也应该被收买了，睁一只眼闭一只眼。红晶族？也不合适，他们来这里也不太方便……”

“青龙军啊！”唐求又叫道，“苏大哥，为什么你放着现成的好军卒不用，反而想东想西呢？”

“哎呀，糊涂了！”苏渐一拍脑袋，“对啊，我怎么把他们给忘了？好，我们这就回去，找步凌空步都尉！”

只是，让他和唐求都没想到的是，当他们去找步凌空，很郑重地向他提出帮助请求后，步凌空却以生产监察之事不归他管为由婉言推拒了。

如果说对待苏渐的态度上，朱献是来硬的，那这位行事方正的步凌空步都尉，却反而来软的。

他的理由确实很充足，苏渐发现自己竟无从反驳。

但苏渐也不是完全没有所得。

被步凌空婉拒后，他终于知道为什么自己之前没有第一时间想到步凌空了：

因为那晚在晶海之滨偷听到的话，还有步凌空举止言谈的种种细节，让苏渐觉得他和自己好像并不是一路人。

被步凌空拒绝之后，从青龙军的驻地出来，看似走入困境的少年，却反而舒了一口气。

“看来，有个道理总是没错的。”他仰观晴空中悠悠流动的白云，感慨地说道。

“是什么？”一旁的唐求有些好奇。

“‘求人不如求己’！”苏渐铿锵说道，“别忘了，我们玄武卫红焰晶海驻地，还有三个星流术好手！”

这一天，苏渐带着唐求，又开始在巨大的火晶熔炉工场中巡视。

虽然他们现在还需要避开刘主事的耳目,但要追查的可疑之人,好像也行踪鬼祟,两下一凑,正巧很多行动线路就重合上了。

巡察了一阵,苏渐便发现,有件事让自己既高兴又疑惑。

“怎么那些形迹可疑之人,好像并没什么反追踪的本事?”苏渐小声跟唐求嘀咕道。

“不奇怪啊,毕竟边境荒野,这些人都没什么见识。”唐求还是一如既往的盲目乐观。

“不对。”苏渐道,“你看那人——”

这时他正好发现了一个可疑之人,便指着跟唐求小声说道:“他的体形和走路的姿势,和我们都不太一样。他虽然穿着斗篷,行事鬼祟,好像在遮掩行迹,却又好像不耐烦,躬身走一阵,便又直起腰,一副肆无忌惮的样子。”

“确实可疑!”唐求盯着那人,说道,“还别说,你随便指的这人,比我们这几天看到的可疑之人,还要古怪!”

听了唐求之言,苏渐不再说话,只是点了点头,跟他打了个手势。

唐求一看,就明白了他的意图。

他立即闪到一旁,然后和苏渐兵分两路,借着熔炉和管道的掩护,悄悄朝那个高大的嫌疑之人包抄而去。

而此时,那个行事古怪之人,还丝毫没有察觉。

其实,苏渐的运气还真好,他随便一指的嫌疑人,身份可一点都不简单。

这会儿,也许此人觉得,已经有阮大总管的允诺和打点,他在这晶海工场中的行动,并不需要避讳太多。

但很快,他就知道自己大错特错!

就在他迈步走到一辆装满废品火晶的小车前,正专注打量时,却冷不防背后一股风声扑来!

“谁?”他本能地一转身,正巧与扑过来的苏渐四目相对!

“啊?!”这场抓捕游戏里,本来苏渐是猎手,谁知道当他看见这个自己欲捕捉之人时,却是大吃一惊!

原来,四目相交之际,苏渐竟发现,这个形迹可疑之人,竟头生双角,面目狰狞,一看特征,是典型的火妖族人!

当然他这时候还不知道,这人何止是火妖,根本就是火妖王!

原来,火妖王对所谓的"废晶"十分上心,毕竟这个关系到他能否完成龙族神秘人交予的任务。他嫌部下运送的速度太慢,今天亲自乔装来火晶熔炉工场监督了。

本来阮天择已经打过招呼,跟工场主事刘达说过,可能会有些非法的火妖雇工来工场帮忙,让他睁一只眼闭一只眼即可。因此这几天里,火妖混在工场当中,倒也相安无事。

各路人马谁能想到,这会儿半路却杀出一个苏渐来?

"火妖!"当苏渐反应过来后,他立即大喝一声,伸手就去拔血歌剑。

那火妖王也是一惊,第一反应便是抵抗。

他那双鹰爪一样的手掌,望空一挥,忽然燃起两团烈火,当他正要挥舞火拳焰爪朝苏渐攻来,却忽然反应过来!

"哎呀!"他想道,"这是在人族地盘,我跟他打什么打？跑吧!"

一念及此,火妖王立即收起拳头,转身便跑。

"想跑?"苏渐看着他转身奔跑的身影,冷笑一声,立时灵力凝聚,便要施展那能够短途飞翔的"千羽幻光翼"——

只不过抓一个他眼中的区区火妖而已,就运转这样珍贵的星流术,可见苏渐面对困局已久,这次好不容易看到突破口,立即就拼了!

如果没有其他干扰,苏渐一旦凝成千羽幻光翼,那火妖王根本跑不了。

毕竟,这儿到处都是熔炉和管道,地上跑的怎么敌得过天上飞的?

于是在苏渐飞空向那奔跑的火妖王扑去时,心里已经稳操胜券了。

这时候,还有唐求和他配合。那小子胖大的身形奔跑起来,就如同一头横冲直撞的野猪!

于是,原本只听得见熔炉和管道运作声音的火晶工场,这时候被他两人搅动得如同沸腾起来。

很快,苏渐就追到离火妖王不到一丈的地方。

眼见追近，他立即收敛幻光翼，缓缓落地，一落地，他便手握血歌剑，朝火妖王猛扑过去。

这时苏渐心中已打定主意，今日就算抓不了活口，也要把这火妖杀死。

无论如何，在工场重地出现陌生的火妖族，这事本身就够工场主事乃至行营大总管喝上一壶。

当他仗剑朝火妖王扑去时，唐求也追到这里。于是这哥儿俩一左一右，如疾风暴雨般朝火妖王合击，这时火妖王再是力量强大，也是一时脱不了身了。

只是就在这时，突然从旁边一座高大熔炉后，扑出无数行营亲卫军来！

见涌出十几个华夏军卒，虽然领头的正是庞玉，但此刻一致对外，苏渐还是十分欣喜，更觉得今日稳操胜券。

他立即大叫一声道："呔！兄弟们，前面那个是火妖——"

谁知道刚说到这里，那些行营亲卫军顿时纷纷叫道："苏大人，你事发了！"

亲卫军们喊出这句话时，分明憋足了劲儿呐喊，顿时就把苏渐口中最后那个"火妖"给淹没了。

"啥？"苏渐还没反应过来，却见到亲卫军人群中飞出一个套索，顿时就把他给套住了！

到这时候，别说什么抓火妖了，苏渐整个人都懵了。

这时唐求也收住身形，提着斧头转向亲卫军人群，冲着为首的庞玉大叫道："姓庞的，我大哥犯了什么事？他可是玄武卫红焰晶海观察使，正执行公务呢，你们是不是抓错人了？"

"没抓错！"庞玉叫道，"朱御史火眼金睛，已查出苏渐偷窃工场上等精品火晶石，现在行文晶海行营，要咱兄弟配合抓人！"

"啥？偷火晶？"这下别说唐求了，连苏渐自己都被搞糊涂了。

"庞将军，你们是不是搞错了，我大哥堂堂观察使，怎么可能偷东西？"唐求嚷道。

“怎么不可能?”这时旁边转出一个仆从打扮的人,冷笑一声道,“本来我家朱大人也不太信,但大伙儿亲眼看见,苏观察这几日行踪鬼祟,果然不愧观察之名,在工场重地东观察、西观察,这不是偷东西踩点是什么?”

“朱富,别多说了。”这时庞玉打断这位叫“朱富”的御史仆从的话,转眼看向唐求手中提的板斧,语重心长道,“小唐,本将军奉劝你一句,赶紧跟你这苏大人划清界限,否则连你一并抓!”

“哎呀谢谢庞将军,”唐求立即变了脸色,朝庞玉感激道,“幸亏你提醒得及时,否则我都差点成同伙了。你们快快抓人吧,我就不多打扰你们了。”说罢,他竟转身就跑。

“算你识相。”庞玉看着他的背影道。

经过这一番闹腾,等苏渐反应过来时,扭头朝身后一看,却哪还有火妖王半根毫毛?

到得此时,苏渐终于能体会戏文里演的那些戏了。

自己很想做事,如此费心费力,却被人陷害,拖后腿,尤其是都快抓住那个显然身份不一般的火妖了,却在最后一刻,被理论上的“自己人”给绊住了手脚——这不是忠臣被奸人陷害是什么?

从来努力做事、从不知放弃为何物的少年,到这一刻,终于感到浑身都无力了。

苏渐现在唯一稍感安慰的是,唐求见机行事,跑掉了,否则因为自己连累了同学兄弟,就更加难受了。

被庞玉带人押解回城的途中,苏渐忽然想起一事,便叫道:“庞将军,人都说‘捉奸捉双、拿贼拿赃’,朱御史说我偷火晶,他可有证据?”

“就知道你会这么说,嘿嘿,”这时还是旁边那御史仆从朱富阴笑一声道,“我家朱大人熟知律法,做事严明,怎会凭空诬陷你?”

“他老人家已查明,你将偷来的火晶藏在自己住所房间里,今日让我请庞将军拿你,正是要去你房间,当着你的面搜出那些火晶,让你无话可说!”

“这!”直到刚才,苏渐还没觉得害怕,但听到朱富这番话后,便真正意识到问题的严重性。

很显然，御史仆人能这么说，那朱御史肯定已经做了手脚，把些上等火晶藏在了苏渐的房里了。

朱献这样身份地位的人很清楚，如果不是做下铁证，当着苏渐和众人的面从房中搜出罪证，否则报上朝廷，权势赫赫的玄武卫大统领轩辕鸿，总有办法解救苏渐。

所以，一听朱富这么说，苏渐顿时便绝望了。

当苏渐被带离工场时，那些工匠们站在道路两边，无论是看向苏渐的眼神还是口中叫喊出来的怒骂，都和对待一个贪官污吏别无二致。

如果是一个积年的老油条还好，但苏渐毕竟还是一个少年，遭受这一路白眼和怒骂，简直生不如死。

今日之局，苏渐前所未见。

返回丹丘城的这一路，他想了很多很多。

除去伤心难过，他也在紧张思索各种退路。

他甚至想到，如果实在不行，那不如和其他重囚犯一样，加入龙境敢死队，把生死交给老天爷算了。

在内心的煎熬中，苏渐终于被带到了丹丘城，并且直接带到了他的住所前。

等到了这里，苏渐才发现，丹丘城的一干头头脑脑，包括阮天择、步凌空、朱献、萧安、向泰等人都聚集在这里。

除了他们，苏渐还吃惊地看到，自己那两位兄弟，亚飒和唐求，也站在人群后面，默默地看着他。

还别说，就算刚才一路那样难熬，苏渐也没像现在这样生气！

“你们这是傻呀！”他对唐求和亚飒怒目而视，用眼神说道，“你俩怎么还不跑？在这里多留一刻便多一分危险。我苏渐倒霉就算了，难道你们还想他们把咱兄弟仨一锅端？”

对他这样急切的提醒，唐求和亚飒的反应，却是不约而同地视而不见，把头都扭向一边。

“你们！”苏渐还想想办法提醒时，却忽听阮天择说话了。

“混蛋，你们怎么做事的？”让苏渐没想到的是，阮天择一上来竟是在骂庞玉。

“老庞,你年纪大变糊涂了不是?怎么做事的?给苏大人绑这么紧,还怕他跑了不成?”阮天择装模作样地叫道,“苏大人他只是一时糊涂,偷了些上品晶石,又不是杀了人的穷凶极恶歹徒。来人,把苏大人身上的绳索给我松松!”

“是!”阮天择一声令下,旁边自有兵丁帮苏渐松了松绑。

这时候,庞玉还没说什么,那智囊向泰却接话道:“大人,虽然苏观察他没杀人,但火晶是朝廷重要军资,他偷了不少,还都是上品,这下子就算不掉脑袋,也会蹲一辈子大牢。”

“胡说!”阮天择怒道,“谁说只会掉脑袋、蹲一辈子大牢的?还有可能被流放极西蛮荒之地呢。依苏老弟的本事,到那儿也可能一展拳脚呢。”

“阮大人,”这时步凌空忽然打断了他,说道,“你和朱御史叫本都尉来,到底有何事?”

“这不是为了彰显公正嘛。朱大人,”阮天择转向朱献道,“到底何事,还是你来说。”

“咳咳!”朱献咳嗽一声,踱出人群,说道,“请步都尉来,是为了做个公证。”

“公证?”步凌空不解地看着他。

“是这样,”朱御史看着苏渐,目露凶光道,“虽然我的人亲眼看见苏观察,不止一次把上等火晶藏到他的屋里,但为了公平起见,我和阮总管商议后,特地请步都尉来,由你的青龙府兵来搜查。”

“这样,你我双方,本来就是军政互不统属。若是你的人搜出火晶,那任这位苏观察再是巧舌如簧,也保管无话可说。当然,”朱御史话锋一转道,“我的人也会跟着进去,虽不插手搜查,但也要从旁观看,确保公平。不知步都尉意下如何?”

“原来如此。”步凌空沉吟一声,便对苏渐抱拳一礼,带着歉意说道,“苏老弟,你也听到了,朱御史这请求,我不能不答应。就我个人,是绝不相信苏老弟会贪此小便宜的,但既然朱御史这么说,不搜一下,便无从证明老弟的清白。”

“搜吧，不让步兄为难。”到得这步田地，还有什么话可说？苏渐十分不快，但仍直截了当地答应了。

见他如此，步凌空叹息一声，也甚同情。

迟疑了片刻，他便一挥手，让萧安带人进苏渐的房间搜查。

搜查过程，自不必细说；听着房间里各种翻找的声音，阮天择和朱献神色轻松，偶尔交换一下眼神，便都蕴含着别样的意味。

这时在人群之后的唐求和亚飒，看到阮朱二人这样眉来眼去，哪还不知道怎么回事？分明就是二人做下了圈套，预先瞅个空子，将上等火晶偷放在了苏渐房里。

在场诸人，都不是傻瓜。看到这样架势，虽然不敢断定是阮朱做手脚还是苏渐真偷了东西，但有一点能肯定，那就是在苏渐的房中，一定会搜出火晶。

预知这个结果，在场诸人中，对苏渐颇有好感的那些人，便不由得在心中一声叹息。

这些人当中，尤其那位玄武卫晶海驻地管事吴德，心中更是难过。

作为这里的管事，吴德伺候过前后好几任玄武卫观察使。经过这些天的相处，也许旁人会觉得可能是苏渐年少贪财，但吴德却绝不会这么想。

“看来，和前几任一样，小苏大人，又要被姓阮的扳倒了。”吴德心中惆怅地想，“如果说小苏大人贪这财，才有鬼呢！光他那把叫什么来着的剑，去当铺卖卖，应该也能值十几两银子吧？他会缺钱？分明又是被阮天择陷害了。”

“不过，”吴德转念又一想，“这样也好。偷点火晶，下到大牢，三堂会审，总比上任那位大人活不见人、死不见尸要好一点……”

正想到这里，吴德便看见萧校尉带着兵丁们从房里出来。

“怎么样？”步凌空问道，“老萧，搜出多少火晶来了？”

其实，就从步凌空这问话的方式，也知道他和在场其他人，都是一样的想法。

“大人，”萧安一抱拳，沉声说道，“并未找出。”

“什么?!”还没等步凌空说话,那朱献已是惊声尖叫!

“怎么可能?!”朱御史一个箭步冲过来,奔到萧安面前,一把揪住他的领口尖叫道,“我的人看得好好的,怎么可能搜不出?”

“松开!”萧安一把将朱献推开。

他的手劲何其大?朱献被他一推,顿时踉踉跄跄退了几大步,差点没摔倒。

“怎么,朱大人不相信在下?”萧安斜眼看着他,冷冷说道,“刚才你的人可是全程在旁边看着的。你问问他们,我的话是不是有假。”

“朱富!”被萧安一提醒,朱献也反应过来,忙朝他那位最忠心的仆从叫道,“刚才你跟进去的,他们究竟有没有搜出火晶?”

“没、没有,”朱富尴尬中带着几分惊惶地答道,“萧将军他们,把那地方都翻过来了,确实没看到……”

聪明的仆人,特地把“那地方”稍稍加重了点语气,显然是想不露痕迹地提醒主人,先前偷偷放置的火晶,确实不见了。

他的暗示,显然已经被朱献注意到了。

“怎么会这样?”朱御史自言自语,一副想不通的样子。

“怎么会这样?”阮天择这时跟他问了同样一句话。

听“同伙”相问,朱献也变得十分尴尬,有心解释,但大庭广众之下,只能摇了摇头,一副失魂落魄的模样。

别说他了,就连苏渐,现在心里也非常奇怪。

“怎么会这样?”少年在心里也说了同样一句话,“今日这局,分明是你们做下的,怎么最后竟然什么都没找到?唉,你们要陷害人,怎么做得这么不专业啊,如果换了我……”

“好了,”这时步凌空开口道,“看来是一场误会。来人,把苏大人身上的绳索解下。”

“慢!”阮天择忽地伸手拦阻道,“步将军,且勿着急。虽然他房中没找到,并不能洗脱他的嫌疑。”

“大人的意思是?”步凌空冷冷地看着他。

“也许是转移了赃物,”阮天择装模作样道,“毕竟朱御史是有人证的,他这位仆人朱富，可是亲眼看到苏大人运火晶的。”

“是这样吗？”步凌空脸一转，眼神凌厉地看向朱富。

“是、是……小的真的看到苏大人偷运火晶。这么大的事，小人一介仆从，怎么敢胡乱说话！”到得此时，朱富虽然害怕，却也得硬着头皮，点头说是了。

“这样啊……”见朱富一口咬定，步凌空也没了主张。

“还是先委屈下苏大人吧，”阮天择道，“来人，把他先给我下到行营地牢！”

他一声令下，顿时就有几个行营亲卫军过来，要来押走苏渐。

“慢！”正在这时，忽然从人群后面有人高喊道。

“呃？”众人惊诧，回头一看，却见是一个发色银灰的俊俏少年，正在人群后挥手呼喝。

“你是……亚飒？”阮天择迟疑了一下，才想起他的名字。

“正是在下。”亚飒不卑不亢道。

此后他从人群后走出，也不看苏渐，面对着阮天择和朱献，冷静说道：“二位大人，其实刚才这位御史仆人朱富检举我家大人，却又没从大人房中搜出任何赃物，我便也想起一事。”

“你能想起啥事？”心情不好的朱献忘了平时的御史风度，没好气道，“你给我闭嘴吧！没人有兴趣听你一个小小黑衣卫瞎咧咧。”

“嗯？”亚飒不动声色地说道，“我一个小小黑衣卫，怎么就要闭嘴了？要论身份，我总比那个朱富要强吧？怎么他能检举，我就不能了？”

“你要检举？”旁边阮天择闻言一愣。

“当然。”亚飒一躬身，行了个礼道，“其实刚才这位朱富出面指证我家大人，倒让属下想起一事。”

“这几日，我正巧碰到一个御史家的仆从，行事鬼鬼祟祟，本来还不知道是谁，今日现场一看，却原来正是这位朱富！”

“什么？”阮天择一惊，顿时直觉事情有点不妙。

不过这时候，无论是苏渐还是唐求，还没反应过来怎么回事。

“小子，你想说什么？”朱献忍不住冲亚飒吼道。

“我想说的是，”亚飒不卑不亢道，“这位朱富分明是恶人先告状，就我所看到的，偷火晶之人，却正是朱富！”

“不可能！”这时朱富叫起来，“我怎么可能偷火晶？那火晶——”

朱富刚想说出那火晶，是自家御史大人让他偷放在苏渐房中，却立即醒悟过来，及时刹住了车。

“呵呵。”亚飒看着他，冷笑两声，然后也不理他，而是转向阮天择和步凌空，拱手行礼道：“阮大人，步将军，既然我家大人有嫌疑，便能来搜他屋；那属下检举这位朱富，请问一下，可不可以也搜他的屋？”

“这个……”阮天择迟疑着不说话。

这时步凌空却在一旁点点头，面含不屑道：“自然可以。区区一个下人而已。”

“那好吧！”刚才一直忍气吞声的亚飒，这时候却忽地提高声调，厉声叫道，“那就请各位大人移步，去朱富房里搜搜！也好看看我亚飒是否污蔑好人，也顺便证明证明我家大人是否清白！”

被他这样一逼，别说朱献了，就连阮天择也没法反对了。

第五十一章

贼喊捉贼

“这究竟是怎么回事?”这时候所有人当中,最悲惨的要数这位朱富了。

以他的脑子,怎么也想不明白,怎么事情兜兜转转,到最后竟兜到自己身上了。

“搜就搜！身正不怕影子斜!”这位听从指使陷害好人的仆人,这时还在用这么正直的谚语来给自己鼓劲。

其实,看着亚飒如此反应,苏渐回过神来后一琢磨,便忽然觉得,好像这里有门道。说不定,那火晶还真的在朱富房中。

只是,出乎他和很多人意料,当步凌空命萧安等青龙府兵再次进入朱富房中搜索时,依然没有搜到任何火晶。

“怎么样？根本没有!”这下朱献得意了,大叫说道。虽然这时候他也不知道那些预先安排的火晶去哪儿了,但看见在自己仆从房中也找不到火晶踪影,心中便立时松了一口气。

“亚飒是吧？你这是妄言污蔑!”朱献得理不饶人,翻着鱼泡眼瞪着亚飒咆哮道,“本御史不仅要治你的污蔑之罪,你家大人也跑不了,一个‘用人失察’罪名他是担定了!”

“高哇!”一听这话,连阮天择都忍不住在内心赞叹道,“果然不愧是御史啊！朝堂上下说他们是疯狗,还真的不是胡说的。本来都找不到地方下嘴了,竟然又给他鸡蛋里挑出了骨头!”

“唉!”这时苏渐的心情却很沉痛。

他很感激亚飒挺身而出,拖延时间,但因为说了不确定的事情,眼看就要连累到亚飒自己了。

心中难过,他便目视亚飒,摇了摇头道:“亚飒,不用再说了。我总有脱身的办法,不用替我担心。若再做出什么事情来,恐怕连累到你自己。”

“连累?”亚飒忽地一笑,沉声说道,“即使连累,那又何妨?你我同窗三载,历经患难,我亚飒可以为你做任何事!”

“好哇好哇!”朱献猛一拍手道,“好一出兄弟情深、同窗情深!大家看看大家看看,果然是因为这位叫亚飒的小小黑衣卫,救主心切,才妄言污蔑我家忠仆!要知道,非议朝廷重臣家奴,也是不小的罪;我——”

“御史大人,别急。”亚飒忽然打断他的话,冷冷说道,“也许火晶藏在大人房中也未可知。既然来了,那就不妨也在大人房里查查。”

听了他这话,阮天择眼皮子猛地一跳,稍一迟愣便猛然咆哮道:“放肆!小小黑衣卫,简直不知死活!刚才污蔑御史家奴,这会儿直接要诽谤御史重臣了?!”

“混蛋!真是无法无天了!”朱献也暴怒骂道,“连御史房里你也敢搜,谁给你这么大的胆子?不行,就冲你刚才这句话,我朱某也绝不会放过你!”

面对他们这样的雷霆怒火,亚飒却是傲然而立,神色毫不畏惧。

“咦?”见得如此,苏渐却是一愣。

看看在场众人神色,苏渐忽然心里一动,好似意识到什么,忙叫道:“阮大人、步将军,我们都准备认罪了,就让我们输得心服口服嘛,难道朱御史心虚了?”

“心虚?我会心虚?!”朱献大怒吼道,“好!那就让你死得明明白白!搜就搜!看之后你下到天牢里,老夫怎么‘好好招待’你!”

“那,我就搜了?”两次搜查的执行者萧安萧校尉,拿目光征询上官们的意见。

“搜吧!”朱献挥动手臂奋力叫道。

“那我就搜了。”萧安一挥手,立时又带人进去了。

而朱御史果然是老江湖，都到这时候了，还没忘示意自己的仆人们进去，在一旁监视。

到了半日内的第三次搜查，在场诸人都有些麻木了。

有了前两次的教训，他们现在都觉得，这一回搜查，结果肯定也一样了。

谁知道，才搜了没一会儿，便听得御史房内有兵丁惊叫道："火晶！找到火晶了！"

"啊？"众人面面相觑，朱献的脸"唰"地一下子就变白了。

而这还没完；只听房内兵丁又是纷乱叫道：

"这儿还有，这儿还有！"

"看这里看这里！床下这地砖有被新动过的痕迹，挖开看看！"

"哇！果然有东西啊！"

"还拿匣子盛着，这得有不少啊。"

"这挂画后面还有个壁洞——哈，这儿也有一匣子火晶！"

"好家伙，他来咱晶海也没多少天，到底偷了多少？"

房里闹闹哄哄，也不等那些兵丁拿着火晶出来，亚飒便朝众人团团一拱手，慢条斯理说道：

"各位大人，其实属下先前没敢说，怕各位不相信。其实我看到的不只是朱富偷火晶，而是御史大人领头，和他家仆一起偷运火晶，还藏在自己房中！"

"哈哈！"苏渐一听，顿时一扫愁容，看向朱献哈哈大笑道，"看来，要去天牢的人，不是我！"

"不过朱御史，你放心，我也认识些人，会在天牢里'好好招待'你的！"

"怎、怎么会这样？！"在如此明显的惊天大反转面前，朱献已是面色如土，浑身颤抖得如同筛糠一样。

"啧啧！"反应过来的唐求，这时也运动毒舌，开始说起风凉话，"大家看看大家看看！咱朝廷来的御史果然不一样，干坏事被当场起赃了，却还一脸无辜、被人冤枉的模样。"

"你看他还装胆小，浑身抖如筛糠呢，啧啧这演技，绝了，咱一般小老百姓还演不来呢!”

“大家冷静、大家冷静,”这时阮天择跳出来帮助盟友,“大家先别急,也许这里面有什么误会,也未可知……”

“误会?! 笑话!!”到这时,苏渐再也不忍了,再也不准备给阮天择分毫面子!

只听他大叫道:“先前是谁,赃物都没见一枚,却仅凭着区区一个家奴的一面之词,就把我苏渐当个囚犯似的绑着?这会儿又是谁,见到搜出这么多赃物了,反倒说是误会?阮天择——”

他怒目而视,大喊道:“阮天择你弄清楚,朱献这厮,贼喊捉贼,知法犯法,陷害我苏某,这仇我是报定了!”

他丝毫不顾情面地大叫道:“真以为我苏渐任人揉捏?实话告诉你们,就这姓朱的臭御史,天王老子来了都保不了他!”

要知道,苏渐可是功法在身之人,最后的这声怒吼中,已灌注了灵气真力!

于是,本就面如死灰的朱御史,在他最后这一声暴喝中,霎时间心胆俱丧,竟是软瘫在地,一时间出气多、进气少。

“嘀嘀,还装死?来人!”虽然苏渐还被绑着,却是威风凛凛大喝一声道,“把这偷火晶的狗贼给我抓起来!”

面对他大逞威风,这一刻,阮天择这位晶海地区的最高长官,脸上红一阵白一阵,一时竟是作声不得。

朱献与苏渐之争,就以这样一个出人意料的方式落幕了。

数日前,当朱献挟天宪之威,气势汹汹而来时,那气势多么煊赫?谁能想到,还没多少天过去,双方只真正交手一个回合,就被苏渐用这样一种出人意料的方式,狼狈不堪、斯文扫地地掀翻在地。

经此一役,别说阮天择了,连步凌空和萧安他们,也再不敢小觑苏渐。

作为此事的收尾,苏渐“十分沉痛”地给轩辕鸿打了报告,说御史台特派来的人,居然是这样偷偷摸摸的奸恶之徒。

当然这只是明面上的指控,暗地里,苏渐早就通过玄武卫的特殊渠道,把此事的来龙去脉说了一遍。

轩辕鸿何等老辣？一看这报告和私信，就知道是怎么回事了。

于是，他十分配合地“勃然大怒”！

当然他这怒也是发自内心的。

本来苏渐到了红焰晶海后，三拳两脚，就把那个心怀叵测的阮天择给搅得鸡犬不宁，轩辕鸿看在眼里，十分高兴。这会儿一看，怎么着？你阮天择想借宰相的资源，陷害咱玄武卫好不容易得来的百年——不，千年一见的福将——这还了得?!

轩辕鸿本就不是个省油的灯。于是震怒之下，立即杀上宰相府，见到司徒威后，他一顿夹枪带棒，装模作样说要对朱献之事一查到底。

见他如此做作，宰相司徒威无法，只得捏着鼻子，亲自颁令嘉奖苏渐，敕令御史台的御史中丞严惩朱献，并训斥阮天择教管不力。

于是整件事，对宰相一派的势力而言，真叫是“偷鸡不成反蚀把米”。

亲手奖惩的司徒威宰相，根本没想到，这件事之后，他的老对手轩辕鸿大统领，躲在玄武卫总部内堂里，不知偷乐了多少天！

而反过来陷害朱献之后，苏渐他们兄弟三人，也有一番计较。

在没有外人时，唐求大赞亚飒计策，亚飒却很谦虚地说道：“唐求，你以为苏兄想不到吗？只是当时事情紧急，我没来得及跟你们说而已。依苏兄之言，我这些天，一直盯着这厮呢！”

“对对，还是苏大哥了不起！”唐求连连点头，看向苏渐道，“老大，你怎么好像早就知道，这朱献一定不老实，会出花样！”

“这些人，心术不正，无非都是这个路数。”显然苏渐对此并不愿多谈。

沉默片刻后，他转向亚飒，很严肃地说道：“亚飒，这一次的事情，我很感激你。不过，有个事情我还是要提醒你一下。”

“什么事？”亚飒问道。

“即使这狗日的乱世，逼得我们不得不做一些事情，但我们一定要记住自己的本心。因为凝视深渊久了，我们也容易堕入深渊……”

“苏兄言重了，不过兄长之言，我还是记下了。”亚飒认真答道。

“那就好。唐求，”苏渐转向胖少年道，“辛苦你一趟，快马加鞭赶去红溪村。”

“嗯？老大，”唐求嚷道，“经历这么多凶险，就算红溪村有再多的异族美女，我也没心情看啊！”

“谁叫你去看美女的？”苏渐哭笑不得道，“我是叫你去那里搬救兵！”

“救兵？”唐求和亚飒齐齐一惊。

“你们忘了吗？”苏渐看着他们，“今日我们在火晶熔炉工场里，可是看到了不一般的火妖族。”

别看唐求身形胖大，但效率极快。不到两天工夫，他便从红溪村归来，还带来赤光、红焰女、小乙六，以及三十多位精干无比的红晶族武士。

从红溪村派来的人手，就看得出红晶族长赤阳，对苏渐已是真心协助。他自己需要坐镇红晶族，走不开，但基本把红溪村这一脉的红晶族好手都派来了。

到底红晶族对火灵之事有着天生的敏锐，更何况还有红焰女这位万年的红晶焰气之灵，随苏渐巡察火晶熔炉工坊没多久，红焰女便发现了安装在熔炉和管道隐蔽处的异样装置。

这些装置，乍一看，如同黑漆草扎成的蝴蝶结，系在熔炉和管道的隐秘要紧处。但红焰女一看，便发现异样，再用手抚摸一二，便笃定地对苏渐说道：“苏哥哥，这东西叫‘凝火结’，是火妖族独有之物。”

“凝火结？干吗用的？”苏渐奇怪地问道。

“凝火结能散发出无形法力，将流经熔炉和管道中的晶海水中的火晶元素，收缩凝结到最中央，变成一点很小的火晶内核，让最后提炼出来挺大的一块火晶石，看起来就像废品一样。”红焰女解释道。

“明白了。”苏渐一点就通，神色顿时变得凝重，“原本遍布全身的火晶能量，收缩到中央一小点，这样火晶块按照原来的方法检测时，果然就好像废品。但火妖族这么做，有什么用？”

“如果只是变成废品，对他们来说，算是损人不利己。”这时红晶长老赤光插话道，“只是，如果他们有办法将这些‘废品’火晶运出去，老朽相信，他们火妖一定有办法将本来的废品，变回原本的良品火晶。”

“这！”苏渐倒吸了一口冷气。

这时候，他忽然想起几天前就在这熔炉工场里，与那位奇形火妖遭遇的情形。

“不好!”他脱口叫道,“我前几天在这里碰到一个火妖,看见他就盯着一辆运输火晶石的小车发呆。难道……”

“那肯定是了。”红焰女叫道,“火妖族一定是用这种办法偷梁换柱,得到他们以前很难得到的火晶!”

“那就糟了!”赤光脸色忽然变得煞白,“火妖浴火而生,力量增长完全依赖火灵之力;若是让他们得到充足的火晶,那……”

听到这里,同来的几个红晶族人原本红扑扑的脸膛,全都变得煞白。

“你们安心,”见他们如此,苏渐忙摆摆手道,“既然被我们察觉,定然有办法解决。只是,我还有个问题。你们知不知道有这么一个火妖,他长得……”

接下来他就把当日撞见的那火妖的外貌体型仔细描述了一遍。

还没等他全部说完,赤光却已经叫了起来:“那是火妖王!”

“什么?!”苏渐这一下,可真是大吃一惊了!

就在苏渐于南疆火气缭绕的晶海之畔惊惶之时,此时塞外北域的冰封之地,也正发生着一件不久将与苏渐关联之事。

天雪城,号称“冰雪王都”“北极雪国”,正是此际人族第二大国天雪国的京城。

在人龙大战前,天雪国本就是北地贵族的封地。逃亡到西域之地后,他们也按照原有的习性,占据了北方雪原地带。

只是,让他们没想到的是,西域的北方雪原,和原先神州故土中原之北的黑土雪原地带,完全没法相比。

当年那北地还有四季,但现在天雪国之地,却只有极长的寒冬和短暂的夏天。

在这个时代,气候往往决定了一个地方的富饶与贫瘠。可以想象,这样一个只有长冬和短夏的雪原之地,可以称得上是经典的“苦寒之地”。

不过,天雪族裔本就是强悍的民族,能逃到这里的族民,也都是精英中的精英。即使在这苦寒之地,他们依旧站住了脚,还一砖一石地建造起天雪城这样巍峨壮丽的王城。

天雪城有着二十几丈的白石城墙，城墙上更林立着各种敌楼，远远望去，就像在北方荒野上，平地而起的一座嵯峨雪山，场面十分壮观。

因为与龙族作战的惨败经历，逃入此地的天雪人族心有余悸。前后两百多年间，他们在这座天雪城上花费了常人难以想象的心血。

皇城、内城、瓮城、外城，敌楼、角楼、箭楼、瞭望楼，再加上一环套一环的五六圈护城河，让整座天雪城成为一个层层叠叠的巨大军事要塞。

更何况，北方大河"天雪川"绕城而过，整十里的罕见宽度，让它更成为难以逾越的天然护城河。整条奔流湍急的大河上，只有一条通往天雪城正城门的长石桥，典型的"易守难攻"。

正因如此，从军事角度，天雪城的名气甚至要超过人族第一大国华夏国的新京华城。在整个人类世界里，天雪城号称北荒雪原上的"不落王都"，甚至被认为就算龙族攻来，也永不陷落。

又因为天雪城通体皆用白石垒就，当短暂的夏日冰雪消融时，整座天雪城就像耸立在黑色北方荒原上的一块白玉，所以它还有一个相对浪漫一点的别名：白玉城。

现在苏渐所在的红焰晶海地区，才是初秋，但"不落王都"白玉城，已经笼罩在漫天的风雪里。

大雪纷飞，寒风呼号，仿佛整个天地都被搅成一片混沌。但此刻天雪城中央的皇宫里，却一片歌舞升平。

"卧雪殿"，乃天雪皇帝雷烈心的寝宫，宫名取"卧雪尝胆，不忘国仇"之意。

虽然还是下午，"卧雪殿"中却已经拉上了窗幔，加热了熏香，点上了高烛，燃起了火炉，整座宫殿温暖如春。

而宫殿中又到处装饰着华彩的壁画和昂贵的珠宝，还悬挂着各种上等的绸幔纱帐，被烛光炉火一照，整个卧雪殿中珠光宝气、彩烟氤氲，窈窕的宫女身影隐约其中，恍如海底仙宫。

所谓声色犬马，卧雪宫中不仅七色迷人，更有五音靡靡。

此时天雪国皇帝雷烈心，正陷在宽大的虎皮躺椅里，抬眼看殿前各种妃嫔歌舞。

作为尚武的天雪国皇帝，雷烈心生得高大威猛，满脸虬髯。

只是如此的马上皇帝，这时候却好似畏惧寒冷一般，将发福的身形深陷在躺椅里，眯缝着眼看自己的妃嫔歌舞。

其实这样的妃嫔歌舞，天雪皇已经看腻，所以好长一段时间里，他才会这样懒洋洋地观看一次。

只是，当某位妃嫔入场跳舞时，才没几下，他却忽然坐起，看得目不转睛。

吸引君王注目的，是一位叫“雪奴儿”的婕好。

雪奴儿新进宫不久，就凭着出奇苗条玲珑的身形、楚楚可怜的神态，从最下层的八十一御妻中脱颖而出，成为二十七世妇中的九位婕好之一。

按天雪皇宫中的规矩，也只有到了世妇这一阶层，才会有资格给君王歌舞。

当雪奴婕好一出场，她那异于平常女子的修长体态，就吸引了天雪皇的目光。

作为一国之君，雷烈心什么美女没见过？但像雪奴儿这样犹如弱柳迎风的妖娆身姿，还真的很罕见。

“弱柳扶风”，这其实是一个很夸张的文学修饰，现实中很难有这样身材的女子。但今日，这词在雪奴儿身上成为现实。

当她弱柳扶风般出现时，众人都有种错觉，好像殿内一阵暖风拂过，都有可能将她纤弱的腰肢吹折。

这种情态下，再配合上雪奴儿同样出奇清新纯美的容貌、娇羞万分的神态，就让她整个人成为宫殿内一个另类的存在。

“我见犹怜，何况老奴？”

殿中其他嫔妃都用爱怜的目光看着雪奴婕好，就更别说此时的男性君王了。

阅尽沧桑的天雪皇，两道目光已都集中在雪奴婕好的身上。

这时，一身白裙的雪奴儿，微微一个万福，随着一片丝竹乐声响起，便原地旋转，宛若一朵出水的白莲。

只是原地站立，便是一道风景，此刻伴随优美弦乐婉转徊舞，就更是惊为天人。

本来只是如此，已足够让君王满足，但雪奴婕妤却在丝竹之乐转为急促之时，忽然间纵身一跃，竟是凌空攀上殿内一根最细的铜柱，开始回环舞蹈起来。

这一下，殿内所有人都惊呆了。

没有人能想到，在雪奴儿如此娇弱纤细的身体里，还蕴含着这样强大的爆发力——高悬半空的铜柱之舞，可不是简简单单搔首弄姿就可以的。

回环于铜柱上的雪奴婕妤，已经成功地吸引了所有人的目光。

此时她纵跃、飞旋，似流云，如飞燕，纤腰曼拧，玉足如剪。

当众人纷纷沉醉在她奇特的舞姿中时，她却忽然又奋身旋绕，急旋至铜柱顶端，然后忽然猛一后仰！

在众人的惊呼中，她却安然无恙，一头乌黑长发垂落，如瀑布飞泻，更衬托得俏靥如月如雪。

而从高空，用这样奇特的后仰角度看着帝座上的君王，雪奴婕妤眸光闪烁，情波荡漾，如在说话，顿时那天雪皇的心儿，也好似一下子跟随她的身形飞起……

"好，很好！"从不喜怒形于色的天雪之王，这时忽然鼓起了掌。

不仅鼓掌，他还说了一句对于内宫来说石破天惊的话："雪奴，如此绝世佳人，岂一婕妤可承？特拔擢为贵妃！"

几乎整个人族帝王史上，从无像今天这样，只是在歌舞场中，便当场将一个小小的婕妤提拔为贵妃！

要知道，宫法森严，内宫之中的等级制度，相比朝堂不遑多让。皇后之下有贵、淑、贤、德四妃，再下是三十六世妇，含九嫔、九婕妤、九美人、九才人；再下为八十一御妻，含二十七宝林、二十七御女、二十七采女。

虽说雪奴儿已是婕妤，看起来离贵妃也就差五级。但官大一级压死人，越往上越难升，从来没有一位妃子能像她这样直升五级！

所以，当天雪皇说出这句话时，整座卧雪殿中鸦雀无声，连那些乐工也惊呆了，丝竹之音一时俱寂。

这时候，只有万众瞩目焦点的那位轻盈美人，却似乎丝毫不受影响。

只见她身形一个旋转，从柱顶从容飘下，宛如一片白云坠地。

尔后她匍匐在地，声色如常般谢道："雪奴谢君上恩赏！"

见她气度如此从容，天雪皇更是欣喜。他霍然从躺椅中站起，步下玉阶，要去亲自搀扶新任贵妃。

只是就在这风情旖旎之时，却听得殿外黄门官一声高叫，打破了殿内的柔情蜜意："雷皇子冰梵觐见父皇！"

"呃？"本来心情很好的天雪皇，顿时眉毛一扬，当场便要发作。

这时候，倒是已经从地上轻盈而起的雪奴贵妃，将纤指横在朱唇前，向他做了一个息怒的手势。

"哼，让他进来。"见爱妃如此，雷烈心压住火气，没好气道。

"是！"黄门官一声应和，紧接着只听殿门响动，那位银发飘飘的皇长子雷冰梵，就带着一身风雪走进殿来。

"见过父皇！"到得大殿内，雷冰梵目不斜视，只看向雷烈心一人，抱拳行个见面礼后，就要下跪行大礼。

"免礼。"天雪国本就没这么多繁文缛节，天雪皇简单说一句免礼，雷冰梵也就十分自然地直起身，站立在玉阶之下。

"找我何事？"雷烈心看着他道。

"父皇，儿臣今日来，还是恳请父皇将儿臣外放，前去南疆'幽州城'。"雷冰梵用一种恭敬但坚决的语气说道。

"这样啊……"雷烈心沉吟半晌，然后直视雷冰梵双眼道，"冰梵，你真要远离中枢、远离父皇左右？"

"儿臣自是不愿离父皇左右，"雷冰梵沉声说道，"只是好男儿志在四方，加之于华夏灵鹫学院勤学三年，方知天地风物，原在民间，故此儿臣斗胆，几次三番向父皇请命，愿去幽州城为父皇领军守疆土。"

"哦……"雷烈心再次沉吟。

这一次他迟疑的时间更久。

良久后他才道："那你为什么要去幽州？虽然那里是侨置郡县，都是幽州故土之民，号称'西幽州'，但那里与华夏国、冰龙境接近，再加上石国贱民的劳役营也在那里，正是鱼龙混杂，十分难治理。为何你偏要选这么一个地方?”

“无他,儿臣心性,唯愿迎难而上!”雷冰梵铿锵答道。

“迎难而上啊。”雷烈心点了点头,不过一时却没作答,而是转向旁边那位垂首侍立的新任贵妃,笑吟吟道,“爱妃,方才我父子对答,你都听见。那你来说说,我该如何答复这个皇儿啊?”

“不敢。”刚才舞姿变幻万端的女子,这时却声若蚊蝇般细细说道,“朝堂之事,自有陛下乾纲独断,小女子如何敢置一言?”

“哈哈,好! 好!”雷烈心开怀大笑道,“好一个懂事知进退的雪贵妃!”

“贵妃?”雷冰梵听了一惊,不由得朝雪奴儿那边瞥了一眼,便看到一个身形出奇纤秀高挑、恭谨而立的清丽女子。

正心中惊奇,雷冰梵忽听得父皇笑声一顿,用诚恳的语气说道:“冰梵吾儿,你有此大志宏愿,为父不应拦你。前几次你请求,为父没有答应你,只因不舍得你去国吃苦,而非因国师所言,‘皇子煞星,离京不祥’。”

“你想父皇一世英明神武,怎会真心听一方士之言? 还望你不要轻信流言,坏了你我父子之情。”

“儿臣不敢!”雷冰梵低眉垂目,谦恭说道,“流言蜚语,儿臣从来不愿听、不愿信,还请父皇放心。”

“那就好!”雷烈心欣慰道,“既如此,就答应你吧! 明日我便重开一次早朝,亲自颁旨,将幽州城封为你的领邑,并且……石国劳役营,也就由你统领,自明日起,你便是幽州城主、石国侨民总督。不过,有一件事父皇还是要提醒你。”

“还请父皇示下。”雷冰梵恭敬道。

“父皇力推的‘纯血令’,你至幽州后,绝不可违背!”雷烈心的神色,忽转森冷,话锋如刀般说道,“冰梵吾儿,你之心情,为父再了解不过。别看你冷头冷面,其实内热外冷。”

“你至幽州,千万不可被石国贱民蛊惑,一定要将父皇的‘纯血令’忠实推行!”

这时候天雪皇的语气,都有些苦口婆心了:“梵儿,‘非我族类,其心必异’,这句话是自上古圣人传下来的,乃颠扑不破的真理,你千万要听,不可行差踏错。”

“儿臣谨遵父皇之命，还请父皇放心！”银发飘飘的冷峻皇子，这时却乖巧得如同一只北方荒原上的小雪兔。

“那就好。”见倔强的皇儿如此听话，雷烈心终于放下心来。

心情轻松之际，他不免多说两句：“冰梵，你去国离京之后，也不必太挂念为父。你二弟冰烨，近来越来越有出息，有他陪伴父皇左右，父皇不会孤单。对了，你还要谢谢她——”

雷烈心一指雪奴儿，笑吟吟说道：“这是我刚提拔的贵妃，雪奴儿。今天能答应你的请求，还是因为她啊。”

“呃？”一直恭顺的皇子，听得此言后，霍然扬眉，星目中两道目光，如剑般直指那个娇弱女子。

“冰梵冰梵，你又来了！”见他如此，雷烈心无奈地道，“我说你啊，你就是为人太固执！”

“怎么了？觉得自己的事情因为一个女子而成，伤了你的自尊了？唉，你三年华夏太学，怎么学的？没听过‘峣峣者易缺’吗？你这样，我都有点不放心你去幽州了。”

“父皇，是儿臣不对！”雷冰梵赶忙躬身施礼，诚恳道，“是儿臣失礼。不过这也正说明，儿臣不足之处还很多，更需要去艰苦之地磨炼。”

“哈，你就该这样，能屈能伸！”雷烈心赞了一声，便挥挥手道，“你去吧。明日朝堂，我会如你所愿的。”

说罢，他就没了再跟皇长子说话的兴趣，那双眼睛转过去，死死地盯在雪奴儿的身上。

“雪奴恭送冰梵殿下。”这时候，倒是新任的贵妃，知情识趣，丝毫不以长辈自居，而是按此际通行的同辈间的男尊女卑规矩，屈膝侧身，一个万福，恭恭敬敬地送别雷冰梵。

只是雪贵妃如此知趣，雷冰梵并不领情，他走出宫殿大门后，却摇了摇头，心中不屑地想道：“不过是一卖弄身姿的女子，就得此超阶拔擢的殊荣，她身上有哪一点，比得上我的雪穹？”

想到“我的雪穹”，冷面皇子忽然脸一红，心中又浮现起苏渐那张似笑非笑的俊脸……

当雷冰梵回到自己的宫殿时,已是黄昏。

又过了一个多时辰,他的内官侍从忽然匆匆忙忙地跑来跟他通传,说是护国大将军雷华晖求见。

“雷大将军?”听得是他,雷冰梵不由得一愣。

原来,这雷华晖乃是远房皇族,是当下天雪国中军阶最高的武官。当然,由于天雪国全民尚武,君王雷烈心又勇武非常,经常亲自统兵,因此这位雷华晖大将军,相对而言并不如其他王国的最高将军那样重兵在握。

尽管如此,他的能力也不可小觑。不过,他平时都恪守本分,很少与皇族尤其是皇子结交。

因此,当雷冰梵听到他来拜访时,有些惊异。他连忙亲自来到宫门前,要将这老将军迎入殿内。

不过,头戴斗笠、身披白氅的雷老将军,却立在宫门前的风雪里,冲雷冰梵摆摆手道:“殿下,不必进屋了。我们旁边寻一个僻静处,老臣只有两句话,跟殿下说一说便走。”

虽然有些奇怪,但雷冰梵还是将他引到附近一处僻静的宫墙拐角。这里位置隐蔽,不怕人听到看到。

“老将军来找我何事?”风雪中,雷冰梵问道。

“你父皇刚刚召见了我,向我询问外派你至幽州城之事。”雷老将军道。

“哦。”雷冰梵心想,自己这位父皇,在这件事上,终究还是十分犹豫,否则绝不会在亲口答应自己的情况下,还要跟他信服的这位老将军再次商议。

“那您怎么说?”雷冰梵恭敬地问道。

“皇子殿下矢志外放,朝野皆知,老夫怎好阻挡你的心愿?只是,”雷老将军看着神色已经放松下来的皇长子,满面凝重地道,“难道殿下您真的一心远离京城?要知道虽然您贵为长子,可是……”

“可是老朽斗胆进谏一言:虽说眼下暗流涌动,抓军权很重要,但远离军政中枢天雪城,更可怕!”

“雷老将军,谢谢您!”雷冰梵真诚地道了一声谢,然后却扭转头,看向暮色中纷扬天地的大雪，沉默了半晌后，才忽然道，“雷将军，其实……我意岂只在一国皇位哉！”

“殿下大志，老臣知之。只是宏图远志，也要顺应时势。眼下二皇子殿下呼声日起，恕老臣斗胆直言，眼下绝非殿下外放合宜之时！”雷老将军语声铿锵地坚持道。

很显然，老将军雷华晖，是一位真心担心雷冰梵前途的忠臣。

作为国之重臣，眼见二皇子雷冰烨呼声日高、天雪皇帝雷烈心明显对他更加喜爱，雷华晖便忧心忡忡，实在不希望雷冰梵另生枝节。

毕竟，他实在不愿意看到，在长幼有序的君王继承传统面前，发生幼子继位、朝野哗然、两派剧斗纷争的可悲局面。

对他这样的心思，雷冰梵如何不知？

所以在他如此苦谏之下，雷冰梵也有片刻的动摇和软弱。

只是就在这时，他的脑海中，不由自主又浮现出苏渐那张熟悉的脸。并且此时此刻，他忽记起上次灵鹫同学史一川遇害后，苏渐来找他的情景。

虽然事情已经过去一两年，但当时苏渐那下定决心、死不回头的情景，却无比鲜明地浮现在眼前。

“如果此刻换成苏渐，他会怎么做？”

此念一出，雷冰梵刚刚软下的心肠，霎时又变得铁硬。

“唉……”一直在观察他神色的雷老将军，没等少年皇子说话，便已经知道，自己今日风雪之暮、夤夜而来的劝谏，再次失败。

果不其然，在他不抱希望的等待中，银发飘飘的少年皇子终于说话：“雷老将军，吾有故友，虽为小吏，实乃当世大才。于他身上，本皇子学会一些看似不起眼的东西。”

“于是我便知道，好男儿在世，有热血、重承诺，认准了的事情，任凭风吹雨打、流言蜚语，也绝不回头！”

第五十二章

血梦迷离

“哦。”老将军看着雷冰梵，“哪怕置之死地，不容于世俗？”

“对！”雷冰梵铿锵回答。

“老臣知道了。”雷华晖沉默片刻，忽然话题一转，轻声说起一件似乎毫无关联的事情，“殿下，近来国中乱党‘雪杀组’，闹得越来越不像话。老臣征剿不力，刚刚已经被你父亲再次斥责了。”

“不过呢，老臣觉得，龙族才始终是我天雪国心头大患。‘雪杀组’这类阿猫阿狗啊，只要不闹出什么大事，‘暂时’也不必太过在意。”

雷华晖说此话时，声音很轻，语气也十分随意，但此刻他对面之人，聆听时的脸色却无比凝重。

当听到最后一句话时，漫天风雪里，尊贵无比的银发少年，却忽然双膝跪地，对雷华晖行了一个真正的大礼。

“殿下请起。”雷华晖淡然地受了尊贵皇子的这一礼。

凝视眼前之人半晌后，雷华晖忽一字一顿说道：“恳请殿下谨记，老臣始终只忠于天雪、忠于皇上。若他日有人祸国作乱，不论是谁，老臣都会一力剿灭！”

言尽于此，雷华晖不再多言，拱拱手告辞而去。

此时风雪更急，天地茫茫，宛若回归太初时的混沌。

风雪中雷老将军已经走出很远，却忽听到背后漫天飞雪中，传来一句诵吟：

“亦余心之所向兮，虽九死其犹未悔。”

雷华晖，天雪国的大将军，德高望重的老兵头，不知经历过多少战场和朝堂的腥风血雨，已经淬炼得心性如铁，但这时候听到风雪中传来的这一声吟哦，却忽的心肠一热，眼中竟是落下泪来……

此后朝廷琐事，不必细提。又五日之后，天雪国皇长子轻装简骑，只带着少量亲信侍从，纵马通过层层叠叠的天雪城门，往南方边境扬鞭而去。

当快接近幽州境，路过一处白雪皑皑的山坳时，忽有数十骑精干人马从路旁黑松林中疾驰而出。

这些人身手矫捷，面相坚忍，看举止装束并不似官府之人。他们就好像早就等在这里，当雷冰梵一行出现时，他们默然而出，不发一言，跟在皇子马队后，朝远处的幽州城疾驰而去。

虽然，这些人此刻都是皇子亲兵的装束；但如果这时候有谁挑开他们的衣襟，就会赫然发现，在他们的胸膛上，刻着数量不一的雪花刺青。

雪花刺青，图案皆为雪花，只是六角都呈剑刃之形。

“雪剑丹心，杀尽奸邪。”

这剑雪之纹，正是近年来让天雪国贪官污吏闻风丧胆的雪杀组标识……

就在雷冰梵风雪兼程赶往边陲新领地时，苏渐这边的局势，也正是风起云涌。

上回朱献之事，真正惊动了御史台。

本来大家都知道，朱献是宰相的人，结果他出了事，司徒威还把御史中丞叫过去训斥一顿，这叫御史台情何以堪？

所以在这之后，御史台动作很迅速，立即给红焰晶海地区派来了一位真正刚正不阿的谏议大夫，名叫百里英。

认真来说，虽然谏议大夫行使的职权和监察御史差不多，但却并不真正隶属于御史台。

现在御史台让一位谏议大夫来，一方面，显得客观公正，另一方面，也有些要甩掉烫手山芋的用意。

不管怎么样，生着一张方正脸的百里英，确实以清廉刚正闻名。对为刚被苏渐搅得一塌糊涂的红焰晶海官场，让他来督促局面，再合适不过。

话说这一日，正当阮天择在行营议事厅中，跟百里英老大人套近乎时，却忽听得门人来报，说是玄武卫晶海观察使苏渐前来求见。

“好个苏渐，这就闻到风声了?”阮天择一听传报心中便骂道，“你这鼻子真是属狗的！听说百里大人方正不阿，你就想来探风声好整我？哼！偏不让你如意。”

阮天择心中腹诽，但却没有意识到一个事实：

他现在，至少在苏渐的问题上，已经从之前的攻势，转成了守势。

这样的转变，对向来行营坐大的红焰晶海地区，在苏渐这样的奇葩来之前，是完全不可想象的。

不过阮天择刚才的猜测，也真是小人之心了。

当苏渐一进来，跟百里英大夫见过礼后，开门见山便道：“阮大人，我发现熔炉工场有问题!”

这句话，如同石破天惊，霎时间吓得阮天择心头一颤!

他想道：“哇呀，你这混蛋，还真是属狗的啊，连熔炉工场的手脚都这么快被你知道了?”

不过因为某种特殊的原因，阮天择对工场之事心里有底，便处变不惊地说道：“苏观察，不知你发现什么问题?”

“阮大人，近来我发现，那工场合格火晶大大减少，便对火晶熔炉进行了勘察。”苏渐道。

“哦，”阮天择慢条斯理道，“那你勘察发现了什么结果?”

“我发现熔炉和管道中，似混入一些异物，导致火晶合格率降低。”苏渐道。

“就这样?”阮天择看着他，“苏观察，不是我想说你，所谓‘术业有专攻’，火晶熔炼之事也是你懂的？你管好自己的玄武卫侦缉之事就可以了。”

“大人，您说得是。”没想到苏渐竟是一口承认。

不过他话锋一转，却看向百里英道：“百里大人，其实属下担心，如果真因为这些异物导致产量降低，恐怕事情就变得不简单了。如果背后有黑手操纵，恐怕并非是废品增多这么简单。”

“你的意思是？”百里英老先生捻须问道。

“我想请百里老大人做个见证，并请阮大总管一起去火晶熔炉现场，看看属下发现的那些异物装置，是否真的降低了产量，是否还有其他后手。”苏渐认真说道。

听他这么一说，阮天择鼻子差点没气歪！

他心中狂骂道：“苏渐你个小狗贼！还真是捣蛋鬼、惹事精！我好不容易想出个辙，完成司徒大人的秘密任务，你却这么快又想来捣蛋！”

“好好好，反正火妖王给了保证，一般人根本看不出那些装置的底细，就算看出来，反正也查不到我身上！”

心中这么想，阮天择便安下心来，端起大总管架子从容说道：“也好，百里大人，虽说苏渐年少，办事未免不牢靠。但既然他这么说了，也是勤勉为国，我们便一起过去看看，也好安安他的心。”

“嗯，好，”百里英站起身来，“那就请两位大人头前领路。”

很快，他们这一行人，就来到火晶熔炉工场。

阮天择注意到，此去工场，苏渐还带上不少玄武卫驻地随从，那些从红溪村招募来的红晶族武士，也一起随行了。

“弄出这么大阵仗想干吗？”阮天择嗤之以鼻，“你带这么多黑狗贱民，难道过会儿在百里英大人面前，你们还想演什么全武行不成？”

其实苏渐今天这一出，对阮天择来说并不算多大事。但让他万万没想到的是，那火妖王竟然蒙了他！

他们一到熔炉工场，便在苏渐的坚持下，由他的人封锁了工场，并将所有逗留在工场中的工匠和监工，全都集合起来。

当着众人之面，苏渐递过一个起出来的装置，让红焰女演示。

直到这时，阮天择还觉得，你们这些人果然是外行，光凭一个装置，怎么能验证总体产量的减少？

但他很快就意识到，证明废品率的提升，竟好像不是苏渐的目的。

证明了这个装置确实可以扰乱火晶提炼后，苏渐叫人去拿来这两日熔炉中产出的废品。

“拿废品来干什么?”不知内情的阮天择,只觉得莫名其妙。

很快,万众瞩目中,红焰女纤手轻舞,用她对火灵天生的理解,很快就将所谓的火晶废品恢复成了良品。

这一下,阮天择傻眼了。

“怎么会这样!”他心中狂呼,“火妖王你个混蛋! 叫你帮忙,你竟敢私下藏了一手!”

这时候他恍然大悟,为什么那火妖王会特地请求他,让他帮忙疏通关系,将这些看起来无用的废品晶石,运往幻火宫。

想通此节,阮天择顿时倒吸一口凉气:“哎呀,这火妖王,囤这么多火晶石干吗? 看来他所图不小哇。”

“不过,”他转念又一想,“做大事之人,自然行非常之事。还别说,火妖王能这么干,倒证明他是值得我阮天择结交的盟友。只是这样的事情,不该瞒我。”

他倒是能理解火妖王,但这时候,同来的百里英却没法镇静了。

“阮大人,这是怎么回事?”百里英一双老眼,死死地盯住阮天择。

“啊?”这时候阮天择才想起来,旁边还有这位老大人在!

面对百里英,他可不敢有丝毫怠慢,忙郑重说道:“百里大人,您不知道,这晶海地区鱼龙混杂,偌大一个火晶熔炉工场,有几个宵小潜入破坏也未可知。您放心,我一定严饬工场主事,让他彻查此事。”

“很好!”这时却是苏渐凑过来,看着阮天择,嬉皮笑脸道,“阮大人也觉得要彻查此事?”

“这是自然……”看着苏渐这副笑得天真烂漫的样子,已经吃过几次亏的阮天择,忽然直觉有些不妙。

这时候,显然有些人的直觉和他差不多,已经开始悄悄地往外溜了……

谁知就在这时,刚才还笑容满面的苏渐,突然间大吼一声道:“动手!”

他这一突然发动,乔装隐藏在工场中的火妖奸细们,顿时猝不及防,手忙脚乱!

很快唐求和亚飒等玄武卫精英扑进场中，红焰女和赤光长老，也呼喝着红晶族人，朝那些早就盯牢的火妖族猛冲！

这一下，任凭那些火妖凶猛残忍，这种情况下也难免落在了下风。

猝不及防下，当场便有七八个试图抵抗的火妖横尸当场，其他二三十个火妖眼见不妙，不是抛下短剑尖刀抱头投降，就是豁出命往外突围了！

火妖族的勇悍，异于常人，就在这一面倒的形势中，却还有个火妖族的勇士，一不投降，二不突围，竟然挥舞着锋利的佩刀，朝苏渐所在的核心位置冲来！

很显然，这位火妖族是个明白人，看明白了今天整件事的罪魁祸首就是这少年，于是气急攻心，便要豁出这条命来杀他了！

还别说，这个火妖猛士的位置，还真不错，离苏渐并不太远。若真运气好，他重创苏渐也不是不可能。

但很不幸的是，他都没能冲到苏渐面前，因为就在他突然暴起之时，那位百里英百里大人，无巧不巧地正走到苏渐前面，想去看看刚才那异样装置到底怎么回事。

于是这时咱的百里老大人就惨了！他一介文官，却正处在了火妖刺客的攻击路线上！

别看百里英以硬骨头闻名，但他那硬的场合不一样。区区一个文官，他哪见过这样真刀实枪的阵仗？

于是当长相丑陋、神色狰狞的火妖挥刀冲过来，不用说刀刃加身了，百里英只是抬眼一看火妖迅猛如狼的架势，就顿时瘫倒在地上。

“竟敢刺杀朝廷谏议大夫？！连皇帝都不敢杀！”苏渐立即抓住机会，完成了一次扣大帽子，尔后血歌剑激射而出，瞬间将这火妖胸前洞穿！

在百里英还不明白怎么回事，瑟瑟发抖时，苏渐却已经凑上来，俯下身子握住他的手，殷切地感谢道：

“哎呀，没想到百里大人如此勇敢，竟挺身而出想帮属下挡下一刀，属下真是感激莫名！回头上报的折子中，一定要将百里大人的英勇事迹好好说一说！”

苏渐抓住机会拍马屁，百里英倒是有心领下，无奈心有余而力不足，不仅没力气站起来，那嘴唇也哆哆嗦嗦的，连一个“是”字都说不出来。

而这还没完，感谢完百里英，苏渐又猛地站起，朝阮天择大叫道：“阮大人，多谢啊！”

“啥？”阮天择莫名其妙，“我、我刚才没救你啊？”

“不是谢你救我，”苏渐一本正经地大喊道，“是谢阮大人的妙计啊！如果不是阮大人面授机宜，暗中谋划，定下这引蛇出洞、一网打尽的妙计，今日本观察使如何能建此大功？”

若说刚才感谢百里英时，苏渐演技极为拙劣浮夸，但此刻挺身大叫，感谢阮天择的妙计，却做得无比真实自然。

于是那些仍在负隅顽抗的火妖族，看到他这样的神演技，全都信以为真，气得当场就开始专杀阮天择的人！

偏偏这种时候，暗中气得心肝儿都在滴血的阮天择，在百里英老大人面前，却还得强颜欢笑，配合着虚伪的少年说道：“是啊，是啊，我早就看出他们有问题了……”

他本来觉得自己声音挺小，却没想到气急败坏之时，音量控制也不太准，这高声大嗓的话又被那些火妖余党听到，于是他们手下针对阮天择亲兵的攻击，更是一阵加紧，如同疾风骤雨！

见此情景，阮天择忽然觉得，此时此刻，自己最想跟苏渐说的一句话竟是：

“你，是专门为了坑我阮天择，才来晶海当观察使的吗？”

这场风波最后以俘虏十多位火妖族奸细结束。

细心的苏渐，并没有将这些重要人犯交予阮天择，而是以侦缉奸细为由，坚持将他们带回玄武卫驻地大牢，并让红晶族武士帮忙严加看管。

苏渐这样的安排十分巧妙，毕竟红晶族和火妖族是世代死对头，绝不用担心他们会像那个熔炉工场主一样被人收买。

除此之外，他还请红焰女等人，用红晶族通晓的火妖秘术，将那些堆积如山的所谓废品火晶，一枚枚地恢复本来面貌。

虽说事情到了这里，看似尘埃落定，但苏渐心中的危机感，却更浓了。

和亚飒等人商量后，他们几人一致觉得，这火妖族已经不是不安分的捣蛋鬼这么简单了。

不说别的，从这一次事件中，那和苏渐有过一面之缘的火妖王，暴露出来的深沉心思极为可怕。

事实上，在抓捕火妖奸细的风波中，亚飒一直在留意阮天择的神色变化。

这些最能反映问题的微表情，告诉他们，也许阮天择对“废品变良品”的火妖把戏，并不知情——连“玉面狐”都要的人，那得何等可怕？当然这时候，苏渐很自然地忽略了他自己。

意识到问题的严重性之后，为了提防火妖王必然会发动的后手，苏渐让亚飒加紧审问火妖俘虏的同时，自己亲自去向步凌空陈说心中的忧虑。

和以前几次的古板不同，这一回，步凌空倒是接受了苏渐的说法，许诺会加强晶海行营领地各个要紧处的防守。

忙完了这些，苏渐才觉得可以稍稍放松些。

而这些天，连他自己都不知道，心中那根弦已绷得实在太紧。

于是，这一放松，才是黄昏之时，他就一头倒在床上，酣然入梦。

奇怪的是，白天整日忧虑火妖的威胁，竟让他那奇怪的梦境，也有了某种别样对应意味的“更新”。

今夜的怪梦，没有再重复以往。

虽然月歌依旧是他怪梦的主角，但今夜的圣龙公主，出现在梦境中的样子和以前很不一样。

作为圣龙皇之女、龙境九大王国的公主，无论月歌长得多么柔美清丽，也自有一股凛然不可侵犯的神圣之气。

但怪就怪在这里——今晚少年梦境中的龙女，态度却透着一种极度的谦卑和哀伤。

“你，这是怎么了？”苏渐在梦中问道。

“我……”只说了一个字，悲惋的龙公主便再也说不下去。

不仅说不下去，她还忽然痛哭失声，泪水肆意流泻。

“苏渐……你能原谅我吗……”悲泣少女流着泪的语声，好像从遥远的夜空传来。

“无论你对我造成什么伤害，我都可以原谅你。”苏渐真诚地回应。

“不……不只是伤害你……”月歌的声音越发悲怆。

“那是？”苏渐有些不解。

“如果、如果……”即使在梦里，少女的语气也是那样的欲言又止，“如果我说……是我们对你们整个人族，做了可怕的事……你还能原谅我吗？”

“整个人族？”苏渐一愣，很自然地问道，“是说侵攻我们神州故土吗？”

“不……”让苏渐没想到的是，从龙女口中吐出的，却是一个否定的答案。

“啊？那是什么？”苏渐十分震惊，立即追问。

只是这时候，只听得“咔嚓”一声响，梦境中突然降下一道霹雳电光，于是月歌龙女本来清晰的形象，忽然间碎成无数个鲜红的光点。

它们漫天飞舞，渐渐连接弥漫，最后形成一片漫无边际的巨大血色，充斥了苏渐的整个梦境……

从梦中醒来时，苏渐反复回想这梦境，虽然不明白究竟发生了什么，但从此心中却埋下一个深深的隐忧。

再说光天化日之事。

说起来，苏渐近来一连串动作，虽然每个看起来并不太大，但串在一起，却已经把阮天择真正逼到了墙角。

别看表面风平浪静，之后这些天里，阮天择一直在苦思对策。

“必须来次大动作了！否则，真会被那苏渐狗贼玩死！”回想几次事情，阮天择最后郑重告诫自己。

定下目标，他便开动脑筋，发挥自己所有的聪明才智，要给苏渐或者说整个晶海的不利局面，来个彻底的反击。

以“玉面狐”之智，冥思苦想最后的结果，却是其他什么人都没找，而是径直去找了谏议大夫百里英。

看起来，这一次百里英是来找他的麻烦，但以阮天择独到的目光，却觉得并非如此。

“危机，就是危险中的机会。”这样的观点，一向是他的信条。

因此，百般思索后，这一日，他来到百里英在丹丘城中的临时住处拜访。

见他到来，百里英也是有些诧异。

按理说，前些日工场风波，百里英看出，如果阮天择没问题才有鬼。所以今日见他竟是主动找上门来，百里英还是有些诧异。

这位刚正不阿的谏议大夫，其实在内心里，对阮天择和苏渐都看不太上。

无论之前的朱献和苏渐，还是现在的阮天择和苏渐，在这位老大人的心目里，都只不过是“狗咬狗”而已。

所以，阮天择一来，百里英没别的二话，一见面便是劈头盖脸一阵训斥。

以“玉面狐”的心气和智谋，对这样的训斥至少总有些辩解。但他就是这样老老实实地听完了百里英的斥责，看老大人说完，他才小心翼翼地道：

“百里大人，您对晚辈的训斥，都对。这些话，晚辈都铭记在心。”

“呃？”见他态度这么好，百里英都有些诧异。

“不是反话？”百里英冷冷叱问道。

“绝非反话！”阮天择斩钉截铁道，“其实这些天来晚辈每晚都睡不着，反思自己近来一些作为，确实觉得自我膨胀，导致用人失察了。”

“不错。”百里英点点头，“懂得反省，不是无药可救。”

“那是自然！”阮天择察言观色，赶紧道，“晚辈本来已陷迷途，当日工场中幸得老大人当头棒喝，才如醍醐灌顶，迷途知返。所以这些天来，卑职也日夜苦思戴罪立功之策。”

“戴罪立功？”百里英看了他一眼，不紧不慢道，“无论怎么戴罪立功，都是你这行营主官的分内事。老夫只负责监察谏议之事，你何必来跟我说？”

“老大人这是哪里话！”阮天择叫道，“须知做人不能忘本，卑职能够迷途知返，全赖老大人教导点拨，所以这戴罪立功之事中，其实含有一份大功劳，晚辈不敢独享。”

“大功劳?”一直心情平静的百里英,听得这话,心里一动。

不过片刻的动心后,他又道:“无功不受禄,阮天择,你要变相贿赂本官吗?”

“不敢!”阮天择一脸悲屈地叫道,“实在是晚辈这个戴罪立功的计划,必须借助老大人您崇高无比的威望,方能达成。”

“哦?”一生最爱清名的百里英,听得这话后,终于有了真正的兴趣,点点头道,“那你就说来听听。”

“是这样,”阮天择滔滔不绝道,“老大人初来此地,可能还不太明白真正的地方民情。先前苏渐那小子,并没跟大人您说实话。在这红焰晶海地区,其实红晶族才是出了名的刁民,那火妖族反是良民!”

“哦?”听得此言,百里英有些惊讶,“不对啊,上回熔炉工场之事,分明颠倒过来,是火妖族人作乱,红晶武士帮忙抓捕啊?”

“那都是表象!”阮天择不慌不忙地说道,“那些火妖族人,只是来做短工。他们世代居于炎风原幻火宫,生存环境恶劣,才不得不如此充为贱役。那些红晶族人占据海西肥沃平原,无所事事,这才被苏渐驱使,充为打手。”

“有这等事?”百里英拈须沉思一会儿,忽道,“那为何上回那些火妖族各出短刃,拼死厮杀?”

“佩刀只是他们族群的习惯,”阮天择巧舌如簧地应对,“这些人作风朴实,脑子简单,上回也实在是被苏渐设下的圈套给逼急了,没退路了,这才抽出随身佩刀拼死一击。”

“嗯,也有道理。”百里英微微点了点头道,“毕竟你是本地多年的主官,对风俗民情更了解。只是,你跟我说这些做什么?”

“晚辈说的大功劳就在这里!”阮天择一脸兴奋的样子,“您老也看出来了,红焰晶海各方族群势力错综复杂,乱象由来已久,虽然我华夏军民上下多次想调整解决,却都无功而返。”

“依卑职之见,正好可以趁着这次事件,快刀斩乱麻,安抚良民,申斥刁民,拨乱反正,一举扭转晶海局面!”

“嗯,此地乱局,老夫在朝中,也多有耳闻。”百里英沉吟片刻道,“天择，你所说之事，倒也可行。只是，老夫不能听你一面之词，还须去玄武卫驻地，跟大牢中那些火妖族人问话确认。”

“这是自然，全凭老大人处置。”阮天择神色恭谨地答道。

这时候，虽然阮天择表面还保持着恭谨，但内心里都已经乐开花儿了！

他“玉面狐”的威名可是白叫的？

刚才一番颠倒黑白、摇唇鼓舌的超水平发挥就不说了，此刻他只从百里英一声“天择”的亲切称呼里，就知道，此事已成一半了！

“哼，苏渐啊苏渐，估计你这会儿还得意扬扬吧？”他心中发狠道，“你还以为大局已定？这回我拉上名动朝野的百里英，利用他的威望把事情彻底坐实，到那时，别说你了，就连倒向你那边的可恶红晶族，老子也一起收拾了！”

正心里发着狠，他却又听百里英说道：“天择啊，如果实情真如你所说，我不仅要放了那些火妖族人，还要和他们一起去幻火宫，正式向他们招安。到时候，你和我同去，带上一队行营亲军，以作保护。”

“是、是！”什么叫“幸福来得太突然”？阮天择这会儿就是！本来这些都是他接下来准备重点蛊惑百里英要做的事，没想到现在老大人竟然自己提出来了！

“太走运了！”阮天择在心中狂叫，“难道百里英就是我的大福星？这回终于要转运了！好好好，苏渐你个大灾星，看你还能蹦跶多久！”

他在心中狂喜，那百里英更是踌躇满志。

这位清名远播的谏议大夫，现在已经完全被阮天择鼓动，正做着以文职行武事、立下不世之功名垂青史的美梦！

到这会儿就看出来了，这位谏议大夫，本质上和他的前任朱献差不多。唯一的区别，只是一个贪的是财，另一个贪的是“名”。

阮天择这会儿来找百里英，就已经想好了一切事宜。

于是，临出发时，他叫上庞玉和向泰，带着早就精挑细选的亲军随从，陪百里英前往玄武卫所，并且到了那里时，苏渐“恰好”不在。

不仅他不在，就连他那俩哼哈二将唐求、亚飒也不在。这时候的玄武卫所里，只有管事吴德和赤光、红焰女等红晶族人在。

也别怪阮天择连唐求和亚飒也忌惮，实在是经历几次事情后，他已经如同惊弓之鸟。

这种情况下，他不免疑心生暗鬼，把失败原因琢磨过了头，最后归结到灵鹫学院毕业生不好惹这上面。

不知怎么，见他们仨不在，阮天择的气势都比平时嚣张很多。

一到玄武卫晶海卫所驻地，他便大呼小叫，要吴德把大牢牢门打开。

“大人，这……苏大人吩咐过，没有他的命令，不准任何人打开牢门。”以前肯定俯首帖耳的吴管事，这会儿面对晶海最高长官的大呼小叫，竟在片刻迟疑后，出言顶撞了他。

“好哇!”见如此蔫儿的人也变得这样，阮天择的脾气一下子就爆发了!

他大叫道：“吴德！你胆儿现在变得这么肥啊？连本总管的命令也敢怠慢？就算本总管你不放在眼里，睁开你的狗眼看看，旁边这位老大人是谁!”

“岂敢岂敢……见过百里大夫!”这时候吴德也没办法装作不认识百里英，只得上前行礼。

“打开牢门吧，”百里英平静地道，“老夫有些事情，要当面训问这些火妖。”

“是，小的这就去开。”见百里英发话了，吴德不敢违拗，只得动身走向大牢所在。只是在此过程中，他的动作磨磨蹭蹭的。

“您看您看!”见得如此，阮天择指着吴德的身形，一脸苦笑地说道，“百里老大人，您现在知道属下的苦楚了吧？您老还不知道，这吴管事本来是丹丘城最老实忠厚的官吏，您看看被苏渐最近一调教，竟变成这样了。”

“天择，莫急，”百里英摆摆手道，“是人是鬼，我们很快就知道。”

“是，是！晚辈还是毛躁了。”阮天择一副乖宝宝的形象。

见他们这样子，那些围观的红晶族人，就变得有些不镇定了。

虽然对百里英不太了解，但他们早就见过他，也知道他的身份。

对于红晶族这种化外之民，百里英这种名扬华夏朝野的谏议大夫，可以说简直如同天上的人物。

这时赤光等人，察言观色，看着好像这位百里大人，竟似是偏向阮天择，便不由得心里直打鼓。

“我们也过去看看。”赤光小声跟红焰女道。

“嗯。”红焰女点了点头，这两人便一前一后，也跟了过去。

让红焰女、赤光甚至是吴德都非常吃惊的是，还没等他们这行人走近大牢牢门，原本如同一潭死水的火妖囚犯，却忽然间大声喧哗起来。

“百里老大人，冤枉，我们冤枉！”

“我们都是一等一的良民，全被苏渐那狗官陷害！”

“青天大老爷，求您给咱这些蒙冤之人做主哇！”

刹那间，整座玄武卫的监牢沸腾得如同烧开锅的水，众口一词的喊冤叫屈声此起彼伏！

“闭嘴！闭嘴！”见此情形，顿时就有玄武卫所的狱卒抽刀要上前弹压。

这时候，阮天择暗中使了一个眼色，他带来的那些行营亲军手下立即会意，不仅立即抽刀挡住玄武卫狱卒，还大声叫嚷道：“老大人要审问冤屈，你等玄武卫之人不得干扰！”

见得如此，别说吴德、赤光、红焰女这几人了，就连还在远处观望的最愚笨的红晶族人，也知道今天这百里英和阮天择是来拉偏架的了。

很显然，阮天择今日能把百里英带来此处，早就做好功课了。

他在丹丘城经营日久，想动点手脚还不是小菜一碟？甚至现场这些和行营亲军对峙的玄武卫所狱卒中，就有他安插的人。

所以，可以想见，当百里英开始跟火妖俘虏问话时，这些一向凶残如狼的火妖族，个个变得如同善良胆怯的小白兔。

他们不停地诉苦喊冤，不停地哭叫嘶闹，甚至个别拥有演技天赋的，竟无师自通地“一哭二闹三上吊”，搞得见多识广的百里英六神无主，最后全盘接受了他们的说法。

一旦确立了立场，百里英老大人立即一挥手，大叫道：“来人，把这些火妖良民都放了，本大人要和他们一起去幻火宫招安！”

此言一出，原本喧闹如屠宰场的玄武卫所大牢，顿时就变安静了。

这时候，吴德惊讶，赤光愤懑，红焰女大怒，就连阮天择带来的那些亲卫军，也觉得："好夸张啊……"

虽然自己的主子来之前就已经都面授过机宜，但这会儿亲耳听到入套的老大人喊出"火妖良民""招安"这些词，这些亲军们也霎时间脸红了。

毕竟，火妖族什么德行，他们都是知道的。

在场之人，也就只有这位不熟情况的百里英，才觉得这番话如此合理自然。

还别说，"人的名，树的影"，纵然百里英口里的话听起来十分荒唐，一想到他华夏朝有名的谏议大夫身份，无论是玄武卫武士还是红晶族之人，全都陷入了迷茫和悲观之中。

察觉到这种气氛，红焰女却脖子一扬，大叫道："百里大人，您一定是被奸人蛊惑了！火妖族蛮横凶残，这是众所周知的，您怎么能说出这样的话来？"

耿直的女子却没想到，这位盛名在外的百里英老大人，每到一处都被人众星捧月一样奉承着，有多少年没听有人反驳他了。

于是，一听她这话，老先生心中顿时不悦。

不过，这时他还顾及着身份，压住心中的火气，装作和颜悦色地问道："这位小女子，何出此言？火妖族蛮横凶残？本大人怎么看他们一个个举止和善，惹人同情？还有你说我被奸人蛊惑，你倒说说，奸人是谁？"

"就是他咯！"红焰女才不管世俗的人情世故呢，听百里英一问，她毫不犹豫地拿手指向阮天择。

"大胆！"阮天择怒喝一声，转而一脸悲愤地看向百里英，悲屈道，"大人您看看，您看看，现在您相信我说的话了吧？"

"我堂堂一个华夏朝行营大总管，这蛮夷女子却不顾尊卑，对我指手画脚，还敢明目张胆地开口污蔑，您看看，不是我凭空造他们红晶族的谣吧！"

"嗯。阮大人莫激动，老夫都看在眼里。"百里英此时已经完全相信了阮天择一方的说法。

于是他转向红焰女，语气不善地说道："你们这些蛮夷之人，真是不服王化。老夫懒得跟你们多费唇舌，识相的给我速速退去。吴管事，你过来！"

第五十三章

只手遮天

“小的在，不知老大人有什么吩咐？”吴德小心翼翼地回话道。

“去，你让你的手下，把这牢门都打开，把人都给我放了。”百里英道。

一听这话，所有在场之人中，数阮天择最乐了。

听到百里英如此说，他便知道，今日大势已定。毕竟吴德的脾气他最了解，胆小懦弱，是最怕得罪人的。现在朝廷里来的名臣这么一说，他铁定要照办的。

只是，他的判断再次出错。在他心目中胆小如鼠、懦弱如羊的猥琐管事，这时候却突然二话不说，竟转身就跑！

“想跑？！”惊愕之际，阮天择眼疾手快，冲过去飞起一脚，便将吴德重重地踢倒在地上！

“噗——”倒地不起的吴德，立时从口中吐出一大口鲜血。

“啊！”看见苏渐的人受此重伤，红焰女等人大吃一惊。

还在惊异之际，却听得重伤的吴德拼尽全身力气叫道：“快、快跑……去找苏大人！”

这一下，顿时提醒了玄武卫和红晶族的所有人。

包括红焰女在内，他们再也不指望费什么唇舌了，一个个铆足了劲儿向玄武卫驻地外冲。

这一变故，倒是没在阮天择意料之中。

等他反应过来时，就见整个玄武卫所里，对方的人只剩下一个吴德。

“混蛋!”阮天择气急败坏,冲上去又对地上的吴德狠狠踢了五六脚,踢得他出气多进气少,这才停下来。

“不开门是吧? 小的们,给我砸!”在他大喝一声后,那些行营亲军立时各举刀斧,把那些牢门上的锁链砍开。

在这场纷乱中,那位百里英老大人,也仿佛被这喧闹的气氛感染,方正的脸上显现出一种兴奋的殷红。

这时,倒是那参将庞玉问主子道:“大人,这吴德如何处置?”

“把他给我扔进囚牢!”阮天择无情地说道。

至此,在阮天择的精心谋划下,丹丘城顷刻变天。原本人人喊打的火妖族,一夕之间变成行营总管的座上宾,而名声一贯不错的红晶族,却成了需要逃亡的乱民!

这消息一传出,人人惊愕。官场军营固然各怀鬼胎,就连那些小老百姓,都变得人心惶惶。有些胆小的,都开始收拾行囊,准备逃难了。

丹丘城一夕变天。但在这场斗争中,目前胜利一方所针对的玄武卫势力,却好像销声匿迹,不见了任何影踪。

世人大多现实,最看重“眼见为实”。原本丹丘城民,因为几件事情下来,便看好苏渐,但这会儿一看局势已定,便又在心中给苏渐判了死刑。

甚至有些“聪明人”,这时候大胆判断,说那苏渐不出现,是因为毕竟年纪小,胆子小,早就吓尿了裤子,这会儿肯定潜逃了。

这时候,如果说还有什么人相信苏渐,那就是红焰女了。

冲出重围后,无论老成的赤光还是冒失的乙六,都主张赶紧返回红溪村,商议举村迁徙逃难。谁知这时候,红焰女却坚定无比地说了一句:

“道理我说不出,但直觉告诉我,如果我们只剩一条路,那就是去找苏渐!”

对红焰女,赤光和乙六等红晶族民都很相信;见她如此笃定,便都放弃了自己原先的主意。

再说阮天择。这时候,他终于感受到“只手遮天”是什么滋味!

按理说,跟百里英撒下这弥天大谎,他应该感到心虚。但可惜的是,他这人从来都是走上层路线的,才不相信什么“民心所向”呢!

他始终觉得，那只不过是大人物编出来骗小老百姓的鬼话罢了。

现在，他贵为红焰晶海行营大总管，又有朝廷来的监察名臣支持，那还有什么值得害怕的呢？招安火妖王已成定局，他这条“焰海之王”的光辉之路，终于在眼前展开了。

一想到这一点，他便激动万分，在没人的时候乐得蹦起来！

还别说，阮天择一路奋斗到今天，无论谷底还是高峰，都是经历过的，他本不应该像现在这样激动莫名，而应该从容淡定。

但他决定原谅自己的激动，因为“焰海之王”这样的成就，是他一生所愿。现在看到了成功的曙光，那还有什么不能原谅自己的呢？

于是，他带上左右手庞玉、向泰，点齐晶海行营的所有精锐亲军，带上了火妖族，甚至还裹挟了部分玄武卫所的军卒，一齐簇拥着谏议大夫百里英，众星捧月般往海东炎风原幻火宫而去。

一路无话。

很显然，火妖王早就得到了消息。

作为火妖领袖、一方雄主，还别说，火妖王现在也很激动。

别看他背后有龙族做靠山，受其指使，但不管怎么说，现在龙族还没打过来不是？现在的红焰晶海，还受华夏国的统治呢。

这种情况下，明面上的盟友阮天择居然传来消息，说已经说动朝廷名臣百里英，要来幻火宫招安他们火妖族，立时就让火妖王也乐得在原地蹦了好几回！

“怎么有这样的傻瓜？”

兴奋之余，火妖王心中不是赞美和感恩，反而是不屑和奇怪。

他奇怪的是，怎么朝廷来的谏议大夫，会接受阮天择这么荒唐的蛊惑？“良民”这个词，连他自己想起来都觉得脸红啊！

很快，阮天择那帮人，就来到了炎风原深处的幻火宫外。

作为晶灵时代遗留下来的秘境，幻火宫经历千百年的风雨洗礼，已经变得比较残破。

但晶灵时代毕竟是神州文明史上建筑艺术最辉煌的年代，所以虽然千百年过去，屹立于炎风原的幻火宫，依旧巍峨耸峙、典雅壮丽。

也不知当年的晶灵工匠用了什么秘法，借助了这里天然的地火和炎风，让幻火宫所有的宫殿墙壁尖顶都流转着淡红的火纹。于是这么多年过去了，幻火宫还能以残破之躯，依旧如同梦幻般的圣殿。

但很可惜，这样一座壮美梦幻的上古遗迹，却被凶残污秽的火妖军给占据了。

这会儿，阮天择便和百里英等人，在幻火宫外围的一处广场遗迹中，与火妖王相见。

说实话，第一次见火妖王的百里英，真有些被他凶猛诡异的样子给吓到了。

无论火妖王头生的双角，还是脸颊上犹如岩浆流动的赤红皱纹，都让百里英看得心惊不已。

不过这时候，不管对方如何丑陋凶猛，他也得硬着头皮上了。更何况，无论什么样的负面情绪，也都被“留名青史”的兴奋劲儿给冲散了。

“来人可是火妖王？”这会儿，百里英认为自己是当仁不让的首脑人物，便率先开口，向火妖王喊话。

“正是在下。”已经得到消息的火妖王，很配合，一改平日骄横桀骜模样，恭恭敬敬地低头行礼，“化外小民，见过百里大人。小人乃化外之人，妄自称王，不值老先生一哂。又因容貌丑陋，恐惊了大人，还望老大人见谅。”

“无妨。”百里英摆了摆手道，“你也说了，尔乃化外之民，所谓‘火妖王’，不过如江湖诨号一般，何足挂齿？至于区区皮囊，或有丑陋，更是不值一提，老夫岂是以貌取人之人？你的事，我都听说了。”

说到此处，他转过脸来，看看阮天择。阮天择见状一笑，做了个“请”的手势，示意都由百里英做主。

见阮天择如此知趣，爱出风头的百里英心中更喜。

于是他清咳一声，摆出朝廷大员的架势，面向火妖王等一众火妖族人，慢条斯理说道：

“本来火妖之族，只是蕞尔小民，偏居炎风原，实乃化外之民。我华夏皇朝，恢恢正统，岂将尔等这些村野小民放在眼里。

“但经阮大人悉心告知，方知尔等火妖小民，归顺之心至诚，老夫百里英体察圣上‘海纳百川’‘兼收并蓄’之意，今日遂不惜千里跋涉，特来此地，代表朝廷，正式向尔等颁布招安之令，不知可愿接受？”

百里英这番话，颇为拗口，但火妖王有了阮天择暗传消息的铺垫，还是听懂了。于是他立即做出大喜过望的样子，忙招呼手下众人跪下，高呼叫道：“臣等皆愿接受招安，归顺朝廷！”

“好好好！孺子可教！”见众人乖巧，百里英欣喜非常，忙上前搀扶火妖王道，“诸位快快请起。老夫代表朝廷，接受你等归顺！”

“多谢老大人！”火妖王连忙站起，朝百里英大声言谢。

招安的戏码，演到这里，可谓宾主俱欢。到了这一刻，似乎谁都达到了自己的目的：

那百里英，完成了“以文职行武事”的千古文人的至高梦想；

那火妖王，终于获得朝廷的官方认证，称霸红焰晶海，今日起指日可待；

阮天择更不用说了，他明修栈道，暗度陈仓，自己没正式出面，只借助百里英之力，就把自己的实力派盟友推上了官方舞台。

从此以后，火妖王势力大涨，定会成为阮天择“焰海之王”道路上的最大助力；至不济，如果日后这位桀骜不驯的火妖族首领出了问题，失了控，那所有的责任，他阮天择都可以推到百里英的头上——

毕竟，今日是百里英出面招安的啊，他阮天择甚至什么话都没说，最多只是笑了笑！

到时候，只要他阮天择乐意，还可以兴起大军，将失控的火妖王一举荡平，到那时又是大功一件！

所以不管怎么说，这件事成了之后，他阮天择怎么都得利。

只不过，百里英刚高叫“代表朝廷”招安还不到片刻，就听到一个声音，十分刺耳地打破了这里的和谐气氛：

“咦？我没听错吧，是谁在这里妄自代表朝廷？”

此声一出，阮天择和火妖王两方的人，全都猛吃一惊。

他们立即转头朝声音来源处看去，却见原本应该空无一人的炎风原上，却不知何时竟出现无数兵丁！

看见他们，阮天择的瞳孔霎时一缩，失声叫道："玄武卫！青龙兵！还有……红晶族！"

原来此刻在他们身后乌压压围上来的，正是苏渐、步凌空、红焰女带领的玄武卫、青龙府兵和红晶族武士。

已经消失几天的苏渐，这时候却是一马当先，浑身玄黑劲装，一袭猩红披风在身后风中飒飒飘飞。

了解苏渐的人都知道，每当他这副打扮，往往是大敌当前的时候。

"阮总管！"苏渐看都没看百里英，而是在马上一挥马鞭，直指阮天择，喝叫道，"总管大人，你能不能告诉我，今日你带这些人手来，可是为剿除火妖贼人？"

"这……"

别看阮天择位高权重，来此之前也各种铺垫，颠倒黑白把火妖说成良民。但这一刻，面对苏渐直指人心的质问，他却一时语塞，觉得很心虚，竟是嘟嘟囔囔说不出任何话来。

这时候，倒是百里英认为少年忽视了他，乃是天大的羞辱。于是他跨步向前，高声叫道：

"苏观察，你这是何意？阮总管今日陪我来招安火妖族，你一来便不问青红皂白，居高临下质问阮大人，还妄谈'剿贼'，你可知'以下犯上'之罪责？"

"呵呵，罪责？"往日谦恭的少年，这时候却蔑然一笑，纵马向前几步，就这样居高临下地朝百里英道，"百里大人，你只是监察之官，从旁察看即可。本观察使正在问阮总管今日事由，何须你抢先插嘴？"

"你、你！"一向被人捧惯了的百里英，何曾遇上这架势？

别说这毫不客气的话了，就连此刻少年嘴角边那一抹淡淡的笑容，都被他视为天底下最恶毒的嘲讽！

于是老大人气得手足俱抖，不顾仪态地连声大叫道："苏渐！你失言！你犯上！你不知尊卑礼仪，回了京华我定重重参你一本！"

"随便。"面对他冲天之怒，少年竟只是呲牙一笑，淡然说道，"参就参。

想我入职玄武卫好几年，还没被人参过呢，正想尝尝滋味。”

“你你你！”少年软绵绵的话语，再次对老大人高傲的心灵造成了巨大的伤害。他这会儿浑身颤抖，已经气得说不出话来！

“咦？”见百里英如此，苏渐心中倒是很诧异，想道，“怎么才没两句，这百里英就气得说不出话来？就这战斗力，他是怎么作为言官扬名立万的？”

“唉，看来还是‘盛名之下，其实难副’啊！”

他倒是在心里惆怅，却不知自己刚才这两下，对顺风顺水惯了的老大人来说，却是一种全新的伤害方式。

见百里英只顾发抖，说不出话，苏渐便撇下他，目光直视阮天择，面色如霜般冷冷说道：

“阮大人，请你解释一下，今日你们兴师动众，来此幻火宫，跟这历来攻击我华夏百姓的火妖贼人会面，不知是何用意？”

“我……”有了百里英这一缓冲，这时阮天择也缓过神来，便道，“本官今日前来，其实是来招降的。”

“招降？”不管苏渐他们怎么想，作为阮天择此刻的盟友，百里英猛地一愣，有些不敢相信地看着阮天择——

毕竟，招安与招降，虽只是一字之差，含义却大大不同。一旦变成招降，那就说明先前火妖族，和华夏是实打实的敌对方。

“招降？哈哈！”还在百里英愣怔之际，苏渐已是大笑一声，环顾四方，问在场众人道，“阮大人说他来招降火妖乱贼，你们相信吗？”

“不相信！”无论玄武卫、青龙兵还是红晶武士，不约而同地大声回应，一时间声震四野，直震得附近野树枝头秋叶扑簌簌地落下。

千人一呼之中，本来强自镇定的阮天择，面色忽然变得煞白。

这时候，反倒是他手下的庞玉参将，梗着脖子叫道：“有啥不信的？阮大人早就想解决火妖之患，最近看出火妖有悔过之意，便拉上百里老大人一起来幻火宫招降，有什么不对的？”

“等等！”一直愣怔的百里英，这时一脸迷惑地插话道，“什么火妖之患，什么招降？火妖不是良民吗？我们今日来，不是招安他们的吗？”

“哈哈!”苏渐放声大笑,大声道,“看来咱们的百里老大人,还不知道火妖族的真面目呢!”

苏渐说出此话后,其他人还没怎么反应,火妖王和那些精英部属们,已是脸色大变。

他们刚才一直在察言观色,到这会儿,终于有了决断。

“嗷!”只听得火妖王一声怪叫,转眼间就和部下们朝幻火宫老巢方向奔逃而去。

这会儿,火妖王他们这一侧,还都是阮天择之人,至少这时候他们还是盟友。因此他们奔逃之时,并没有受到任何阻拦,转眼之间就消失在幻火宫的深处。

见他们逃跑,苏渐却不以为意。

他接着刚才的话头,把火妖族种种作恶的事情,朗声说了一遍。

也直到这时,一直笃信火妖族乃被欺压良民的百里英,才终于明白了事实真相。

于是当他听到苏渐说到,那火妖几次三番骚扰抢掠火晶运输车队,他的脸霎时就白了。

再听到火妖们不仅劫掠他族,还会将妇女儿童们掳回老巢杀害烹煮时,他开始弯下腰,不断地干呕。

不过,当苏渐说到,根据他们暗中查探,发现阮天择和火妖族暗中勾结,意图自立为王、称霸红焰晶海时,百里英却直起腰来,不相信道:

“苏大人,切勿危言耸听!你可知陷害同僚之罪,可不是你一个小小的观察使能承受的!”

“哈!”苏渐这次没有正面回答他,而是再次环顾四周,问在场众人道,“如果我说,阮大人前后做下这些事情,是为国为民,你们相信吗?”

“不相信!”各方力量,众口一词,再次声震四野。

而这当中,竟有不少阮天择的亲兵,被苏渐刚才揭露的种种事实触动,忍不住跟对面之人同声呼应。

这时候,所有人的情绪都被苏渐鼓动起来。当阮天择脸色煞白、不由自主地踉跄后退时,苏渐身后那些青龙府兵、玄武卫军、红晶武士,全都群情汹涌地向前拥去。

不过这当儿，作为现场最大一支力量的青龙府兵首领，步凌空却做了一个出人意料的决定。

只见他忽然一扬手，跟身后青龙府兵做了一个“停止前进”的手势，紧接着便听他道：

“苏观察、阮大人，今日无论稽查还是招降，都是尔等政务。在拿出实据之前，我青龙府兵，只作中立。”

“嗯？”乍听此言，苏渐有些惊讶地看向他。

对着步凌空这张面沉似水的脸，苏渐有心说，你来之前，可不是这么说的。但想了想，他选择了沉默，并没有把这意思说出来。

苏渐惊诧，那阮天择却得意起来了。

“苏渐！”只听他用尽全身力气大吼道，“你个小人！是谁给了你胆子？今日鼓动这么多人来污蔑我！”

“各位，你们可能不知道，”他大叫道，“苏渐这小贼这般陷害我，除了争权夺利，他还有一个说不出口的龌龊理由！”

“是啥？”他身旁的向泰，不失时机地问道。

“还不是争风吃醋！”阮天择一指苏渐身后那个英姿飒爽的红晶女子，怪笑着叫道，“苏渐这小贼血气方刚，一来晶海就看上红溪村的民女红焰；他知道本大人也倾慕红焰，还早就几次三番诚心上门提亲，所以一直怀恨在心。”

“现在他都已经跟红焰这贱人勾搭成奸了，却还不踏实，为了永绝后患，就拿出这样天大罪名来诬陷我，让本官永不翻身！苏渐小贼，你用心真叫狠毒哇！”

听得他这番话，在场众人顿时大吃一惊。

其实在场的大多数人，并不知道这些事情的内幕，而男女之事不仅最说不清，还最容易让人相信。

所以，当阮天择随机应变，当场编出这套话儿来后，还真的立即唬住了不少人。

这些人刚才还在义愤填膺，但当阮天择说出这番话后，全都拿半信半疑的目光看向苏渐和红焰女，有些人眼中已经带上了轻蔑和不屑。

“原来还有这番内情！”这时候，百里英忽地自言自语，显然已经选择相信阮天择。

见他如此，阮天择心中却是轻蔑地想道：“这老东西，倒也不傻，知道先前被我蒙骗，已经铸下大错，这时候也只能将错就错，站在我这一方。”

只是，天底下哪有这样的好事？无论是阮天择还是百里英，都太低估了苏渐。

如果他们预先做好功课，多翻翻少年的履历，就会知道这位玄武卫少年，近年来之所以崛起得如此之快，全在于他一向谋定而后动。

也就是说，苏渐不动则已，一动就如九霄雷霆，全无让对手钻空子逃脱之理。

很不幸的是，对这个道理理解得最深的那些人，却都是那些已经被苏渐掀翻在地的人，他们已经没有机会把这条宝贵的经验，传授给后来的同类们。

于是，当苏渐镇定自若，挥一挥手，让唐求和亚飒押出几个人时，阮天择刚刚得意的那颗心啊，就好似瞬间沉到了谷底……

让他如此心碎的几个人，分别是：熔炉工场主事刘达，本已被放逐的赤明，和一个明显身份特殊的火妖兵。

没有任何侥幸，刘达战战兢兢地供出阮天择如何如何强迫他，不仅对火妖混进工场安装“凝火结”睁只眼闭只眼，还特地强调那之后的火晶废品，都无偿地送给火妖运走。

赤明则泪流满面，供出阮天择的亲信谋士向泰，如何传递阮天择旨意，提供各种江湖杀手，让他摆下鸿门宴，意图弑杀自己的族长叔父。

而那个明显被苏渐安排到别处特殊看管的火妖兵，则用真诚的语气，供述了阮天择历来跟他们的勾结事宜。

虽然此刻他只是口述，并没有什么物证，但种种细节娓娓道来，只要是脑筋正常一点的人，一听就明白，这些事绝对不可能是凭空捏造出来的。

特别地，以前有不少别扭的事情，大家一直都不明白怎么回事。这会儿一听火妖的供述，他们这才明白了：哦，原来是因为最高长官已经跟敌族勾结了，才会有那些诡异的事情啊。

而这些诡异的事情当中，就有上回阮天择和火妖族恶意串通，想让青龙府兵押送的重要火晶军资失陷敌手！

当这几个有代表性的人证一五一十地发言后，阮天择便彻底明白了：

原来，这个看起来只是捣乱的玄武卫少年，暗地里已经做了太多的功课了……

可笑自己还一直没把他放在眼里，今日还哄骗了百里英来做什么“釜底抽薪”的大事，却没想到人家早就断了自己的后路！

虽然这时候身旁的百里英，还沉浸在无比的震惊中，没缓过劲儿来，但阮天择这个当事人，却已经对形势明白得不能再明白了。

“他已经知道得太多了。”阮天择心念急转之后，不由得苦笑一声，大声叫道：

“苏渐，苏大人，我认输了！”

“什么？”就算苏渐，也没想到以“玉面狐”之名，阮天择竟会这么快认输。

在所有人的震惊之中，只听阮天择说道：“唉，还以为今日是我事成之时，却没想到成了你摊牌之日。不仅摊牌，你还将我逼到了墙角啊！唉，罢了！”

阮天择长叹一声说道：“苏渐，我是真心认输了。你放心，我今日不做任何抵抗，任凭你绑去。我阮某愿回京城认罪，以儆后人。”

见他如此说，在场不少人都觉得今日此事已经尘埃落定了。毕竟，连赫赫有名的“玉面狐”都服软认输了，苏渐总不好太过分吧？

但接下来的事情，却大大出乎他们的意料。

“哈，你想得倒美！”只见苏渐仰天大笑一声，尔后环顾四方，冷冷问道，“诸位，如此小人，又有后台，犯的是勾结敌族、欺君叛国之罪，大伙儿觉得，是留他回京狡辩，还是当场格杀对我华夏君臣子民更有利呢？”

“什么？！”这一下，别说阮天择和百里英了，连步凌空都震惊了。

“苏渐！”一直沉默的青龙军都尉，这时候再也不能保持镇静，开口大叫道，“你知道你在说什么吗？阮天择无论犯了何等滔天大罪，自有国法待他。你若当场行刑，便是知法犯法了！”

“对啊！”阮天择立即趁机大叫道，“苏渐，我已认罪，你现在鼓动众人杀我，是公报私仇，我不服！”

“苏老弟，”这时百里英也回过神来，忙劝道，“杀人不过头点地，但若不合法，后患无穷啊。老夫以多年朝野经验，还是劝你不要冲动，阮天择他已经认罪，万事都等押解到京城再说。”

“对啊对啊！”这时候阮天择立即显现出他枭雄的一面，梗着脖子大叫道，“我哪怕罪恶滔天，自有有司审我，你苏渐只有缉拿之权，怎能煽动众人杀我？你这不是公报私仇是什么？”

“呵，你们都觉得，我这么说、这么做不合法？唐求，”苏渐回过头来，问胖少年道，“你说说，我这是不是不合法？”

“好像……”唐求硬着头皮，如同牙疼般抽着气道，“确实……听起来……好像不那么对劲……”

“好！我的好兄弟也说我不合法。那看来，几乎所有人都觉得是我在妄为。”

得不到任何人支持的苏渐，这时却从容不迫，铿锵说道：

“看来，承平已久，你们很多人都忘了，当日我朝故国被龙族席卷，偏安西域，祖皇帝痛定思痛，曾定出铁血规条，言明若有置华夏利益于不顾，与异族私通勾结者，一律当场斩杀！

“但祖皇帝毕竟仁慈，即使当时忍受锥心之痛时，依旧担心此等规条被人滥用，造成动乱。于是他便将此权力，只置于玄武卫。

“所以，你们说，我玄武卫观察使苏渐，要当场格杀此贼，有没有理，犯不犯法？”

此言一出，众人猛然醒悟，只有阮天择一人脸色突然变得煞白！

这时候，只听苏渐再次大声吼道：“众将士，再问你们一次，对如此狼心狗肺的卖国之贼，我苏渐以玄武卫之职，代圣祖行国法，杀此狗贼，你们认为杀还是不杀！”

这一次，先是有零星的“杀”声响起，转眼间杀声渐稠，最后别说苏渐、步凌空带来的人了，就连不少阮天择一派的行营亲卫军，也开始振臂高呼起来！

于是，这幻火宫前，杀声不绝于耳，并且声浪越来越大，如同一场风暴席卷了荒原！

见得如此，刚才铿锵宣言的少年，面对面白如纸的阮天择，呲牙一笑，摊手说道："阮天择，没办法，国法当前，众怒难犯，你就安心地去吧。"

话音未落，他便蓦然变脸，吼道："大伙儿给我冲，将此罪囚当场格杀！"

这时候，就看出阮天择平时笼络人心颇有一套。都到这时候了，船都要沉了，却还有不少行营亲卫军，挺身向前，护住了阮天择。

在他们当中，阮天择最死硬的那两个左膀右臂，庞玉和向泰，自然也冲锋在最前面。

很快，冲杀向前的玄武卫和红晶族武士，就和这些负隅顽抗的死硬分子战在了一处。

刀光剑影中，阮天择看着这些奋勇向前的亲信，却是轻轻地摇了摇头。

"唉，"阮天择心中叹息一声道，"只靠你们，如何能逃出今日死局？想要留得这条性命，他日东山再起，却还得靠我自己。"

想到这里，本已被亲卫护在垓心的阮天择，却忽然身形如鬼魅般闪动，眨眼间便蹿到了一人的面前！

这人正是百里英。

"啊！阮天择你要干什么——"百里英惊呼未落，那阮总管却已狞笑一声，一言不发，只拿寒光闪闪的佩刀，"唰"的一声架在了百里英的脖子上！

"跪下！都给我跪下！"刚才还蔫乎乎乖乖认罪的阮大总管，这时候却头一昂，极其嚣张地喝道，"都给老子跪下！"

"你们都让我走，否则就把咱这当朝名臣给宰杀了！"

一时间，刚才还打得热火朝天的众人，全都愣住了。整个战场，瞬间就安静了下来。

“阮大人，你、你不要乱来……”被刀架在脖子上的谏议大夫，战战兢兢地说道。

“闭嘴！”阮天择怒吼着打断他，“你没听见吗？老子就快被砍死了，还不要乱来？倒是你们不要乱来！”

怒吼出这句后，他忽然阴阴笑着看向苏渐：“苏渐，苏观察，怎么样？今日就放兄弟一马吧——算了，也不要你们跪了，今日只要撤了这围，放我走就行了。”

“如若不然，你看看，咱这位号称百年难得一见的谏议名臣，马上脑袋就要搬家了！”

“别别别！”感受到利刃寒飕飕的锋芒，百里英吓得失声叫道，“我哪是百年一见！那全是我安排家人，故意到处放风声的。我哪里是什么名臣啊……呜呜！”

刀斧加身之际，这位知名谏议大夫，不仅透出了实话，最后还哭出声来。

“百里大人，千万别这么说！”苏渐看着他，竟是一本正经说道，“想想你今日所为，竟然敢跟火妖匪贼谈招安之事，这不是名臣是什么？您老千万别谦虚。”

“啊？”听得苏渐这么说，百里英忽然愣住了。他突然觉得，自己的脑袋瓜儿有些转不过来。

正迷糊间，只听苏渐又说道：“既是名臣，您老一定是极有气节的。所以今日你被贼人胁迫，定然不惜此身，不被胁迫，一心要让阮贼伏法。”

“您老放心，您这算是‘为国捐躯’，我苏渐事后一定会为您浓墨重彩地上报，请求皇上嘉奖厚葬的。”

“厚葬……”听到这里，百里英一脸愣怔，一时竟不知道该说什么才好。

“好了，阮天择，”苏渐看向脸色狰狞的“玉面狐”，叹了口气道，“唉，本来还想堂堂正正将你正法，没想到……”

“没想到我会擒住百里英当人质？嘿嘿！”阮天择紧了紧手中钢刀，得意地狞笑道，“大丈夫行事不拘小节，你还是太嫩了！正是你这样婆婆妈妈，才让我有可乘之机！怎么样？快放我走吧。”

“你理解错了，”苏渐却是摇了摇头道，“我想说的是——”

刚说到这里，他蓦然大喝一声道：“庞玉，你也是个混蛋！”

“呃？”阮天择一愣，“你怎么忽然骂我的参将？”

“……哎呀不好！”

阮天择猛然反应过来，正要转身，却只觉得后背心蓦然一痛。他本能地一低头，正看见一段雪白的刀尖，正从自己的前心透出来！

“庞、庞……”阮天择艰难地转过身，看见身后那张扭曲紧张的脸，不是庞玉是谁？

不用说阮天择了，在场几乎所有人，都被这突如其来的变故给惊呆了！

“怎么回事？庞玉不是阮总管的死忠吗？”同样的疑问，在几乎所有人的心头萦绕。

“为、为什么是你……”仰天倒下之际，阮天择也艰难地问出同样的问题。

“为什么不会是我？”这会儿庞玉已经镇静下来，便抽出另一把佩剑，指着身后向泰等人，警戒着说道，“阮大人，对不住了。上回奉了你的命令，去红溪村中替赤明埋伏，后来被小苏大人识破图谋，落荒而逃。那时你们都以为我迷了路，流窜荒野，很久才和你们会合。”

“难、难道不是这样？”向泰变色问道。

“所以说，你们蠢！”庞玉凛然道，“你们都以为我是有勇无谋的武夫，却不知我早就看清了形势！”

“什么形势？”这时候阮天择已经说话不便，向泰便善解人意地替他问出所有问题，同时也是在提出他自己心中的疑惑。

“蠢货！”庞玉再次骂道，“到这会儿你们还没想通！屠龙英雄、屠龙英雄啊！”

他提着剑，指着阮天择最死忠的这群人吼道：“你们这些家伙，鼠目寸光，只看到苏大人年纪小，打心眼里儿不承认他屠龙英雄的功绩！”

“不错，我庞玉虽然开始也跟小苏大人作对，但正因为我是一介武夫，所以当了解到小苏大人的背景后,我老庞头一个拜服!

“真是笑话!你们这些人也不想想,别说兽龙咆哮者了,就算兽龙徘徊者,你们这些人扪心自问,有人能一对一单挑杀死他们吗?

“更何况,小苏大人为了一个心仪的女同学失陷龙境,就奋不顾身地闯入龙境,不仅救出了人,还在龙境中杀了一个来回——你们都给我说说,你们谁能做、得、到?!”

最后这几句话,庞玉发自肺腑,几乎怒吼而出,因为太激动,脸都有些变形了。

但就是他这样有些失态的暴喝,就好似当头棒喝一般,当场就将许多阮天择的死忠震醒。

“对啊!苏渐他可是屠龙英雄!”众人纷纷想道。

其实,以前这些人,包括阮天择在内,也不是没有听说过这件事。

但还是那个道理,人人都习惯相信“眼见为实”。

他们亲眼看见苏渐,不过就是一个长得英俊点的少年,实在和那些传言搭不上边。要知道,“屠龙”啊,好夸张!所以他们也就在心底,有意无意地回避这个问题。

也直到他们眼中所谓的“粗人”庞玉,当面吼出这个事实后,他们才个个心中一凛,想起这个自己曾经在潜意识中回避的事实来。

本来他们确实是不信的,但看看苏渐前后的表现,不仅有神焰朱雀的星流术翱翔天际,更有今日锐身自任,即使承担天大后果,也要将阮天择这个宰相亲信当场杀掉,这份魄力心智,岂是那些好勇斗狠之徒能比的?

到这一刻,不仅众人,阮天择也是彻底服气了。

第五十四章

情深似海

“苏、苏大人……”出气多进气少的阮总管，艰难地说道，“我、我服气了……我最大的错误……是不该和你作对……庞玉！”

弥留之际的大总管，忽地回光返照一样猛然吼道：“庞玉，我平日待你不薄，连心中最隐秘的野心都说给你听，你为何还要反我？你反了我之后，还会有什么出路？”

“呵！”庞玉冷笑一声道，“阮大人，你还不明白么？正是因为你说出什么要割据一方、当‘焰海之王’的图谋，我老庞才变了心啊！”

“对面就是龙族强敌，你还想分裂华夏？分明死路一条！打那时起，我就准备离你远远的！

“还问我有什么出路？告诉你也无妨。我老庞虽然误入军途，但从小那颗想当画师的心从未改变。

“这些年利用驻守红焰晶海的职务之便，我已走过这里的山山水水，已经积累了无数的丹青素材。

“我老庞早已想好了，这辈子从事军途，最多当个校尉将军，也不会有什么大前途。从今日起，老子就弃武从文了，好好研习丹青之术，绘制咱华夏晶海的大好山河！

“甚至，我连将来的名号都想好了，这一点还要感谢你阮大人啊！”

“啊？是啥？”阮天择惊疑问道。

“焰海之王！”庞玉叫道。

“呃——”听得这个词，阮天择两眼泛白，喉头咯的一声，彻底毙命了……

见此情形，以向泰为首的阮天择亲信残余，再也没了丝毫抵抗的欲望，他们手中的刀剑纷纷落地，很快都束手就擒。

当真正尘埃落定后，苏渐上前，拍着庞玉肩膀鼓励道：“庞将军于丹青一途的志向，实在令人感动。这样，小弟在灵鹫学院中还有点人脉，回头便修书一封，给你拿去学院中，应该可在丹青课程中，作为旁听生。”

“呜……”任何的金银财宝，都不会让庞玉感动得想哭，可当听到自己有可能去灵鹫学院旁听时，这粗豪的军汉，却霎时喉头哽咽，眼中泛泪，一脸感动地看着苏渐。

“苏老弟，”刚才一直静观其变的步凌空，这时上前来笑道，“没想到啊没想到，苏老弟竟有这样好手段！没费我青龙军一兵一卒，就让气焰熏天的大奸佞当场伏法了。”

“哪里哪里！”苏渐这会儿好似全忘了刚才步凌空中途收手的事，只是连谦虚道，“我哪有什么好手段？全靠步都尉帮小弟捧场助威，才能震慑群小，让他们不敢拼死反击。”

“举手之劳，不足挂齿。”步凌空摆摆手道，“既然事情已了，我便带兄弟们先回去。以后有什么事，随时找我。”

“好！那就多谢步都尉了。”苏渐躬身一礼，想了想又道，“火妖王此次失败，定然不甘心。还请步兄带领麾下将士，坐镇晶海，以防火妖袭扰。”

“这个自不必说。”步凌空应答一声，便转身率领队伍，顺着炎风原中的荒草野道，一路向西而去。

到了此时，见苏渐如此指挥若定、对答得体，同来的红晶族赤光长老，便暗自跟身旁红焰女道：

“红焰啊，你说得对，相信苏渐，真的没错！”

“嗯。”红焰女简单应了一声，并没有多说话。此刻她的全部注意力，都已放在了少年英俊洒脱的身姿上。

此刻，炎风原的风，正带着暖意，席卷吹来，让荒草野树低头之时，也吹得苏渐身后的猩红披风猎猎作响，如同漫卷的红旗。

而苏渐本就生得玉树临风，这时再增添生杀予夺、谈笑间强虏灰飞烟灭的雄浑风采，于是在红焰女的眼中，更显得如同天人一样。

所以她盯向少年的眼神，变得熠熠放光。虽然此时少年没有闲暇看向自己，红焰女却还是不由自主地伸手整理整理发丝，俏脸含笑，让自己显得更加容光焕发。她还细心地调整了身形，双腿略略交叉，让自己本就曲线婉转的身姿，更加妖娆。

所有这一切，都只不过是红焰女想让少年偶尔看过来时，在他心目中留下一个更完美的印象。

不过这时候，苏渐确实还没空闲欣赏她这惊人妖娆的美丽身姿。

送别了步凌空，苏渐便转过脸来，看向还呆立当场的百里英。

和刚才不同，这时候苏渐看向百里英的神色，已变得和蔼亲切。

“百里老大人，”只听他蔼声说道，“晚辈还有件事情，希望老大人您能帮忙。”

“帮忙？”百里英神色既尴尬，又愤怒，“都到这时候了，你还有心情讽刺揶揄老夫？须知‘士可杀不可辱’，你——”

“不不，”苏渐连忙打断他道，“老大人先听我把话说完。不管来历如何，百里大人您毕竟是华夏朝中名臣，又是知名的硬骨头言官。所以这一回，还要恳请老大人回到京师后，将阮天择这贼子的种种倒行逆施罪行，一一上达天听。”

“原来是这个……”百里英一时沉吟，没有立即回答。

“大人迟疑，莫非是惧宰相势大？”苏渐察言观色道。

“惧宰相势大？”百里英看着少年，凝视半晌，忽然笑了，“笑话，我会怕他？我都是死过两回的人了，还怕什么！”

“咦？”苏渐有些惊讶，“怎么算死过两回？刚才阮贼挟持你，只能算一回吧。”

“是两回。”百里英沉声道，“此来之前，我受阮贼蛊惑，竟然不识忠良，颠倒黑白，心中实在羞惭。所以老夫本准备在上本弹劾宰相用人不当后，碰死在他府门前的上马石上！”

“啊？万万不可！”苏渐闻言大惊，正要出言相劝，却见百里英摆摆手道:“小苏大人不必着急。老夫现在看到你这样朝气蓬勃,一心为国,甚至为大义不惜损虚名,便又改变了主意。”

“我想着,为一点虚名撞死在宰相门前,却还不如留此有用之身,赖在朝中。如果小苏大人他日有用得上老朽之时,也好随时呼应。”

“百大爷您这话就对了!”这时候唐求大大咧咧地插话道,“好死不如赖活着,您好歹闯荡出这么大名头,我唐求羡慕还来不及呢,干吗要死啊?”

“老大人这想法对,”这时亚飒也道,“大丈夫不拘小节,只要心中自有坚持,实在不必轻言生死。”

“对对。唉,真是有志不在年高啊。”本来习惯一丝不苟、古板刚正的百里英,这时见两个小辈插嘴教育自己,却丝毫不生气,反而乐呵呵看着他们,如同看着自己有出息的子侄辈。

至此一桩惊天之事,就此尘埃落定。

当众人回到丹丘城,挥手告别时,那百里英特地叫住唐求,郑重道:“唐小哥,有件事老夫必须纠正你。”

“啥事?”唐求眨巴着眼看着他。

“是百里大爷,不是百大爷。老夫复姓‘百里’,这一点你不可搞错了。”百里英郑重说道。

“好嘞!那——”唐求拉长音调挥手叫道,“百里老大爷,您老走好啊,回到京城里,一定记得替咱家苏大哥多说点好话啊!”

到此时,终于扳倒了阮天择,消除了晶海地区最大的隐患,苏渐等人的心思也暂时放松下来了。

此后七八日,正好是红晶族一年一度的重大节日“华灯节”。作为红晶族最可靠的盟友,苏渐等人都被红晶族盛情邀请,作为最重要的嘉宾来红溪村与民同乐。

面对他们的邀请,苏渐于公于私都不可能拒绝。

于是当红晶族长派红焰女来郑重奉上请帖时,苏渐交代了一应事宜后,换上华夏官方宽袍大袖的节庆礼服,便带着唐求和亚飒等人,随红焰女一起来到红溪村。

当他们刚赶到红溪村时，便被眼前热烈的景象给惊呆了！

此时日影西斜，已近黄昏，红溪村中的家家户户，都在门前的街道上摆出了桌案，放满了琳琅满目的食物。

家家户户的屋檐下、院篱上，都悬挂起红晶族特有的长圆形红灯笼。

当日落西山，华灯点起时，整个红溪村中星星点点，陷入一片灯的海洋。

红灯照耀下，大人们脸上洋溢着热烈的笑容，对每个过路之人，无论认不认识，都热情地邀请，请他们坐下来喝一口自酿的美酒，吃几筷女主人精心烹煮的佳肴。

如此之时，自然宾主俱欢，被邀吃菜的路人定然对菜肴赞不绝口，于是男女主人的脸上都笑开了花儿。

当然最快乐的还是那些孩子们。

他们灵活得像猴儿，快跑得似小狗，在纵横曲折的街道中追逐打闹，仿佛永远不知疲倦。

他们一会儿上这家桌上吃两口菜，一会儿又去那家篱笆墙下点几只花炮，然后捂着耳朵跑开，快乐得跟过年一样。

看到这样热闹的气氛，苏渐不明内情，还以为红晶族的华灯节本就该热闹成这样。但经过族长赤阳的说明后，他才明白，原来今日的华灯节，比往年的任何一次都要热闹。

红晶族人借这次机会，庆祝那个打压欺凌红晶族的狗官终于事败身死，可以想见先前和他暗中勾结的火妖族，气焰也会大不如以前。

听到这原因，苏渐也非常开心。他跟唐求和亚飒明言，今晚这华灯节，大家就好好乐一乐，算是这么多天来辛苦的酬功。

而到了今日，苏渐的屠龙往事，还有唐求、亚飒协助他深入龙境的旧事，也终于在红溪村中传播开来。于是他们三人每到一处，便爆发出惊人的欢呼。

这样的待遇，三人中倒要属唐求最为受用。每到一处，那些美丽的红晶族少女都向他暗送秋波，弄得胖少年受宠若惊，一路轻飘飘地行走，如同踩在棉花上。

当明月东升，星空粲然时，红晶族华灯节的重头戏——“放飞孔明灯”，终于到来。

以前朝贤相命名的飞天之灯，已经流传极广。

相比华夏汉族，作为少数族裔的红晶族，甚至对这位古代汉家贤相更加敬服，因为他最知名的功绩之一，便是在和蛮夷之族打交道时，并不依仗武力欺人，而能平等相待，以德服人。

而对红晶族而言，放飞孔明灯，不仅仅是一种节日的仪式，还附加了许多东西。

如同传言中龙族会面对流星许愿，红晶族在放飞孔明灯时，会对着冉冉升天的明灯许愿。

他们坚信，自己的愿望会附着在孔明灯上，随着它飞向穹顶的星海晶河，这样苍穹之上的神灵，就会听到他们的诚心祈求。

其实苏渐本以为，灵鹫学院毕业庆典上的灯海已极为壮观，但当他看到千百只孔明灯一齐放飞，升入天际时，还是被眼前这幅宏大壮丽的图景给惊呆了！

无数燃着灯火的纸灯，挨挨挤挤，高下交错，晃动着彤红的火光，悠悠地升上夜空。

夜晚的晴空，呈现出一种深邃的幽蓝。孔明灯烛影摇红，在天幕上翩飞飘摇，恍惚如蔚蓝大海中冉冉上升的粉红水母。

而在这个年代，看着千万只孔明灯似乎毫不借助外力，就自己升上了天穹，那情景还是非常让人震撼的。

于是，此时此际，无论红晶族人，还是苏渐、亚飒、唐求，全都肃然静立。

他们用一种虔诚的神色，仰望着明耀的纸灯悠悠地飞上天际，亲眼看着它们将整个深蓝色的夜空，装点成如梦如幻的灯之幻境。

伴随着慢悠悠上升的孔明灯海，许多人合手伫立，对着天灯虔诚地许愿。

小半晌后，那些许完愿的人们，开始呼朋唤友，四处走动。

这时候，那个身材妖娆的红焰女子，也悄悄地走过来，拉了拉苏渐的衣袖，邀请他到红焰晶海边更好的位置，观赏这难得一见的天之灯海。

对于红焰女的邀请，苏渐没有理由拒绝。

随着她来到红焰晶海边，苏渐发现在这毫无遮挡的大湖之畔，观赏孔明灯的效果果然更加出色。

尤其是，天上本已千灯如月，再与下方辽阔晶海中的倒影上下辉映，则那璀璨辉煌的灯海好像又扩大了一倍，上下映射之际，更显得宛如空明梦境。

在这种场合里，每个人的心灵，都变得更加纯净。

“红焰，”看着眼前美景，苏渐问道，“刚才看你闭目许愿，到底许的是什么愿啊？”

“嘻，”红焰女巘然一笑，“苏渐，本来女孩儿的华灯愿望，不适合跟男子说的。不过，你不要紧。”

美丽少女水汪汪的大眼睛，在万灯映照下，温柔得如同红焰晶海的水。

天光下，她毫不羞怯地看着少年，说道：“我许的愿，是今生今世，都能追随你……”

“这……”苏渐一愣，还没怎么反应过来，便道，“这个愿望呀，倒也不算难实现。以你的身手，加入玄武卫足够了。等我回头去查查，对你这样的情况有没有什么限制……”

“不，你理解错了，”红焰女羞红着脸道，“我说的追随你，就只是‘追随你’。我不要任何名分，是不是玄武卫也好，能不能成为你的妻妾也好，对我来说这些都不重要。”

“你要知道，我，只是想简简单单在你身边啊！”

“红焰……”不得不说，红焰女这一番表白，比世间任何一个辞藻华丽的海誓山盟，都要惊心动魄。

就是这样最简单、最朴实的表白，却让苏渐万分感动。

“红焰，”他很诚恳地看着女孩儿，“我苏渐，只是一个小人物。我不值得你对我许下这样的誓愿。”

“没有什么值得不值得。”红焰女很平静地说道，“千万年了，没有一个人,像你这样值得我说出这番话。”

“并且,你说你是‘小人物’,无论是与否,都不重要。”红焰女道,“苏渐,我想追随你,并不因为你有多大的权位,也并不是这些天你帮了我们红晶族多少忙。”

“我喜欢你,想追随你,只是觉得你这颗心,看似平凡,却极为高贵,极为真诚,值得我红焰用尽全部生命去贴近、去追随。”

“好!”听到此时,苏渐再无犹豫,就在这漫天灯火下,对红焰女认真说道,“红焰姑娘,只要你愿意,自可长伴我左右。我二人不涉私情,只是一起去览尽这世间的苦难和繁华。”

“苏渐,谢谢你……”听到少年终于接纳了自己,红焰女声音哽咽,一双明眸之中忍不住落下泪来。

“以后,你就叫我苏兄吧。”看着喜极而泣的女子,苏渐微笑说道,“虽然我的年纪比你小太多,但你的容貌却还更像是我的妹妹。”

“你叫我苏兄,我叫你红焰,这样也显得亲近。”

“苏兄,苏兄,”红焰女喃喃两声后,便有些羞怯地问道,“苏兄,总觉得这个称呼,不太亲近呢。我、我能不能叫你苏哥哥?”

“可以啊。”苏渐毫不犹豫道,“只要你高兴,叫什么都好。”

“太好了,苏哥哥! 苏哥哥! 苏哥哥!”红焰女激动得连叫了几声,于是苏渐也笑吟吟地看着她应了四五声。

此情此景前,捅破了这层窗户纸后,这二人相处不仅更加自在,还相互吐露心扉。

红焰女倒也罢了,只是倾诉了一番女孩儿家惯有的衷肠。

但苏渐却不一样,在如此唯美的星空下、晶海前,却忍不住诉说了自己那个奇怪的梦境。

这样的话题,上次已经跟她说过一回。但这一次,苏渐却把内心的那点惶惑,更加袒露无遗地展示在女子的面前。

当然,有些信息,比如苏渐怪梦中的少女,竟然是敌国的圣龙公主,这样惊世骇俗的东西苏渐还是小心地隐藏。但他把血色的怪梦,还有月歌公主诡异道歉中所提及的“可怕之事”,都跟红焰女说了。

只可惜，纵然以红焰女千万年的见识，也无法解答少年古怪如谜题的梦境。

看着少年陷入惶惑，有些不能自拔，红焰女的胸中忽然涌出一股冲动。

于是在这星空灯海之下，她向前一步，张开双臂，将少年紧紧地抱住……

女性独有的温柔胸怀，如一汪春水，熄灭了少年惶惑焦躁的心火。

所以这一次，一向克制守礼的少年，并没有立即推开女子。

他任由她紧紧搂抱。

他依偎着婉转的曲线，呼吸着芬芳的气息，感受着女孩儿家独有的温婉娇柔。

于是这颗劳碌已久的心啊，也似乎静悄悄地飞起，随着孔明灯火悠悠地上升，最后一起沉浸到灿烂无涯的灯海星河里……

红焰义妹的温柔乡，并没有消磨苏渐的警惕和斗志。

从红溪村的华灯节回来后，他去拜访了步凌空好几次。

每一次的会面，苏渐都在对步凌空提出警告，告诉他根据玄武卫侦察到的各路消息，以火妖王的脾性，很可能会孤注一掷。

对于他的警告，步凌空显然也听进去了。

他不仅召回所有在外巡察的青龙府兵，加强丹丘城的防守，更是特地派萧安带上几乎三分之一的青龙府兵，共计四百多人，前去火晶熔炉工场驻守。

见他如此安排，苏渐本该放下心来，但另一个新近传来的消息，却让他重新不安起来。

这个消息来自于协助侦察的红晶族人。

此时红晶族已经和苏渐全面合作，不仅派出族中勇士协防丹丘城和熔炉工场要地，还因为熟悉地理的缘故，承担了大部分深入炎风原侦察的任务。

这消息正来自于他们对炎风原的侦察。据他们报告，这些天里，他们持续能听到幻火宫秘境的废墟内部，传来奇怪的声音。

这声音，乍听起来好像是什么东西在相互撞击，但仔细听来，却发现更像是什么猛兽的低沉嘶吼。

只是怪就怪在这里。

确定是生灵发出的声音后，红晶勇士这些土生土长的晶海人，却听不出来是何种当地猛兽的吼叫声。

这个透着诡异气息的消息，立即引发了苏渐的不安。

他的直觉告诉自己，在那炎风原幻火宫的深处，正发生着某种超出自己理解范围的怪事。

只是正当他想要加派人手彻底查清真相时，这一天晚上，好不容易平静了半个多月的红焰晶海，发生了一件惊天动地的大事！

这一夜，许多丹丘城居民正要上床安歇，却猛然只觉得脚底下的土地传来一阵剧烈的震动！

他们受到惊吓，立即跑出家门。但出来之后仔细想一下，刚才那个震动法，应该不是地震。

正当他们稍稍安心，想回房休息时，他们中很多人偶然转脸，朝南方一看，便顿时惊得目瞪口呆！

应该是火晶熔炉工场的方向。此刻那里正燃起冲天的大火，照亮了半边的夜空。

不知是熔炉被破坏，还是高浓度的火晶之液被点燃，整个工场中到处在噼里啪啦地爆响，蹿起了无数的火花，就好像今夜提前到了大年夜一样。

因为离得远，丹丘城的人们还只能看到火光、听到爆裂声，但这时那些工场中的工匠和驻军，感受就完全不一样。

暗夜里，火妖战士如潮水般涌来，其数量比他们曾经看到过的任何一次都多。火光映照下，火妖们面目狰狞，狂呼乱叫，成了口鼻喷火的怪物凶猛扑来。

骑着血纹豹的火妖战将，来得也比任何一次都多，暗夜中无数血纹豹狂吼飞扑，那血红的兽眼烁烁荧荧，十分瘆人。

如果说只是火妖兵将，驻守工场的青龙府兵们还能挡上一挡，但接下来发生的事情，就让所有人惊恐震撼。

当火妖军苦攻不下时，他们的军阵忽然如潮水般向两边分开，然后便有七八个身形两三丈的巨人魔怪，“咚咚咚”地震地走来！

有些见识的，只看了这些怪物一眼，便惊得大叫起来：“恶魔族！”

原来，这些魔怪眼似铜铃，烁烁放光，如同燃烧着诡异的火焰，在暗夜中看去，颜色各异，有的赤红如烈火，有的绿莹莹如鬼火。

他们的头上，长着如剑角羚一样的长角，于是不少读书多的青龙将士一看，便认出这正是传说中的火眼剑角恶魔。

“怎么回事?!”想起这魔族的名字，刹那间人族将士的心就惊得好似要跳出胸膛！

“残存神州大陆的恶魔，当年不都被龙族封印镇压了吗？他们怎么会出现在这里，还帮火妖族攻击我们?!”

原来这时候，那些火眼剑角恶魔很明显受火妖战将的驱使，挥舞着燃火的巨斧，朝人族将士猛攻而来。

恶魔的燃火巨斧，有着惊人的热力，寻常的刀剑和它们一碰，霎时便被熔断。而这些恶魔巨怪，周身还环绕燃烧着冲天的火焰，冲入人群时如同一头火焰巨牛横冲直撞，真可谓所向披靡！

本来海量的火妖将士就让人族士兵难以抵御，这时再扑来威慑力惊人的恶魔战士，顿时便让人族的防线瞬间瓦解。

“兵败如山倒”，无论是青龙府兵、行营亲卫，还是那些帮忙上阵御敌的熔炉工匠，全都四散奔逃。火妖大军山呼海啸般冲入工场，四处放火，杀人抢夺。

到最后，整座火晶熔炉工场满目疮痍，更重要的是囤积在这里的巨量火灵晶石，全都被火妖族夺走。

洗劫一空后，这些火妖并不恋战，他们趁着夜色，呼啸远遁，迅速隐入苍茫的夜色中。

于是这一晚的火妖侵攻，来去如风，整个行动似涌潮而来，又如潮退而去，最终夺去了不少人族战士的生命，也卷走了大量的火灵晶石。

到这时候，明眼人已经看出，火妖族真正的目的，并不是要摧毁这座熔炉工场，而是要抢走这里囤积已久的巨量火晶石。

“他们要干什么？”

“怎么会有被封印的恶魔战士帮他们？”

“他们下次什么时候攻来？”

“丹丘城还安不安全？”

一夜之间，这些可怕的问题都在煎熬着华夏军民的身心。

当步凌空、苏渐等人闻讯赶到时，只看到满目疮痍的工场、呻吟不止的伤兵。

这样的场景已经触目惊心，但当在场之人跟他们禀报了刚才发生的一切时，步凌空和苏渐等人更加吃惊。

“步将军，事急矣！”苏渐焦急叫道，“请将军尽快加派人手，防卫熔炉工场！”

“我也想如此，可是，”步凌空摇了摇头，神色凝重道，“可是今晚我青龙府兵已死伤惨重，火妖势力大兴，我必须把所有军队都集中起来，保卫丹丘城。”

“这怎么行？”苏渐一听便急道，“我华夏在红焰晶海的整个意义，就在于这些火晶熔炉。如果这里得不到保护，就算能保全丹丘城，又有什么意义？”

“苏老弟，你说的，我都懂。”步凌空有些无奈地道，“不是我想不到这些，而是我部实力有限，目前情况下实在不宜分兵。否则首鼠两端，很可能工场和丹丘城，一个都保不住。”

“你看，”他指指眼前火光中的残破工场，“苏老弟，你看看工场这样子，虽然没有伤筋动骨，但要修复运作，还要一段时间。如果那火妖族为火晶而来，便暂时看不上这里。所以权衡之下，两害取其轻，现在还是保卫丹丘城要紧。”

“唉，”听他如此说，苏渐叹息一声道，“步兄，正似你先前所言，你说的这些，我也都懂。只是，即使现在工场不能立即运转，但万一火妖族卷土重来，彻底破坏这里怎么办？兵危战凶，我们不能把希望寄托在敌人的仁慈上。”

“若不如此，又能怎样？”步凌空看着他，“苏老弟如果真个忧心，那就让你玄武卫所的所有人，都来工场这里驻守吧。”

“那肯定没太大用——”苏渐还要再争，却见步凌空一甩袖，道了声“我还要去收拾残局”，便拂袖离去了。

见他如此，苏渐既是无奈，又是忧心。

这时，旁边亚飒忽然开口道：“苏兄，时局确实艰难，就咱在晶海地区眼前这点力量，确实难以为继。不过，我们何不换个思路？”

“什么思路？”苏渐霍然转身，看着他问道。

“既然青龙军无暇他顾，咱玄武卫又力有不逮，那何不去各路搬救兵？”亚飒道。

“对啊！”苏渐顿时眼前一亮，一拍脑袋道，“糊涂了！我怎么没想到？搬救兵，这个主意好！”

暗夜中，少年的眸子熠熠放光：“我们不仅要搬救兵，还不能坐以待毙，等聚集起足够的兵力，我们还要主动出击！”

“不过，能去哪儿找救兵呢？”他立即开始掰着手指头数起来，“红晶族必须动员起来。红焰，没问题吧？”

“没问题！”红焰女爽朗答道。

“要对付天生的火灵战士火妖族，特别是那几个无端出现的恶魔战士，必须要术士来对付。亚飒，”苏渐看着灰发少年，“我这里分身乏术，有劳你去朱雀军团走一趟。别人且不说，至少你找一下雪穹，让她帮帮忙，看看能不能叫来一些朱雀军团的术士。”

“好！包在我身上！”亚飒拍着胸脯答应。

“还有青龙府兵，也要争取试试。”苏渐自言自语道。

“青龙府兵？”唐求脱口叫道，“大哥，刚才你不是看到了，那步都尉说，他们腾不出手来。”

“嗯，他是这么说。”苏渐忽然压低了声音，跟眼前这几个伙伴低声说道，“可是，我并不完全相信。”

“哦。”一听此言，亚飒立即若有所悟道，“苏兄不相信的，恐怕还是步凌空这个人吧。”

“亚飒知我。”苏渐赞许地看了他一眼，道，“步凌空此人，颇有古怪。”

“他看似方正，又不乏圆滑。自我来晶海这么久，回头想想，许多真正为国为民之事，他几乎从不帮忙。少数几次他来，也只是职责所在，实在推脱不过去，才勉强捧场。这样的人，如何不让我多疑？”

“更何况——”他看向红焰女，“自我与红焰姑娘倾心相交，得知了许多步凌空先前追求她之事，这些事，看起来好像挺正常，‘君子好逑’嘛。但仔细想想，我却觉得，他的用意，却和那个上门逼亲的阮天择没什么两样，只是为了得到红晶族这一助力罢了。”

“啊？”听到此处，唐求奇怪地问道，“那为什么你还说，要再试试青龙府兵？”

“青龙府兵将领，又不只有他一个。”苏渐冷静说道，“经我观察，青龙军也并非铁板一块。那步凌空虽然威望甚重，但就因为刚才我说的那些事情，他已经引起了不少将士的不满。比如，那个萧安，未必不可争取。”

“原来你说的是他啊。”亚飒点点头，“我也觉得此人，有可能帮我们。”

“不能只是‘有可能’，”苏渐沉声道，“兵危战凶，这种事情，我必须要板上钉钉，做得十成十。唐求——”

他看向胖少年，认真道：“你去利用玄武卫的渠道资源，帮我暗中查查，这个萧安有什么背景，是什么来历。尤其要查查他有没有什么弟弟曾在军中任职。”

“是！”唐求大声领命，然后又有些好奇地问道，“大哥，你怎么突然想查这个？”

“因为他的名字。”苏渐道，“‘萧安’，这个名字，让我想起了一位故人。”

“只可惜我之前几番试探，却发现这位萧团校尉性情内敛，不愿与我多言。现在情况紧急，也只能用我们玄武卫的办法，来将他起起底。”

“原来如此！那你就放心吧！”唐求拍着胸脯保证道，“这事全包在我身上！我唐胖子保证把他祖宗八代都翻出来，甚至他去过几次青楼，都一次不落地查出来！”

“好！”苏渐也不多言，沉声道，“情况紧急，你们明早起来后，便各自分头做这些事吧。”

“那苏兄你呢?”亚飒有些好奇地问道。

“他当然是居中坐镇了!”唐求道。

“居中坐镇倒不急,”苏渐却是神秘地一笑,“还有一处强援,你们都忘了,我必须亲自去跑一趟。”

“哪里?”无论唐求、亚飒还是红焰女,都很好奇,同声问道。

见他们相问,苏渐却一时没有回答。

火光映照下,他只是转过头,将目光投向更遥远的南方。

众人顺着他的目光看去,正见到南方晶海水光映天,夜色中云浮山脉巍巍耸峙,晶海之南的苍茫夜色里,那南方大山正如巨兽蹲踞,静默无言。

“云山国!”伙伴们脱口叫道。

风起于青萍之末,浪成于微澜之间。

苏渐和伙伴们的这一番对话,并不起眼,但却如同在晶海中投入一颗石子,其荡起的涟漪不断向外扩散,终将掀起巨大的风波。

红焰女回到红溪村中,率先掀起了一股小小的风暴。

“什么? 要我们出兵,去主动攻击火妖?”村祠堂前,听完红焰女的话,长老赤光立即叫起来。

“对!”红焰女答道,“不过不只是我们,我们要等苏大人召集了足够的人马,再向火妖族老巢发起总攻!”

“好啊好啊!”以小乙六为首的红晶族年轻人们,纷纷兴奋地叫起来,“终于可以打到火妖老巢去了! 看他们以后还怎么来欺负咱们!”

“唉,你们想得太简单了!”赤光涨红了脸,摇头叫道,“火妖族的实力我们都知道,况且刚才红焰还说了,他们竟有恶魔战士助阵! 再加上他们还刚刚抢了大量的火晶石,实力正是如日中天,我们去很可能只是送死!”

“所谓‘打虎不成反被虎伤’,”赤光语重心长地说道,“要是这次小苏大人的谋划,不能彻底打垮火妖族,那我们红晶族定是首当其冲,会遭到火妖更凶残的报复!”

“这……”听得赤光长老这么一说,不少刚才还很兴奋的年轻人,就像当头被浇下一瓢冷水，炽热的心霎时就冷却了不少。

“长老，不是的——”红焰女见此情形，正急着要辩解，这时候一直没作声的族长赤阳，却摆了摆手，示意她不用说话。

然后他面向众人，洪声说道：“赤光长老刚才之言，似是有理。对，万一事情不成，可能会惹来火妖凶残的报复。可是我想问一句，难道现在火妖恶贼占我祖产、劫我资财、杀我妇孺，种种所作所为，就不凶残吗？”

第五十五章

勇上云山

一听此言，众皆默然。这时就连最不懂事的红晶族孩童脸上，都浮现出悲愤的表情。

“赤光长老又说了，他们有恶魔战士助阵，还抢了大量的火晶石，实力正强。对！”赤阳族长铿锵说道，“我知道这时候和他们打，不明智。可是，大家想过没，现在已有恶魔战士助阵，将来呢？会不会有更多？若是火妖背后的势力持续支持，我相信，他们的实力只会越来越强！”

“所以这个道理很简单！”赤阳目光灼灼地说道，“大家要弄清楚，这次不是苏大人求我们帮忙，而是我们红晶族全体老少，应该感谢苏大人，感谢他给了咱们这个天大的机会！”

“我们每个红晶族人，要把事情想成，这次是苏大人为铲除我们的宿敌火妖族，给我们在东奔西走，筹备那么多助力强援！

“如果不是他给咱们这个机会，我们红晶族不仅永无安宁之日，看眼前的形势，此消彼长，那火妖贼不用多少日子，就能将我红晶族灭族！

“生死存亡，在此一战！所以你们说，面对苏大人的请求，我们应该怎么办？”

赤阳族长问出最后这问题，村祠堂前广场上聚集的人群，忽变得鸦雀无声。

片刻后，平静的村广场上，猛然爆发出一阵高呼声：

“杀火妖！杀火妖！杀火妖！”

这三个以前根本不敢公然喊出的字，这时候被众人从红溪村祠堂前吼出，如潮水一样一直传到村中的大街小巷，此时此刻，红晶族中几乎人人都在振臂高呼！

很快，就在红焰晶海波光的映照下，二三十个矫健无比的红晶少年，骑上村中最快的健马，带着族长情辞恳切的亲笔书信，开始向各个红晶族村落飞驰。

用不了多久，散落在红焰晶海各处的红晶族人们，就将拿出最精良的武器，派出最勇敢的战士，像溪流入海那样，一群群向苏渐竖起的大旗下会合！

就在红晶族战意涌动之时，这一晚，丹丘城里，苏渐正提了一壶美酒，亲自到青龙军驻地邀请萧安出来喝酒。

对他的到来，这位统领三百多精锐的青龙府兵老牌团校尉，感到有些惊奇。

毕竟，虽说玄武卫也和他们并列华夏四灵军，但对于萧安这些正牌主力军而言，玄武卫这些人一向是不太放在眼里的。

他们青龙军崇尚的是战场上的大开大合，便对玄武卫那些看起来“偷鸡摸狗”的行为，有些看不上眼。

所以对萧安来说，即使苏渐近来种种事迹颇为不俗，但是还没有打消他心中天然的隔阂。

只是，正当他想找个借口，推拒少年的邀请时，却没想到苏渐说的第一句话竟是：

“萧校尉，今夜来，我想给另外一个人，敬一杯酒。”

“谁？”萧安漫不经心地问道。

“萧宁。”苏渐轻轻说道。

“啊？”少年这声轻微的话语，却如同一声惊雷，霎时震响萧安的心田！

正是这一句话，苏渐便成功地把这位言语不多、性情内敛的萧校尉请了出来，一起到丹丘城中一家私密的酒馆密谈。

其实对苏渐来说，当他第一次听到唐求告诉他调查的结果时，其震惊的程度丝毫不亚于刚才萧安的反应。

根据唐求的调查，当初苏渐在寂灭林中亲眼看着战死的萧宁，竟然是萧安的亲弟弟！

唐求这个调查结果，不仅再次勾起了苏渐对那次血腥经历的深刻回忆，还让他对即将做的事情，燃起了更多的希望。

所以，在这个不起眼的小酒馆里，他便在酒馆院子里的凤凰树下，跟萧安谈起了萧宁。

一提到他这个身死的弟弟，萧安就打开了他那平时紧闭的话匣。

“唉，我这个弟弟，自幼就显得不凡。”萧安眼泛泪光地回忆，“打小儿他就懂事，我们兄弟二人出去跟人玩，如果跟别人起了冲突了，倒是他先跟对方用言辞化解，实在不行也是他冲在最前面，保护我这个做哥哥的。”

“唉，现在想来，倒好像他是哥哥，我才是弟弟。

“不仅是我，我爹娘和族人，也对我早慧的弟弟充满期许。

“小宁他也没辜负我们的期望，不仅文采出众，武力更是超群。

“本来我们所有人都希望他去参加科考，可他坚持去考了武举，还成了那一科的榜眼。

“后来的事情，苏老弟就知道了，小宁他小小年纪就成了青龙军的校尉。

“要知道咱青龙军可是华夏精锐，普通人能加入就不错了，可我弟弟二十出头的年纪，不仅加入了，还很快升成了校尉。

“而我那时候，还只不过是个普通的大头兵。

“如果换了别人，大几岁的哥哥军衔还远在弟弟之下，很可能心生妒忌，可我完全没有。

“我才能不如弟弟，军衔不如弟弟，我一点也不生气。因为小宁他从小就是我们家族的骄傲，我一向都以他为豪。

“可是、可是……后来……他死了……呜呜呜……”

铁血的军汉，说到这里，却忍不住泪水奔流，伏案号啕痛哭起来！

见他忽然痛哭，酒馆中的掌柜和伙计，都朝这边看来。不过苏渐摆了摆手，示意他们不必管。

等待了一阵，萧安稍稍收住哭声，便听他接着哽咽地说：“可叹我这个做哥哥的，不仅帮不上弟弟任何忙，反因为他的死，被朝廷施恩，赏我顶替了他的军职……"

说到这个，萧安悲声又浓，虽然哽咽声不大，但伤感之情却更加浓烈。

"萧大哥，你不必如此悲伤愧疚。"听了这么一会儿的苏渐，终于道，"其实你相信吗？我对萧宁大哥的不幸，比你还难过。"

"嗯？真的？"萧安收住悲声，用手背擦擦眼泪，怔怔地看着苏渐。

"是的，"苏渐伤感地说道，"可以说，当初萧宁大哥不以我身份卑微，对我多加照顾，还在寂灭林中救了我的命。所以别看我和您弟弟相处时日很短，但感情极深。"

"萧大哥，今日小弟不怕告诉你，我苏渐此生的目标并不多，其中一个，就是矢志要追查杀害萧宁萧大哥的那个黑袍凶手！"

"好！"听到这里，萧安大叫一声，那双大手紧紧握住苏渐的手，使劲地摇了摇。

"那，有什么我能帮得上你的吗？"萧安主动真诚地问道。

"有。"苏渐肯定地说道，"眼下就有件事，想请萧大哥帮忙。"

"什么事？"萧安问道。

"是这样……"苏渐凑上前，跟萧安低低耳语了一番。

"这！"听完苏渐之言，萧安倒吸了一口冷气。

"怎么，萧大哥怕了？"苏渐目光灼灼地看着他。

"不是怕，"萧安道，"大哥只是觉得这样做，不合规矩……"

"规矩？"苏渐冷笑一声道，"如果不是有人不合规矩，我等今天也就不会变成'不合规矩'。所以，不合规矩的人，不是你我！"

"萧大哥，这么说吧，如果您还有疑虑，那我告诉你，如果这次事情，和粉碎龙族阴谋有关，你干不干？"

"龙族？！"萧安一声惊呼。

"对！"苏渐斩钉截铁道，"不怕告诉你，对于晶海地区内种种怪异事情，我作为玄武卫观察使，留心已久，结果你猜怎么样？"

"怎么样？"萧安好奇地问道。

"结果被我发现，那个死鬼总管阮天择，很可能还不是最大的祸源。

真正的祸害源头，可能是龙族！”

“这！”萧安乍听之下，十分惊异，但很快脱口叫道，“你是说，那些恶魔？”

“对，”苏渐点点头，“不过这个证据，只是其中之一。萧大哥——”苏渐的语气变得极为诚恳，“当初您弟弟遇害，罪魁祸首说到底还是龙族。现在有一个能为你弟弟报仇的机会，一个重光他作为青龙军人荣誉的机会，你到底干还是不干？”

“我……”

夜色里，凤凰树下，面对少年殷切的目光，萧安本来有些混浊昏花的眼神，渐渐地变亮了……

在青龙军中争取到这支重要力量后，苏渐马不停蹄，又轻骑简从地孤身前往晶海南岸的云浮城。

云浮城隶属云山国。因为云山国境内山特别多，因此又号称“山丘之国”。云山国北部的绵延山脉云浮山，正是它与华夏国的北方交壤处。

在人族退守西域形成的八大古国中，要属云山国和华夏国关系最好。否则，他们也不会为顾全大局，把他们理论上占一半领土面积的红焰晶海，全盘交给华夏国进行火晶提炼。

当然，能够如此友好，有很多种原因。

一方面，当今云山国的国主杨毅，源自中原故土的弘农郡华阴杨氏。

在人龙大战前，华阴杨氏一脉，本来就是前朝的皇室贵族，改朝换代后也一直受华夏皇室的优待。

所以这样的友好关系，也直接延续到人龙大战后。

另一方面，云山国和华夏国一样，直接与龙境接壤。和华夏国对面主要是兽龙国、天雪国对面主要是冰龙国类似，云山国对面的，则主要是岩龙之国。

虽有横断山脉的风暴之墙阻隔，但总归是强敌压境。这种情况下，云山国纵使不念旧情，也不得不权衡利弊，与人族中最强大的王国华夏国联手。

要知道，风暴之墙可不是铁板一块，如果失去了华夏国的援手，别说风暴之墙云山国段本身的维持了，就连那些从缝隙处不停冲进来骚扰的岩龙武士，他们也应接不暇啊。

正因为有这个大背景在，苏渐对此次去云浮城搬救兵，还是很有信心的。

而这一回搬救兵，对苏渐来说，还是头一回踏上这华夏南方的山丘国度。

云浮城建在云浮山脉的主峰云浮山顶上。

到了云浮山脚下，苏渐仰脸一看，便发现山路陡峭，再也没办法骑马上去。于是他将自己这匹白马放在附近的树林中吃草，然后孤身一人走上蜿蜒曲折的山路。

云浮山的山路，由无数的石阶组成。它们顺山开凿，沿着悬崖峭壁延展，盘旋向上，直至没入云中。

云浮山路也极险，很多地方的路都好像是凭空挂在陡峭的山体上的。

当苏渐爬到半山腰时，偶然扭头一看，便看见身侧不知何时已是云雾涌动，曾在山下仰望的天云，这时候很多已经都在脚下了。

这时他便想起，来之前听红焰女说起，这云浮城还有个别名，叫作“云中城”。本来还没怎么理解其含义，现在一看，还真叫十足地应景。

等他爬上了万仞高峰，第一眼看见云浮城时，更是大吃一惊！到此刻他才深刻地理解到，云山国号称“山丘之国”，绝非浪得虚名。

很难想象，在如此陡峭高耸的山丘之巅，云山国人还能垒建起眼前这样高大雄壮的巨石之城。

和华夏国的建筑风格不太相同，云浮城的城楼和城中的高楼，全都呈尖顶之形，看来是为了更好地排走雨水。毕竟这里已在高天，时不时就会来场大雨。

而更奇特的是，几乎所有云浮城的建筑尖顶，都雕刻着一座白石神像。就在苏渐观望之时，恰好云开雾散，一束灿烂的阳光自天际射来，正照在那些高高耸立的神像上。

一瞬间，苏渐有个错觉，只觉得那些神像一下子通体泛光，活了过来，或威武、凶猛，或怜悯、慈祥，千姿百态，一个个居高临下地看着他。

到这时苏渐忽然有点明白,为什么那些神殿、庙宇、道观,都喜欢建在高山上。因为这一刻的云浮城,不就正好像众神国度忽然复活、降临人世?

此情此景前,连苏渐这样不信命、能逆天的热血少年,心中也充满了敬畏和景仰。

看完颇有异域风情的城景,苏渐也就上前跟守门的云山国武士言明来意,让他们跟城主通传一声。

才几句话一说,苏渐就发现,这些云山国士兵的风格,却也跟山石一样。

他们不仅长得粗壮,神色坚毅,连说话的风格也跟石头那样,一板一眼,绝不走样。

毕竟是华夏国来的玄武卫晶海观察使,苏渐跟守门兵丁说完来意没多久,就见城门洞里的街道上有一位骑士疾驰而来!

这骑士还没跑到城门前,便大叫道:"华夏的苏大人在哪里?我家太守大人有请!"

听他这么喊,已经走进城门里的苏渐,连忙朝他摇手示意。

没想到,这位脸型方正的云山骑士看了他一眼,竟然毫无反应,而是继续驱马向前,直冲出了城门。

"咦?人呢?"在城门外绕了一圈,也没看见什么异国人,这位骑士就有些奇怪了。

"裴都尉!"见得如此,那守门兵丁一脸苦笑,朝城门洞里的苏渐指了指道,"苏大人在那里呢,您刚才跑过了。"

"啊?"这位裴骑士一愣,忙圈着马儿往回跑。

等重新奔到苏渐面前,裴都尉在马上上下打量了他几下,还是有些不敢相信地叫道:"你,年纪这么小,真的是那个传说中的'孤胆屠龙'苏英雄?"

"哈!"听得云山国的将校也这么说,苏渐不由得哈哈一笑,上前抱拳一礼道,"什么孤胆屠龙?都是虚名。怎么,难道裴将军不信我的身份?喏,这是我的身份印信。"

说着话，他就把早就准备好的玄武卫身份印信，递给裴都尉看。

见他如此做派，裴都尉心里早信了大半。

虽然还满怀惊疑，他却不敢怠慢，连忙跳下马来，双手恭恭敬敬地接过了苏渐的印信。

接过印信后，裴都尉只是粗粗一看，便立即倒头便拜："苏英雄在上，请受小将一拜！"

"啊？裴将军您这是做什么？"突如其来的大礼，让苏渐吃了一惊。他立即上前将裴都尉搀起，诚声说道：

"裴将军，其实小弟也称不得英雄，只是世事艰难，情势所迫，为求自保，才不得不拼死反击，杀死了一些龙兵。"

"倒是裴将军您，看样子也三十多了，实在称不得'小将'啊。"

"怎么称不得？"裴都尉立即叫道，"虽说我裴俊顶着'云骑都尉'勋职，但从军十来年，却连一个龙兵都没能杀过，实在惭愧啊！所以在您面前，自称'小将'，实在再适合不过了！"

"千万别这么说！"苏渐诚恳说道，"近十几年，边境相对承平，裴都尉没沾过龙族之血，也属正常。再说了，云骑都尉虽是从五品之职，但以大人您这年纪，得此军职殊为难得，千万不可自谦了。"

"唉，在您面前，还提什么年纪啊。"裴俊有些意兴阑珊地说道。不过这时他转念一想，想起自己此时代表的可是云山国，即使见到了仰慕已久的偶像英雄，也不可谦逊太过。

于是他立即一挺胸膛，也颇自豪地说道："其实我对龙族虽无寸功，但火妖贼的猛将，本都尉也是杀得几个的！"

"火妖？！"苏渐眼睛顿时亮了，"裴将军，小弟此番来，正为了火妖之事！"

"哎呀！"听他这么一说，裴俊猛地一拍脑门道，"光顾着见苏英雄激动了，差点忘了正事。来人！"

一声喝令，顿时就有兵丁奔走过来问道："将军有何吩咐？"

"快牵一匹上等好马来，让苏英雄骑了！"裴俊叫道，"我家太守大人，正在城守府中恭候苏英雄！"

待马牵来，苏渐十分潇洒地飞身上马。虽然此刻他并没有刻意做什么，但在灵鹫学院三年淬就的一身不俗功力，也在这简简单单的上马动作中体现出来。

于是在裴俊等人眼中，他的动作真叫翩若惊鸿、婉若游龙，看得他们眼睛一亮，齐齐高喝一声彩。

此后裴俊便引领着苏渐，沿着城中的石板街道，穿过各种高大精美的石拱门。他们在街两旁围观百姓的注目中，朝城中央最高大的那座石堡行去。

“裴将军，”并辔而行中，苏渐忽然问道，“你们这云浮城，建在如此高峰上，到底为什么？毕竟交通不便啊。”

“还不是龙族逼的！”裴俊既愤慨又郁闷地道，“咱云山国对面就是岩龙国。您也知道，岩龙战士身具土灵之力，最擅长的还是地上的战斗，基本没啥飞行能力。”

“所以咱把城池建在高山上，对只会地面进攻的岩龙军队来说，易守难攻。我们在山道每隔一段，就修有暗堡，他们想要仰攻上云浮山城，每一步都要付出血的代价！”

“原来如此。”苏渐若有所悟道，“这倒有几分道理。只是小弟觉得，世上没有真正永不陷落的城池，只有始终保持进取之心，争取将龙族这个祸根给铲除，才是长远之计。”

“果然不愧是苏英雄！”裴俊闻言，肃然起敬道，“还是您想得深远。只不过，没有真正永不陷落的城池，这句话我倒不太赞同。”

“毕竟，那北方天雪国的王都天雪城，经过二百年的经营，已是固若金汤，乃当世公认的‘不落王都’。”

“这样啊……”苏渐听了，不置可否。

不过作为灵鹫学院的毕业生，苏渐却是在暗地里摇了摇头，心想道：“古圣贤有言，‘都城之固，不在墙垣之高，不在山川之险，而在人心’。这话听起来迂腐，但细想想，还真有道理。”

一路说着话，他们不久就到了太守府中。听到他到来，那云浮城太守云家烈，亲自带了幕僚们迎出府门来。

和之前裴俊一样，这位云山国的太守也对苏渐的年纪毫无心理准备。

刚迎出来时，他的目光也是十分自然地越过了苏渐，朝他身后更远处张望。还是裴俊看到大人也犯了自己之前的错误，赶忙跳下马来，跟他说旁边这马上，就是华夏国来的玄武卫观察使苏大人。

“原来你就是苏大人！”云家烈看着苏渐年轻的模样，显然吃了一惊，但很快便热情招呼道，“果然年少出英雄，苏大人快请进快请进！”

很快，在云太守的热情招呼下，苏渐便跟随众人进到城守府中，在议事厅里分宾主落座。

“云大人，”一落座，苏渐便开门见山道，“小弟此来，实为想向云浮城借兵助战。”

“哦？”云太守乍听之下，有些吃惊，忙问道，“是不是有龙族攻来？”

还没等苏渐回答，他便反应过来，自嘲道：“肯定不是龙族。如是他们入侵，贵国早就正式传檄诸国，共同抗敌了。苏大人，是否晶海当地有什么匪寇作乱？”

“大人英明！”苏渐赞道，“在下此来，确实为炎风原火妖作乱。”

“火妖？”云太守闻言，皱了皱眉道，“炎风原火妖，本官也有耳闻。如果只是他们，何须劳动我云浮城大军出动？”

“大人又说对了！”苏渐笑道，“若只是火妖作乱，不用说云浮城大军不须出动，在下又何须奔波百里来求援？实在是火妖王气焰熏天，不仅集结重兵攻击火晶工场，掠夺火晶无数，行动当中竟还驱动了十多名恶魔助战，气焰十分嚣张。”

“什么？？恶魔？！”包括云太守在内，议事厅中所有列席的云浮城官员，全都大吃一惊！

“苏大人，你们是不是搞错了？”裴俊叫起来，“神州的魔族早就被龙族镇压了啊，怎么还可能出现？”

“我也希望搞错了，”苏渐苦笑一声道，“可那晚出事时，我也在场，目睹了恶魔在火妖战将驱使下猛攻而来。而且，这些魔族还是那种性情凶猛的‘火眼剑角恶魔’！”

“啊？这就奇了，”云太守道，“就算魔族破印而出，怎么可能心甘情愿被火妖驱使？”

“奇就奇在这里，”苏渐神色凝重地说道，“而这正是我来向贵国求援的原因。”

“怎么说？”所有人屏息凝神地看着他。

“我认为，”苏渐一字一句地郑重说道，“这背后，有龙族势力在捣鬼。”

此言一出，满座皆惊。

“苏大人，您这是在危言耸听吧？”这时，一个叫顾宏才的太守幕僚语带不屑地说道，“朗朗乾坤，我们人国境内，怎会有龙族势力？苏大人未免杞人忧天了。”

听得他此言，云太守等人虽然没开口附和，但也都微微点头。

“绝非危言耸听。顾参军是吧？”

作为玄武卫，苏渐来之前，早就摸透云浮城主要文武官员的底细；这时他叫出顾宏才的官职，侃侃说道：

“顾参军你想想，如果不是龙族，区区火妖何从解开恶魔封印？如果不是龙族传了秘术操控，这些桀骜不驯的魔族，又怎会甘为火妖所驱？你们都不要忘了，龙族在我人国境内，还有‘隐龙客’的存在！”

“隐龙客！”一听这名字，众人立时倒吸一口冷气。虽说这是龙族一个极隐秘的组织，但作为云浮城的高级文武官员，他们对“隐龙客”还是有所耳闻的。

“如果是隐龙客，那倒也说得通。”只听顾宏才道，“他们都是善于幻化伪装的龙族，多为巫龙、幻龙之族，最喜潜入我人族境内破坏勾连。但小小的火妖族，隐龙客根本不放在眼里吧？”

“虽然我不知道他们会不会把火妖放在眼里，但万事不虑胜先虑败，我们总要从最严重处去想。况且，”苏渐义正词严道，“哪怕只有万分之一的可能，只要牵扯上了龙族，我们就不可等闲视之。毕竟，总有一天我们还要消灭龙族，打回老家去！”

“啧啧，苏大人，难道因为你是华夏大地方来的，口气就这么大吗？”顾宏才阴阳怪气地道，“消灭龙族，你倒说得轻巧。那龙族兵将何等强大？还消灭龙族呢，咱不被他们消灭就算谢天谢地了！”

“顾参军，”这时苏渐也听出味儿来了，立即脸色一沉，盯着他说道，“我不管你赞不赞成借兵，但你这句话，我绝不爱听！什么叫‘消灭龙族、说得轻巧’？难道我们被恶龙侵攻、故土难回，不应该时刻想着打回去光复神州吗？”

“打回去？我也想啊！啧啧，”顾宏才一脸不屑道，“还不是说得轻巧？龙兵何等强大？遑论龙将、龙法师了。你满口大言，倒好像你打过龙族似的。”

“对不起，我还真打过龙族。”苏渐看着他，“我不仅打过龙族，还杀过不止一个！”

“什么?!”偌大的议事厅里，这时候只有裴俊脸上神色没什么变化，其他人却都一脸不敢相信的样子。

“咳咳，苏大人，”这时云太守清咳一声，语气透着不高兴地道，“你急切要搬救兵的心情，本官可以理解。我也敬重你小小年纪，就担此重任，跋山涉水来我云浮城求援。但不管怎么说，我云山国人，性情鲁钝，说一不二，你这样大言诓人，本官甚为不喜。”

“是啊是啊，哪能这样胡言呢?”议事厅中其他众人，听了太守之言也都交头接耳，纷纷附和。

见得如此，本就不赞同出兵的顾宏才，更是得意扬扬。

这时候，也只有知道些内情的裴俊，看着上司和同僚们这样轻视苏渐，一脸的焦急。

只是还没等他开口说出真相，却见苏渐已是霍然站起，环顾厅中众人，凛然说道：“太守阁下，诸位大人，难道你们以为我苏渐是虚言诓人吗?”

“哈哈，难道不是吗?”顾宏才轻佻大笑，一脸不屑地看着他。

“好，那让我来告诉你。”苏渐回瞪他道，“残月峡中，我孤身杀死兽龙咆哮者；兽龙国境里，我苏渐一进一出，杀了个来回，连伤都没怎么负！也曾在兽龙悍将迪傲思面前对谈，纵然他有杀我之心，却还是被我轻松逃脱；甚至归途中，遇到一个极其邪恶的冰龙女魔头，她法力强大，用心歹毒，却还是……”

侃侃而谈到沧雪时，这位天才龙女巫师雪发蓝眸的美丽模样，不由又浮现在苏渐的眼前。本来觉得自己早该将她忘掉，但此刻偶然提及时，苏渐却觉得自己的心弦没来由地一动。

只是片刻的愣怔，便让那位一直用心倾听的云骑都尉急切起来。

“却还是怎么了？”裴俊急急问道。

“当然是奋勇不屈，拼死抗争了！”苏渐回过神来，理直气壮道，“所以最后她终于被我的大义感化，含泪将我客客气气地送走。”

“呼，太了不起了！”裴俊一脸敬服地看着他，赞叹道。

“什么了不起？”顾宏才不屑道，“裴都尉，要不怎么说你们武人都是粗人呢？笑话！杀死龙兵，还是兽龙咆哮者，当我们是三岁小儿吗？从龙境中杀个来回，就更荒唐了！”

说到此时，顾宏才一脸愤怒，拿手一指苏渐，厉声高叫道：“苏渐，你今日来我云浮城，是专门准备来哄我们的吗？”

“不！他没有骗我们。”

“啥？怎么可能——”正要反驳，顾宏才忽然觉得有些不对。

他扭脸一看，却发现刚才说话之人，竟是自家的云大人。

“太守大人，怎么您……”顾宏才一脸迷惑地看着他。

“本来还没想起来，”只听云家烈郑重道，“经苏大人一提醒，本官才想起来，先前华夏朝廷是有行文来我处，宣扬苏大人屠龙事迹的。”

“啊？”这时候轮到苏渐惊讶了，“怎么我这一点事情，还劳得我朝行文到贵城？”

“什么叫这点事情！”这时候轮到云家烈愤怒了，他几乎吼道，“杀死龙族咆哮者，还为了救女同窗在龙境中杀了个来回，这叫‘一点事情’？”

听得太守这样一说，顾宏才顿时脸色苍白。

这时裴都尉却是一脸欣喜，毕竟他原来只是耳闻，不敢确信，但现在得到太守大人的确认，便觉得自己终于可以放心地崇拜苏渐了。

这时只听苏渐笑道：“还幸得太守得我国行文，否则这位顾先生不信，我还后悔没把当初圣上颁给我的‘红绶银龙银星徽’给带来呢。”

“红绶银龙银星徽！”众人再次脸现惊奇。

他们虽说都是云山国官员，但此际华夏朝影响极大，华夏国的徽章制度可谓天下闻名。所以现在听到苏渐竟然得了极难得的三等荣誉徽章，他们中便再没人有丝毫疑虑。

要知道，云山国中有位权柄颇重的将军，才得了华夏国友情赠予的四等徽章“绿绶黄铜龙星徽”。据说光是这个，就让那位将军高兴了好多天，每逢重要宴席就拿出来炫耀呢。

只是这时，那顾宏才见众人看向苏渐的眼神，都转为佩服和热切，便赶忙起身，对云太守急切说道：

“大人，即使苏观察少年英雄，但他所求之事，还请三思。毕竟劳师远征，于我云山国又无直接收益，万一轻举妄动，出了什么不测之事，后果不堪设想！”

“这……”听得他恳切之言，本来已经意动的云家烈，又陷入了沉吟。

见得如此，苏渐不动声色，根本没有直接反驳顾宏才的话，却只是平静说道：

“顾参军似是言之有理，但诸位云山高才恐怕不知，在下急切来搬救兵，并非我华夏晶海驻军对付不了眼下的火妖，只是因为火妖受隐龙客支持，已有解禁恶魔的能力。”

“那又如何？”顾宏才道，“听你口气，眼下也不过十来个之数，算不得大患。”

“是，这些个火眼剑角恶魔不算什么，”苏渐缓缓道，“只是大家别忘了，那炎风原幻火宫的深处，还镇压着一头很特别的恶魔。”

“是啥？”顾宏才还没反应过来。

“烈日炎魔王！”

“啊？！”苏渐此言一出，云山国众人不仅脸色忽然变得煞白，还立时想通了很多事。

于是刚才还有些迟疑的太守云家烈，霍然起身，抽出佩剑，手起剑落，就将面前的桌案一角砍断。

“出兵火妖，我意已决。再有阻挠者，有如此桌！”

至此，事遂定。

那些云浮城的官员没有再多啰唆，因为他们看到自家太守如此坚决，那此事便再无改移了。

而苏渐也没有再多说什么，因为他深知这些云山国人的性情，就像坚硬的石头一样，说固执也好，说刻板也好，一旦决定了要做什么事情，便会彻底执行，哪怕之后撞到南墙，踢到铁板，也绝无改移。

所以，他并没有再多啰唆什么，只是跟他们简单地约定了助战事宜，便安心地离开了云浮城。

当苏渐一路风尘仆仆赶回丹丘城，还没进城时，却发现红焰女已经等在城门口。

还没等他问话，那红焰女已跑过来，神秘兮兮地跟他说道："苏哥哥，我们红晶族最好的猎手，已经打听到重要的情报了。"

"太好了。是什么？"苏渐急切问道。

"苏哥哥，这里耳目众多，我们还是换个地方再说吧。"红焰女一脸慎重地说道。

"也好。我们先进城？"苏渐道。

"进城耳目更杂。"红焰女一指城南那条霞波粼粼的大河，带着些撒娇地昵声说道，"苏哥哥，我们去流霞川那里说话好不好？"

"也行。"看着红焰女这样子，苏渐总觉得今日这女孩儿，言行有些古怪。

当然这时他也不知道有什么事，便让红焰女坐上马来，两人共乘一骑，飞驰到那条源自红焰晶海的流霞之河畔。

让他没想到的是，刚在流霞川畔下了马，红焰女二话不说，便甩开身上那片薄薄的红纱披风，曼妙的身形纵身一跃，便跳入了流霞川中。

"啊？你这是干什么？"苏渐目瞪口呆地看着川流中的女子。

"苏哥哥，你也下来啊，"红焰女站在粼粼的波光中，冲他摇手喊道，"刚才我们不是说，在流霞川里说话吗？"

"原来是这意思！"苏渐有些哭笑不得，冲她叫道，"你就这么说吧，反正附近也没什么人。"

"不行！"没想到红焰女执拗道，"我要说的情报，十分机密，总要做到万无一失的。”

“好吧。”见她坚持，苏渐也很无奈，便甩脱外衣，跳入了流霞川中。

虽然此时已是初秋，但因为红焰晶海的缘故，此地整体都偏炎热，所以当苏渐跳入水中时，心中也庆幸这河水温暖如春，倒不怕被冻着。

但很快，当他转脸面向红焰女时，就发现了另一个让他脸热心跳的问题！

第五十六章

隐龙真容

原来，这红焰女站立河中，似乎对苏渐毫无防备，因此不断舒展身形，撩动发丝，将她那惊人的曲线展露无遗！

而她身上的轻纱淋了水，真叫“淋漓尽致”，让她身上本来就稀少的衣物宛若无物。这时候别说她的曲线轮廓了，就连娇躯的某些细节也几乎都袒露无遗了。

见得如此，虽说苏渐洒脱不羁，但这时候也觉得自己的目光无处安放了。

于是他只得尴尬地咳嗽一声，目光转向别处，然后脚下悄悄后退，想离红焰女远一些。

可是当他还没退出几步，那热情无比的红焰女便凫水过来，凑到他的近前，吐气如兰地轻声说道：

“苏哥哥，跟你说呀，我的族人探听到，那火妖王正在组织人手，解印幻火宫更多的恶魔。并且种种迹象表明，那火妖王，已经开始试图解印‘烈日炎魔王’了！”

“啊?!”听得此言，苏渐顾不得后退，立即站住脚跟，面色凝重道，“红焰，此话当真?”

“绝对可靠。”红焰女这时的神色也变得十分认真，“为了得到这个消息，我红晶族中好手，已经折损了数人，他们反复地探察过，应该确认无疑。”

“这!”苏渐忍不住一阵心悸,脱口叫道,“不能再拖了! 我等与火妖族决战,就在近日了!”

说出这般话来,他便眉头紧锁,陷入了沉思之中。这时任是红焰女浴水身姿春色无边,他也完全视而不见了。

正当他这般紧张思索之时,却忽然听到身后岸上传来一声熟悉的呼唤:“苏渐,你在这里呀。”

“是啊,我在这里。”苏渐本能地应了一声,但他的动作忽然僵住了。

“雪穹?”他猛地一转身,朝岸上一看,便见有位清丽少女冷然俏立,眉眼如画,宛如雪山寒梅,不是洛雪穹还是谁?

“雪穹,你什么时候来的?”苏渐热切地问道。

“我……”还没等洛雪穹回答,少年身后那妖娆女子,却忽然游近了少年的身侧。

此刻红焰女如同示威一样,朝岸上少女道:“这位小妹妹,你是谁? 我和苏哥哥在这里已经说了好一阵话了。”

“啊?!”听到她这一声喊,苏渐才猛然醒悟过来。

他扭脸一看,纱衣宛若无物的红焰女,正故意凑到自己近前,现在他二人就这样并肩立在霞川之中,场面十分香艳旖旎。

本来,他从没觉得自己和洛雪穹有什么私情。但这会儿,他不知道怎么回事,竟感到好生尴尬。

他已经可以想象,以洛雪穹冰冷飒爽的性子,看到自己这副狼狈浪荡的模样,该有多么生气。

“雪穹,不是像你想的那样……”用这么一个烂俗无比的句子开头,苏渐试图要跟她好好解释。

谁知道,本该勃然大怒的少女,这时候却竟然冲着水中二人嫣然一笑。

“苏渐,你不需要解释。”冰雪少女含笑说道,“我俩相处那么久,还不知道原来你喜欢游泳呢。早知道的话,我们在学院时,就该去那雨宿湖中同游啊。”

“呃?!”如果说,此时就算是火妖王驱动一大群恶魔出现在自己面前,苏渐都没有现在这样惊讶。

听到洛雪穹这句话，他当场愣在水中，怎么也想不明白，以洛雪穹的性子，这时为何会对自己有着如沐春风般的宽容与温柔。

“苏渐，”洛雪穹的玉靥绽开柔美的笑容，从腰间解下一物，手一扬，竟有些俏皮地说道，“这些天，闲来无事，我便给你绣了一只香囊，你上不上来看看？”

“上来上来！”到得此时，苏渐还有什么话可说？

他立即冲上岸来，甩甩水，又去旁边坐骑行囊里取了一条毛巾，将头脸手掌都擦干了，这才接过洛雪穹递过来的香囊，开始翻来覆去地观看。

“哎呀！”目睹这样的情景，还在水中的红焰女心中一惊，想道，“本来先得到消息，苏渐‘为爱闯龙境’的那位女同窗，已经到来。本想用这种法子惹她生气，没想到她竟然如此大度从容！”

于是，一心倾慕少年的红焰女，顿时觉得自己遇到了平生罕见的劲敌！

这时候，洛雪穹正带着些羞怯地跟少年介绍：“苏渐，这是雪穹平生所制的第一只香囊，可能有些简陋，你不要见怪。”

“怎么会呢？”苏渐翻看着这只鲜蓝色的香囊，看到上面用嫩黄色的丝线绣着两只蝙蝠，正围绕着一只玉色的花瓶飞舞。

虽然洛雪穹比较谦逊，但苏渐看得出来，这位灵山圣门的教主之女，绣工并不差。无论是蝙蝠还是花瓶，都惟妙惟肖，十分生动。

不仅如此，这香囊中所放的香料，应该也不俗，翻动间一阵清幽冷香悠悠飘来，倒正符合洛雪穹的性情。

于是苏渐发自内心地赞叹：“雪穹，这香囊很香，绣得也很好啊。这花纹的寓意，是‘平安有福’吧？”

“嗯，”洛雪穹有些赧然地答道，“我从朱雀军驻地附近的庙观里，求得一道平安符，便放在了这香囊里。”

“雪穹，谢谢你的心意。”苏渐躬身一礼，向少女真诚地道谢。

“举手之劳，不用客气。”

洛雪穹的回答，看似不以为意，但她心中此刻却在呐喊道：“苏渐，其实你不知道，我在这香囊中，还放入了一缕自己的青丝呢。”

想到这里，她更是娇羞万分，两腮上无法自抑地升起两朵红云，让本来清若冰雪的脸庞，变得如同春风里的桃花一样。

羞怯之时，她却也有些惆怅。

她在心中想道：“唉，不知他何时才能发现这份心意呢。他以后注定前程远大，身边围绕的美貌女子，也会越来越多吧。更何况，他还有那个什么‘梦中女神’呢……”

一念及此，洛雪穹便有些黯然神伤。

“对了雪穹，”这时苏渐将香囊收起，一脸期待地问道，“这次你们朱雀军团，来了多少人相助？”

“就我一个。”洛雪穹有些遗憾地道，“朱雀军规矩极严，如无正规军令，术士团无法随便调动。所以，亚飒也是尽力了，但终究只能由我告了个假，独自过来了。”

“也好。”苏渐道。

虽然心中失望，但他没有将这种情绪流露出来，而是依旧欣然说道：

“雪穹，你的本事我知道。有你一个人来，已经很好，都抵得上一队术士了。这回你得好好出出力了，正好也让我看看，你在朱雀军团这么久，法术又进步了多少。”

“愿为苏大人效力！”洛雪穹一本正经地大声答应，还朝少年拱手一礼——但很快，她“扑哧”一声忍不住笑了出来……

此后他们三人便一齐返回丹丘城，这一路之上，苏渐也向二女互相介绍了对方。

稍微熟悉了一些后，红焰女想起刚才自导自演的那一幕，也忍不住有些不好意思起来。

当然，她也毫不后悔。

作为红晶族的焰灵，她敢爱敢恨，已经在心中许下庄重的誓言，下定决心要尽一切努力，让少年始终不要轻忽自己。

归途之中，还发生了一件让苏渐意想不到之事。

就快到丹丘城门口时，苏渐还没怎么在意，倒是洛雪穹忽然“咦”的一声，脱口道：

“苏渐，你看，那不是你那个小外宅吗？”

“啥？”苏渐还没反应过来。

“喏，”洛雪穹手一指，“就是你那个幽小眉小妹妹咯。”

“啊？她来了？在哪儿呢？”苏渐惊诧一声，顺着洛雪穹的手指观看，很快便在城门口的人群中发现了小少女的身影。

“咦，还真是。她怎么会来这里？”苏渐有些疑惑，立即大叫道，“小眉，小眉！”

“嗯？”听到有人叫她，幽小眉东张西望，很快就瞧见了骑在白马上的少年。

“小苏哥哥！”她立即如风般跑过来。

站到了高头大马下，她仰着脸儿脆生生地问道，“哥哥，你怎么来这丹丘城了？”

“我还想问你呢！”苏渐跳下马来，站在她面前道，“我来丹丘城公干，是这里的观察使哦。你怎么来这里了？难道是想哥哥了？”

“才不是呢！”幽小眉一口否认。

不过她想了想又道：“想也是想的啦，只是上次你跟我说要去南边什么地方，我睡了一觉，不小心忘记啦。原来你就在丹丘城啊？那晚上有没有空？”

“干吗？”苏渐一脸警惕地看着她。

“当然是刺杀你了！”幽小眉激动道，“你看，这城里好多凤凰树，高高矮矮的，正好可以锻炼小眉的藏身功力。哥哥哥哥，你就帮帮我嘛！”

“什么？你敢刺杀苏哥哥？”不知内情的红焰女一听就不干了，立即飞身挡在了两人之间。

“不妨不妨，”苏渐拉开她道，“她是我义妹，我跟她闹着玩呢。”

“什么？闹着玩？！”幽小眉一听，顿时如小母鸡般炸了毛！

“不是不是，你听错了！”苏渐连忙否定，然后一本正经道，“是这样，小眉，哥哥也很想帮你，但是很不巧，这几天真的很忙——啊，对了，你还没告诉我，你怎么来丹丘城了？”

“我……”幽小眉手指抵腮，小身子摇啊摇的，正要说，这时冷不防从城门口那边跑来个粗豪汉子。

这汉子一身江湖人打扮，腰间还悬挂着一柄大环刀。他刚才看见幽小眉跑过来，只顾跟苏渐说话，便有些不高兴地道：

“幽女侠，我们大伙儿排着队，快轮到我们进城了，你还在这里聊什么天啊？要知道陌生人都是很危险的，最喜欢骗你这样的小女侠了。”

“你是何人？”听着这话味儿有点不对，苏渐立即看着他，颇为威严地问道。

很显然这汉子是个老江湖，虽然此刻苏渐已经身着便装，但他一看少年的神态，便立即知道苏渐虽然年纪不大，却可能很有来头。

于是他那张冻结的脸立即融化，赔着笑说道：“这位公子，小的名叫胡超，江湖人称‘快刀手’，正是‘黑水侠客团’的头领。”

“黑水侠客团？”苏渐惊讶道，“难道你们来自北方黑水河？”

“倒也不是，”胡超有些尴尬地道，“其实我们早年经常在一些城中臭水沟旁讨生活，为了纪念那段难忘的岁月，在问过街边测字先生后，就取了这个名字。”

“好……好名字。那你这个侠客团，寻常做什么？”苏渐出奇耐心地细细询问这偶然碰到的江湖人士。

“公子，顾名思义，咱们侠客团，主要就是行侠仗义了。”胡超颇有些骄傲地说道。

“嗯？”没想到苏渐听他这么一说，却是眉毛一扬，一双锐利的眼睛只管盯着他。

“呃……其实、其实……”被苏渐一瞪，胡超扭扭捏捏道，“其实平时还帮官府追个逃犯、帮老大娘找个狗什么的……”

“懂了。”苏渐点一点头，又抬头往城门那边看看，便见到显然是胡超“侠客团”成员的一帮人，正朝这边指指点点，不知道在说什么。

苏渐略数了数，这帮持刀带剑的江湖客，人数还不少，几乎有三四十人。

也不知想到什么，苏渐看着胡超，认真问道：“你们来丹丘城，想干什么？”

“也不瞒公子，是想来这里找点活儿啊。”胡超有些脸红地说道，“不知道怎么，今年咱华夏国中，到处国泰民安，真是活见鬼了！所以今年生意实在难做。”

“这不，听说南边这丹丘城好像最近挺乱，兄弟们便凑了点路费过来了，看看这里能不能碰上点乱子，咱侠客团也好开开张。”

“对啊对啊！”这时幽小眉插话道，“我在京华闲着也没事，这位胡大叔就带我到处行侠仗义，打个人、追个狗什么的，给了小眉好多锻炼机会，真是好人呢！”

“哦？”苏渐一愣，忙问道，“那他们给你分钱了没？”

“钱？什么钱？”幽小眉有些发愣道，“难道是说我请他们吃饭的那些钱吗？”

“什么？！哼！”苏渐一听，立即冷哼一声，锋利如刀的眼神立即看向胡超。

被他这一瞪，自知理亏的胡快刀，立时低下头去，不敢与少年的目光对视。

过了好一会儿，胡超才听得面前少年忽然慢条斯理说道：“胡大侠啊，其实你们的消息听对了，这丹丘城，最近还真有大乱子。”

“啥？”胡超立即抬起头，乐得几乎笑出声，“真的？这么好？太好了太好了！我们终于要开张了！公子，不知道是什么乱子啊？”

“嗯，告诉你也无妨，”苏渐看着满眼期待的胡超，微笑道，“其实本官正是玄武卫晶海观察使，最近正要集合众家之力，总攻炎风原火妖老巢；届时定有一场大战，正想请各路英雄助阵。怎么样，胡头领，我给你这个机会，一起来吧？”

“这……”刚才欢欣鼓舞的胡超，忽然间语塞，说不出话来。

“胡头领，让你们参加，肯定不会亏待你们。”苏渐循循善诱，“那火妖族多行不义，经常劫掠过往富商，老巢中肯定有不少金银财宝。到时候，本观察做主，分你们一份，总不叫你们吃亏。”

“大人！”胡超哭丧着脸道，“小的读书少，您就别骗我了！那火妖族，小的不是没听说过，最是凶残，不仅武器精良、邪术惊人，还真的吃人哇！您要我带兄弟参加，分明是叫我们跳火坑啊！”

“怎么是火坑呢？”苏渐神色一肃，有些不悦道，“这场大战，自有青龙军、云山国军、玄武卫、红晶族做主力，你们只需从旁协助即可。”

“再说了，你们都是华夏子民，还称侠客，现在国家有难，要你们出一分力，做点力所能及之事，又怎么算跳火坑？”

“大人！”胡超再次哭丧着脸道，“咱哪算侠客？不过是往自个儿脸上贴金罢了。您老大人大量，就放过我们吧，咱兄弟只想混口饭吃，哪管得了什么国家大事啊！”

“好吧，”苏渐脸色一变，猛然喝道，“胡超！你们黑水侠客团，好大的胆！你们在华夏境内做生意，却从不交税，还胡言诓骗无知少女，让她做免费童工！”

说到此处，他一指满脸茫然的幽小眉叫道：“今日人证物证俱在，你还有何话说？今日本观察使便要奉行国法，将你们这些偷税不法之人，全都拿下！”

“等等！大人，”胡超忽然正义凛然地叫道，“大人您刚才那番话，说得太好了！就像什么……”

“哦对对，就像和尚庙里的当头一棒啊！忽然就把我胡超打醒了！小人这时打内心里觉得，有国才有家，那火妖贼人胆敢造反，我黑水侠客团跟他们不共戴天！”

“哈哈，胡英雄深明大义，好啊好啊！”苏渐道，“既然如此，你就赶紧拢上你们的人，半个时辰后到城中玄武卫所报到。要是那时候没见到你们……幽小眉！”

他转过脸朝小少女一本正经道：“反正最近哥哥没空陪你；如果这些大叔说话不算数，你就把他们当刺杀目标吧！”

“好啊好啊！”幽小眉马上欢呼雀跃，将手中吓死人的九幽夺魂镰，望空挥了挥。

对她的本事，胡超早有深刻的认识，一听她这么说，立即吓得面色如土，连连说道：“我们肯定去、提前去！”

危难之际，平白捡来了一大帮助力，苏渐也十分高兴。

此后他带着幽小眉一起往回赶，心情大好之时，他悄悄跟少女说道："小眉，有件事哥哥要跟你谈一下。"

"谈什么？"幽小眉一边走一边看着他。

"我是说，你跟着侠客团做那些事，其实都有钱拿的。"苏渐神秘兮兮地说道。

"那又怎么了？小眉不缺钱啊。"幽小眉不以为意道。

"哥缺啊！"苏渐急道，"下次你还要做这样的事情，不如我来帮你介绍，到时候收入分两成给我，怎么样？"

"啊？"幽小眉立即停下脚步，眸光烁烁地看着少年。

"怎么，两成多了？"苏渐忙道，"一成也行啊。"

"不是，哥哥，两成挺好的了。"幽小眉真诚说道，"小眉惊讶的是，哥哥最会哄人，按哥哥以前的做派，肯定来哄我，然后把钱全拿走，这次居然只要两成，小眉真的好感动哇！"

"呃？这……呵，呵呵！"苏渐这时感受到旁边二女射来的目光，不免尴尬地笑道，"童言无忌、童言无忌啊……"

经过苏渐等人一番奔走，这拔除火妖毒瘤之事，已"万事俱备，只欠东风"了。

虽然这事情由苏渐发动，但摆到台面上来，却还是以青龙军萧安、云山军裴俊为首。

这两支正规军加在一起，还不到千人，连红晶族聚起的勇士一半还不到，但他们的气势，却绝非其他势力可比。

当大军动时，旌旗遍野，一个个重装甲士轰轰向前，便如同巨石滚过荒野，声势极为惊人。

这样的行动，自然是瞒不住人的。那步凌空听说萧安将他的部属拉出去，也急急派人前去质询阻拦，但却被萧安以带兵出去狩猎训练为由，给挡了。

虽说军令如山，但如果军中一个实权派人物，铁了心要有些动作，还得到了下属的拥戴，那是什么人、什么命令也挡不住的。

大军压境，很快炎风原幻火宫一带，就成了血火纷飞的战场。

对于火妖族的残暴，无论青龙军还是云山军，都已经恨之入骨。即使没有苏渐的大力鼓吹，他们也早就想将火妖军除之而后快。毕竟对于晶海一带的驻军来说，他们早就饱受火妖骚扰之苦了。

如此硬仗之时，即使火妖军有地利之便，也不得不由火妖王亲自带着主力，上前迎战。

当双方战到一处时，真叫风云变色，喊杀震天，直惊得荒原上的飞禽走兽四散奔逃。

双方主力作战时，红晶族勇士们从旁协助，负责填补防线漏洞，阻击试图突围的火妖军。

幽小眉所在的那个“黑水侠客团”，虽然这时候做不了主力，但随时捣个乱，还是得心应手的。

“白刃霜飞，红血星流”，当鏖战过半，火妖军在人族联合大军的猛攻下，已露败象。

虽然火妖军再次出动火眼剑角恶魔，但萧安、裴俊不甘示弱，拿出压箱底的重弩，在付出破损大半的重大代价下，终于将这些猛冲过来的凶猛恶魔给一一杀死了。

见得如此，本来挥舞一柄烈焰长锤奋勇鏖战的火妖王，转脸跟身边的红甲将军喊了几句什么，便掉转胯下血纹豹，往阵后的幻火宫奔去。

大战之中人荒马乱，很少有人能注意到这个变化。

但这些人，并不包括苏渐。作为协助力量，他一直游走在核心战阵边缘，时刻都在关注火妖王的动向。毕竟，他从红焰女那儿听说了火妖王的情报后，一直都在担心火妖王会狗急跳墙。

一见火妖王遁去，苏渐立即向并肩作战的亚飒、唐求、洛雪穹叫道：“快看！那火妖王跑了，咱先不着急杀敌，赶紧跟过去看看吧！”

“好嘞！”亚飒几人自不会反对，立即且战且退，然后瞅了个空子，跟苏渐一起借着地形的掩护，跟在那火妖王的后面往幻火宫中追去。

火妖王直到这时，还没察觉到自己已被苏渐盯上了。

他心急火燎地驱动着血纹豹，穿过各种拱门和通道，一直来到了幻火宫的深处。

此刻火妖军已经倾巢出动，这大本营中兵力空虚，所以当苏渐几人远远地跟在火妖王身后时，一路上并没有遇到什么真正的阻挡。

只是，当追到幻火宫的深处，他们发现眼前的道路开始变得曲折复杂起来。

苏渐等人毕竟只是第一次来到此处，哪及得火妖王轻车熟路？

结果火妖王在几个路口左一闪、右一挪之后，竟很快从苏渐等人的视线中消失了。

见此情形，苏渐等人赶忙加快速度上前寻找，却发现道路繁杂，一时半会儿很难发现火妖王去了哪儿。

再说火妖王。他驱动着血纹豹，一路开启了几个机关，便来到一处巨大的洞口前。

即使在幻火宫中，这样的巨洞也颇为罕见。它几乎有两人多高，黑黝黝的，从洞中不停地涌来寒凉的风息，“呜呜呜”的风声犹如鬼哭。

“真是可惜！”看着这巨洞，火妖王懊恼道，“运气真不好，若是那些狗贼晚半个月攻来，本王这地道就能穿过横断山，和龙境相连了。到时候，龙族大军潮水般涌来，这些人族猝不及防，还不立即变成一片血海！”

这一番话，如果被苏渐等人听到，定会惊得手脚发凉！他们怎么也想不到，就在幻火宫的深处，火妖族竟然一直都在奋力挖掘地道，妄图穿过风暴之墙的地底，和龙境打通！

按照现在双方的力量对比，一旦这样的地道打通，还真的会像火妖王说的那样，人族王国立成汪洋血海！

火妖王感慨了两句，也不停留，立即人豹合一，闪电般蹿入地道中。

深入地道两三里后，火妖王拐入了一条支路。

这条支路连接着一座巨大的地宫，到了这里火妖王终于下了坐骑，走进了地宫。

这座隐藏于幻火宫地底的地宫，气势极为恢宏。虽然到这里应该非常昏暗，但整个宫殿中却充斥着无数红色的光线，景象十分神奇。

但最重要的是，这地宫中永远回荡着低沉的咆哮，这咆哮的来源，便是大殿最深处的神台上，那个竟有两丈多高的巨人魔王！

这魔王的面相无比凶悍，即使双目紧闭，也透露出炽烈无比的金红色光焰。他的头顶生着一对长巨的弯角，通体泛着暗红的光焰，两角相对的中央悬浮着一团火球，正在头顶上方。

这火球，如同一枚缩小了的太阳，上下浮动，散发出火一样的光芒。

魔王的双臂更是离奇，每只手臂都呈烈焰锯齿刀的形状，仿佛这头恶魔生来便是为了杀戮生灵。

所幸的是，这样的狂暴巨魔，此刻却被七八道冰环锁链牢牢缠绕，周身还贴满了无数金光灿灿的光之符箓，显然已被封印，正陷入深深的睡眠中。

而所有这些冰环锁链和光之符箓，都与大殿中央一座紫光烁烁的法阵相连；对巨魔的封印力量，明显都来自于这座紫光法阵。

不用说，这地宫中沉睡的可怖魔物，正是曾经肆虐红焰晶海的“烈日炎魔王”。

无论沉睡恶魔的光焰给大殿中带来多少光明，这里还是有很多光线照不到的暗影。火妖王一来到这里，既没去折腾法阵，也没去察看炎魔王，而是径直走到一处阴影前。

来到这里，他对着阴影躬身行了个礼，然后十分急切地说道：“大人，情况紧急，还望您提前告知小人解印炎魔王之法，否则那些人族大军攻进来，一切就都完了！”

“急什么？”一个浑身裹在黑袍里的身形，从阴影中浮现，“火妖王，亏你也是一方霸主，这就被吓坏了？”

“不是，大人，”火妖王急急道，“今日那些人族贼子来势汹汹，虽然小的们还在拼死抵挡，我担心万一挡不住，冲进这里来，我火妖族元气大伤不说，就怕坏了大人您的好事。”

“这样啊……也有道理。这样吧，”黑袍神秘人招了招手，“你过来，我先把解封印之法教给你。”

“太好了！”火妖王立即大喜过望！

他忽然觉得，就算今天火妖族几被灭族，只要他得了解印操控炎魔王之法，那也完全值得。

“也别高兴得太早。”神秘人见他兴奋激动，泼他冷水道，“烈日炎魔王这样旷古绝今的恶魔，其封印法阵哪是这么简单的？这解印和操控之法，十分复杂，你快给我用心听了！”

“是是！”火妖王兴奋地点点头，于是接下来这两人，就开始探讨起解印炎魔王之法来。

只是，还没过一会儿，他二人只听得门口通道中一阵骚乱，紧接着便是几声惨叫传来！

“怎么了?!”

还没等他二人反应过来，这地宫门口半掩的大门便被轰然撞开！

“谁?!”火妖王、神秘人一惊，齐齐转脸，正看见地宫门口，已冲进四人来。

不用说，这四人正是苏渐、雪穹、亚飒和唐求。杀掉门口几个守卫后，他们立即冲进地宫面面相觑。

看到他们，火妖王和神秘人自是一惊。但此时更吃惊的，却要属苏渐几人！

那洛雪穹还好，其余三人，一看见那裹在黑袍黑帽里的神秘客，全都脸色一变，简直跟见到鬼一样。

“步凌空！”苏渐又惊又怒，脱口大叫道，“怎么会是你?!”

“怎么不会是我？”到这时，这位“青龙折冲都尉”掀开了自己的罩帽，朝苏渐几人呲牙一笑道，“我龙族傲视万灵，变幻万端，所以我这些年化身人族华夏都尉，又有什么奇怪的？”

“你你……你是隐龙客！”这时候唐求也反应过来，惊恐大叫道。

“不简单啊，小小年纪，连这都知道。”步凌空朝唐求阴恻恻一笑。

本来步凌空脸型方正，看着就正义凛然，但这时候在唐求的眼中，却变得如同毒蛇一样！惊恐之下，胖少年连连后退好几步。

“原来，一切都是你捣的鬼。”这时苏渐已经冷静下来，便朝步凌空怒目而视，冷冷说道。

“什么叫我捣的鬼？”步凌空语带嘲讽道，“要论捣鬼的本事，你苏渐若认第二,谁敢认第一?”

“我终于明白了!”苏渐没接他的茬儿,而是豁然开朗道,“一直奇怪,为什么你几次三番都不愿意配合我的行动,现在总算明白原因了。”

“还有,步凌空,不管是当下火妖族的恶魔,还是当日红晶族长体内的魔猼,都是你干的好事吧?”

“好聪明的小子。”步凌空鼓了鼓掌,“可叹那死鬼阮天择还不知道,他那回是替我背了黑锅。”

“本来我便引诱红焰女,和她的好事十拿九稳,这样的话,除掉那固执的族长老儿,便是我最佳选择。

“只要他一死,整个红晶族还不都是我这个女婿的?可惜啊可惜,没想到半路竟杀出你这个花花公子!”

说到这里,步凌空也十分愤怒,涨红脸怒吼道:“也不知你这混蛋用了什么迷魂药,灌了什么迷魂汤,让那红焰女神魂颠倒。可叹我苦扮情圣那么久,却还是输给你这个浪荡子!”

“啊?”听到这里,洛雪穹却是惊讶地看向少年,竟有些感动地说道,“苏渐,你和那红晶女子走得近,本来我还有些怪你。却没想到原来你苦心孤诣,不惜牺牲色相,都是为了破坏龙族奸细的阴谋啊!”

“呃,也没这么伟大……”苏渐一脸尴尬,想要解释点什么,却觉得完全不是时候。

于是他立即朝步凌空怒喝道:“好你个隐龙客,竟然混在我青龙府兵中这么久,还当上了折冲都尉。兄弟们,上啊!”

一声怒喝,亚飒等人立即各捏法诀,展开攻击。那步凌空和火妖王也不甘示弱,各出绝技,就在地宫大殿中战到一处。

这会儿,苏渐一方乃是真心攻击,但对方无论是火妖王还是步凌空,暗地里却都各怀鬼胎,心中并不安定。

对火妖王来说,现在外面打得如火如荼,刚才就有落败之象,如果自己离开太久,不在那边坐镇,后果不堪设想。

当然如果这会儿,能在地宫中专心解印烈日炎魔王,倒也划算;但他看看苏渐等人势若猛虎的模样,立即就放弃了这个想法。

火妖王无心恋战，步凌空也怀着同样的心思。

对他来说，解印炎魔王的法门，刚才已跟火妖王传授得差不多了。作为资深的隐龙客，他把自己定位为一个智者，做事讲效率、讲智谋。就看眼下，如果自己在这儿跟苏渐这样的“小角色”陷入缠斗，一不划算，二也有失身份。

所以，没打几个回合，他便一招“幻灵咆哮”，召唤出三个威猛无比的幻灵神将，在虚空中咆哮着朝苏渐几人扑去——他正是要借这样的幻系绝招，逼退苏渐几人。

虚空浮现的幻系灵象，体色苍白，身形巨大，气势磅礴。因为是龙族召唤的缘故，这些幻象不仅形似龙将，背后还生有白色雾霾一样的翅膀；一待现身虚空中，它们便狰狞了面目，朝苏渐几人凶猛扑来！

本来苏渐他们觉得，这样的虚灵幻象，可能不会有太多实质的战力，但当幻象神将手凝青色风刃，四处横扫，将地宫中不少石桌石台绞得粉碎时，他们便放弃了幻想，开始施展全力与幻灵战斗。

而这时候，火妖王见步凌空施展出这样招数，立即心领神会，几个纵跃，便跑到一边那紫光法阵前。

很快，他手中挥舞起几团异色火焰，大吼道：“本王跟你们拼了！我要唤醒这烈日炎魔王，将你们通通烧死！”

这时候苏渐几人哪知道他的虚实？一听他说要唤醒炎魔王，苏渐几人下意识地瞥向大殿深处的神台，一看到那巨大魔物可怖的身形，便顿时冷汗直流。

于是他们立即分兵，由唐求一马当先，启动“撞山野猪”星流术，施展“撞山冲”的星流技，整个人都化身一头巨大的光影獠牙野猪，四蹄震地地朝火妖王和紫光法阵迅猛冲去！

谁知道，当唐求气势汹汹奔到近前，那火妖王朝他挥出手中火团后，却立即绕法阵而走，借着对地形的熟悉，几个纵跃，便无影无踪。

有了火妖王的配合，步凌空那边的压力也骤减。他借着唐求的离去和幻灵的掩护，立即展动身形，如一缕青烟，便要遁入来时的阴影之中。

只是他这样就想走，谈何容易？在刚才围攻中，其实苏渐故意未出全力，一直都在观察步凌空的动态，随时准备致命一击。

当步凌空见计谋得手，想要遁去时，却没想到，这也是他自己心神相对放松的时候。

于是苏渐一声冷笑，将手中古剑奋力一掷，一道血色的流光如赤虹贯日，瞬间划破地宫昏暗的空间，朝步凌空的后背心直扑而去！

第五十七章

巨擘秘影

“啊——”步凌空的惨叫，应声而至。唐求等人惊诧回头，却见苏渐的血歌剑瞬时没入步凌空的后背，竟是透胸而过，又朝前飞了一阵，才“当啷”一声落地。

“打中了！”唐求刚刚兴奋叫了一声，却见那步凌空后背爆出一团血雾，很快弥漫了他站立的那个空间，又很快消逝。随血雾一起消逝的，却还有步凌空。

“可惜！”苏渐见状，一击掌叹道，“没刺准龙心位置，还是让他逃脱了。”

“不要紧，他跑不太远，”洛雪穹看着那团血雾消散的位置，冷冷说道，“看他的样子，一定身受重伤。现在整座幻火宫都被大军围困，他想要活着逃脱，绝不容易。”

“那我们赶紧出去，”苏渐叫道，“萧校尉那些青龙将士还不知道步凌空的真面目。如果让他抢先跑出宫外，十有八九会被放跑了！”

“有道理！”亚飒等人应和一声，立即同苏渐一起冲出殿门，顺着原路往幻火宫外奔去。

一路往外跑的过程中，洛雪穹忍不住问道：“苏渐，刚才听你说，这个隐龙客，竟是华夏青龙军中的折冲都尉？”

“是啊！”苏渐懊恼道，“本来还以为，青龙军人才济济，这步凌空确实有真材实料，没想到他暗地里竟然是隐龙客，这真是太可怕了！”

“是啊，苏兄，”亚飒忧虑地道，“此事若细想，真个可怕。贵国青龙军乃是人族第一军，用人之苛，世所罕见，却没想到还是让龙族混入其中，还一步步高升到折冲都尉！”

“就是啊，”苏渐惶恐道，“我原本听说，隐龙客乃是龙之帝国的撒菩勒伯亲王亲手创立，最是狡诈难测。对此消息，本来我还有些不信，但今日一看步凌空这样，我倒信了。”

“苏兄此言怎讲？”亚飒问道。

“你们想，”苏渐道，“如果不是这位当世最可怕的巫龙之王创立，隐龙客又怎会这么厉害？不行，等此间事了，我要立即禀报轩辕大统领，我玄武卫也要开始审查四灵军中身居要职之人了！”

“对啊，很有必要啊。不过大哥，”这时唐求看着鬼影幢幢的幻火宫废墟，催促道，“我们能快点走吗？这儿好吓人，赶紧出去吧。也不知那火妖王，有没有派大军来追杀我们呢！”

“对！”苏渐赞同道，“他们还有吐火鹫空兵呢，若是这些火妖兵一大群追过来，还真是麻烦呢……咦？”

说到这里，苏渐偶然一转脸，却看见唐求的胸襟发出些红光，便十分惊奇。

“唐求，”他立即叫道，“你怀中藏的那是什么？”

“没、没什么……”一向口齿伶俐的唐求，这时候却忽然支支吾吾。

“我分明看到了！”苏渐停下脚步道，“胖子，咱兄弟有什么话不好说？可千万别藏着掖着。”

听他如此说，唐求竟忽然流下泪来。

“大哥，我对不起你！”唐求从怀中掏出一枚红光熠熠的晶玉，含泪说道，“其实早前乡下传来消息，说我娘病重，虽然可以看好，但需要一大笔诊金。我手头紧，刚才混战之中，便顺手拿了这块宝玉，想着回去好卖俩钱，替娘出了诊金。”

“啊？”苏渐吃惊道，“你娘重病，怎么不早说？”

“我哪好意思啊，”唐求道，“这晶海不断出事儿，我哪敢用自己的私事烦大哥？”

“你真是糊涂啊！”苏渐怪他道，“咱们兄弟，有什么话不好明说？何必弄到要隐匿战利品不报？”

“这样，”他想了想说道，“今日咱先打好这一仗，事后论功行赏，如果这块玉和你的功劳相符，就算是你的了。如果不符，咱几个会凑钱给你娘治病的。”

“对啊！”亚飒在旁边道，“胖子，万事孝为先，你这样做，我亚飒非常赞同。可现在我和你都是玄武卫的人，还是要遵守国法家规的，否则也让苏兄弟不好做。这样，你娘的诊金，算我一份！”

“还有我。”洛雪穹也开口道，“唐求，如此孝顺之举，我也会尽一点心意的。”

“你们……多谢！”唐求眼角噙泪，平时没正形的他，这时却对众人躬身深深一揖。

“先别忙感谢了，我们赶紧冲出去吧！”苏渐说罢，一马当先，就朝地道外面冲去。

这一路杀出地表的过程中，他们也遇到一些零星的火妖武士，但大多三三两两，不成气候，随手便杀退了。

当他们冲出幻火宫时，却发现外面大战已快接近尾声。

在苏渐组织起来的同盟军面前，火妖军毕竟势单力孤，虽然依仗着地形之利拼死抵抗，却还是节节败退。

苏渐发现，先前那些被火妖操控的恶魔，几乎全部倒在地上死去。在他们的尸体边，散落着不少中箭的吐火鹫，还密集分布着战死的火妖军尸体。

看到这种景象，苏渐虽然没看到刚才大战的经过，但也可以想得到，火妖军本来想用吐火鹫空兵掩护恶魔，再由恶魔掩护大批的火妖军进攻，但最终还是被青龙、云山正规军给击溃了。

毕竟，在这块土地上，青龙重甲兵、云山岩甲兵还是当之无愧的近战之王。

一回到战场，苏渐其他什么人都没管，而是头一个去寻找步凌空。

很快，他就在混战的人群中，看到了步凌空的身影。

看起来，这位身居折冲都尉的隐龙客，还在青龙府兵中保有威望。

虽然看到他突然出现在战场，还是从幻火宫的方向冲过来，青龙府兵有些诧异，但也没有多想。

很快，受伤的步凌空便分开人群，朝战阵中央正专心指挥战斗的萧安跑去。

见此情景，苏渐怎能不明白步凌空想干什么？

这种情况下，对步凌空最划算的，就是蛊惑萧安，让他退兵。如果实在不行，甚至也可以将萧安刺杀，自己接过指挥权。

所以，苏渐什么都顾不上了，立即运转了所有灵力，启动了星流术。

当背生光翼，他立即一个纵跃，越过众人头顶，朝步凌空奔跑的方向疾翔。

“萧安！萧校尉！”一边飞时，他嘴里也没闲着，大声叫道，“步凌空是隐龙客，是龙族的奸细！他要来刺杀你啦！”

苏渐嗓门本来就不小，何况这时候凌空飞过，用尽全力吼叫，顿时这声音几乎传遍了整个战场。

“什么？！”本来看着步凌空跑过来，萧安还挺高兴，觉得这位老上司终于想通，来战场上助他一臂之力了。但一听到苏渐这吼声，他顿时愣了。

“萧安！”这时步凌空不甘示弱，也大叫道，“萧校尉，你我相处多年，你能相信我是龙族奸细？且不可听苏渐这条玄武卫的黑狗乱吠！”

“萧安！诸位青龙将士！”苏渐哪肯让步凌空蛊惑人心？他毫不迟疑回击道，“大家听好，步都尉确实是多年隐藏的龙族奸细；刚才他在地宫中，给火妖王传授了解印‘烈日炎魔王’的龙族秘术！你们难道不想想，以火妖族的能耐，怎么能解印操控恶魔？”

听他这么一说，几乎所有青龙军将士都倒吸一口冷气，看向步凌空的眼神也变得怀疑和不友善起来。

这时亚飒、唐求、洛雪穹也叫道：“我们以灵鹭学院生的名誉担保，苏大人所言句句属实！”

“萧安！”步凌空一看不对头，急忙拼尽全力狂吼道，“青龙军的诸位兄弟们！你们究竟相信这几个乳臭未干的外人，还是相信我折冲都尉步凌空?!”

被他这样一吼，很多人又迟疑了。

其实大军之中，很多兵卒自己都没什么主意。所以这时候，几乎所有人都把目光投向了萧安。

这时候，对步凌空来说，虽然苏渐都把话说到这个份上了，但他还是信心十足。

他不相信以自己这么多年的苦心经营，这些青龙军的下属，会听信一个外来的小后生。

“我信他。”人潮中，萧安忽然说出了他的选择。

“啥?”步凌空还没反应过来。

“我说，我相信苏渐!”萧安大吼道，“兄弟们，步都尉确实可疑! 先前兄弟我早就怀疑他，只是不敢将他想成龙族的奸细!”

“萧安，你个老混蛋!”步凌空又惊又怒道，“我待你不薄，你为何如此冤枉我?”

“冤枉不冤枉，先抓了你再说!”萧安大叫道，“诸位，若信得过我萧安，就先把这人给逮了。是不是冤枉他，之后苏大人一审便知。”

“可恶!”还不等众人反应，步凌空挥起长刀，就朝萧安杀来!

这时候，步凌空离萧安只有一两丈的距离。以他的功力，如果没有人阻拦，这急冲之下杀到萧安面前，也不过是眨眼工夫。

只是，还没等他冲出两三步，本来已经分开左右听他俩对答的青龙军士兵，却一拥而上，不仅挡住了步凌空的去路，还从四面八方将他团团围住!

虽然他们此时并未说话，但已经用自己的行动，做出了最好的回答。

“多谢……兄弟们!”看到这些相信自己的青龙军精英们，萧安感动得眼角含泪。

毕竟，步凌空作为整个折冲府兵的最高长官，威权赫赫。在这种情况下他们这些做小兵的，还能选择相信自己，这说明他们对他萧安得有多大的信任!

他在那边感动，步凌空这边却顿时心凉。

一看众士卒做出了自己的选择，他就知道，刚才想挟持萧安退兵的图谋，彻底破产了。

不仅图谋破产，他现在已经要忧虑能不能冲出重围了。

而这时，苏渐已飞临这里。

一待落地，他便收起灵耗极大的星流术，手握血歌剑从人群之后杀来。

见此情景，步凌空怒从心起，立即凝聚功力，暂时凝住流血的伤口，又施出一招“幻雷震击”，把围攻自己的那群青龙甲兵瞬间震晕。

“苏小贼，一切都因为你！”

旧恨新仇叠加在一起，这时候步凌空双眼赤红，已经什么都不管不顾了，运转起全身所有的功力，施展出幻灵法术的绝学“幻影狂雷”！

霎时间，这方天地风云变色，转眼他的身周凝聚起无数乳白色的电光。这时头顶的阴云也仿佛受到感应，丝丝缕缕地落下无数金色的电光。

本来幻系的雷电，总是若隐若现，但现在被云空的电丝一充实，顿时如同奔腾的惊马，在步凌空的身周疯狂转动起来。

眨眼间，步凌空大喝一声，身周无数的幻系雷电如同一群脱缰的野马，朝挥剑而来的苏渐迎面扑去！

这一切，都发生在电光石火之间。一心追击的少年，没想到步凌空在如此重兵包围中，还能这样负隅顽抗。

眼见电潮扑来，他已是躲避不及。

这时候，苏渐只得急速运转法力，想运转起火焰盾暂时挡上一挡。

见得如此，步凌空狞笑一声大叫道：“还想挡？去死——”

一个“吧”字还没出口，他却忽然像被扭断脖子的鸭子，声音戛然而止。

原来就在此时，一个娇小的黑影凌空划过，伴随着一道血色的刃芒从步凌空喉头飞速闪过。

霎时间，步凌空的咽喉处，爆出一团血花，顿时便让他说不出话来。

少了他的驱使，本来汹涌向前的幻电之潮，瞬时失去后继，与苏渐紧急张开的火盾碰撞出一连串火花后，也就销声匿迹了。

“小眉!”苏渐看见倏然落地的黑影，顿时大叫道，“多谢你！你救了我!”

“不用谢!”刚刚刺杀成功的小少女，笑靥如花道，“是我该谢谢哥哥，是你给我这么好的刺杀训练机会!”

他们俩在这里上演兄妹情深，那步凌空却是又惊又惧。

虽然喉咙被幽小眉的镰刃割伤，但步凌空的龙族体质，让他还一时不死。

这时他哪还敢想什么反击？立时一把捂住喉咙伤口，聚集起浑身最后的力气，足下发力，冲出人群向远处荒野逃去。

作为资深的隐龙客，虽然受此重伤，但若一心想逃，也并非难事。

等苏渐几人分开人群，朝步凌空追去时，却发现他已经向西逃出七八丈远，正接近一座小丘前。

“别让他跑了——”苏渐一句话还没说完，却忽然愣住了。

原来，本来空无一人的荒丘上，这时却忽然如鬼魅般出现了一个人影。

这倏然出现之人，周身笼罩在一片银灰色的雪云中，头脸也罩着一层黑纱，看不出本来的面目。

虽看不清脸面，但透过那依稀的雪雾，也能看出这神秘人应该是个女子，其身材极为高挑苗条。

此刻，她俏立荒丘之上，云雾随身，便如同山岚中的扶风弱柳，又好似瑶池中的凌波菡萏。

见得此人，苏渐等人只是觉得惊诧，但步凌空却如同看见救命的稻草。

他大喜过望，鼓起最后一丝力气，冲上了荒丘，匍匐在神秘女子的面前，喉咙嗬嗬有声地哀求道：“大人，救我，救我!”

很显然，这位雪云绕身的女子，不仅是步凌空的同伙，还应该是他的上司。

只是这时，看见重伤的下属匍匐到自己的脚下，哀哀求救，她却是轻蔑地说道：“没用的东西!”

然后她纤手一抬，也没看清使出什么招数，便只听得凭空一声霹雳，那步凌空惨叫一声，竟当场便被震死！

目睹此景，苏渐大惊失色。但还没等他从震惊中回过神来，那女子的目光已注视过来，对着他冷冷说道："苏渐，我们又见面了。"

"啊？又……见面？"苏渐猛吃了一惊，苦思冥想了片刻，困惑道，"我不记得见过你啊。"

"可怜的人啊，原来你什么都不记得了。"神秘女子的目光，仿佛穿透了时空，在咫尺之地对上苏渐的眼神。

只听她悠悠地说道，"你倒痛快，什么都忘却了。可当年发掘你的人、看重你的人、深爱你的人，甚至最后你背叛的人，却还一直都记着你呢。"

"啊?!"听得此言，苏渐心中大震，霎时间联想起自己的怪梦来。

"你究竟是谁！"他发狂般大叫道，"难道你知道我那段失落的记忆？快告诉我，我究竟是谁，那时候到底发生了什么！"

听得他如此失态地大叫，身后的亚飒和唐求，全都面面相觑。这时只有洛雪穹，曾在雨宿湖中听过少年吐露心声，才有些明白苏渐究竟所指为何。

"我才不告诉你。"刚才说出关窍的神秘女子，这时却只是嫣然一笑，守口如瓶。

苏渐听得此言，恨得牙根直痒痒，正待再恳求一两句时，却听那女子已是带着些遗憾地叹道：

"唉，真可惜啊。你背叛的那个人，也不知作何想法，却不许本座杀死你。但是你们——"

她忽然抬起头，目光越过苏渐，看向幻火宫前还在战斗的人们，猛地吐气如冰，狠声叫道："你们，都得死！"

话音刚落，她整个人便在荒丘之上倏然旋舞。

很快，一条条灿烂的光线从她手中生发，转眼间弥漫天空。那光线回旋天地之际，真宛如星空倒挂、星光螺旋！

在场之人，都是习武之人。虽然功力各有不同，但以练武之人本能的灵机，却立即察觉到，荒丘女子手中满天旋舞的螺旋星光，蕴含着毁天灭地的杀机！

不仅仅是察觉。

片刻后，那螺旋形的星光压低了势头，横扫战场！

于是才只是边缘最浅淡的星光之鞭，却是触者伤亡，刚才还活蹦乱跳的战士，转眼躺倒一片！

苏渐等人见状大惊，那青龙、云山、红晶族的战士，更是惊得四散奔逃。

本来几乎已经崩溃的火妖军，这时候却被星光之鞭所救，残兵败将逃到幻火宫拱门下，静看事态发展，寻找趁火打劫之机。

千钧一发之际，那星光螺旋的发源地荒丘之上，却又倏然出现一个身影。

和神秘女身边围绕着雪云相反，这倏然出现之人，却是一身玄黑道袍，头戴银色的斗笠。

虽然苏渐等人离得远，再加上此人头戴斗笠，看不清面貌，但很明显地能看出，此人乃是一位中年男子，身姿秀逸，仙风道骨。

尤其是，此人一股飘逸之气，透入骨髓，溢于言表。虽然隔得这么远，苏渐的内心竟也仿佛受其影响，顿起逍遥之思。

当此人一出现时，龙族神秘女霎时收起漫天的星光螺旋。

那银笠道人也不废话，一言不发，只是朝神秘女缓缓推出一掌。

只是这最普通的一掌，苏渐等丘下仰望之人却看出，银笠道人这一掌，却仿佛带动了整个炎风原的山河之势，朝神秘女势若万钧般打去。

见此情形，龙族神秘女不敢怠慢，也屏息凝神，迎面对上一掌。

和山河之势不同，她这一掌，却好似凝聚了千里雪原的万古寒雪，呼啸着朝对手奔腾而去，好似要摧毁冻结一切。

“轰……”

一道无形的音波，不同于以往听到的任何巨响，在所有人的心神魂魄中迸发。

一瞬间，好似三魂六魄要被吹散，性命就此堕入九幽。

这一次，火妖军没能幸免，他们和所有人族联军一样，全都东倒西歪，被震倒在地上。

而荒丘上二人，只过了这惊天动地的一招。那显然是隐龙客巨擘的龙族神秘女，闪身疾退，很快飞下荒丘之后，消失无踪。

看着她倏然远逝的窈窕身影，银笠道人颇为遗憾地自语一声：

“唉，可惜这人族的皮囊啊……”

他的身影，很快随着这声淡淡的叹息，也消逝在炎风原永恒回荡的风中。

就在他隐去的那一刻，原本在魔界瞑目沉睡的黑暗国师，却忽然间睁开了眼……

而人间此时，正在荒丘附近逡巡的幽小眉，忽然间探着脑袋，东张西望，鼻子翕动，仿佛嗅到了什么气味。

如此东奔西顾，片刻之后，天真的小女娃忽有些愕然，脱口叫道：

“爹爹？”

步凌空一死，火妖王没有了任何在幻火宫外这场战斗中获胜的指望。

虽是地方妖族首领，但火妖王绝对称得上当世枭雄。他当机立断，立即收拢全部残兵，逃往了幻火宫里。

到这时，人族联军自然不可能任由他们逃窜。

在将领、长老们的喝令下，青龙、云山、红晶族、玄武卫四方联军，鼓起余勇，发一声喊，跟在火妖军后面便冲进了幻火宫里。

火妖残军在前面拼命逃跑，人族联军在后面死死追赶。

当追进那条宽大的地道，大约过了两三里，人族联军突然发现，原本兵败如山倒的火妖军，竟在一个岔路口停了下来，转身拼命抵抗。

见他们如此，只要稍有些脑子的人，定然知道他们一定有什么大动作。

他们有心突破火妖残军的防线，追进去看个究竟，但很可惜，本来已经十分疲敝的火妖残军，这时候却跟打了鸡血似的，拼命跟他们死战。

“大伙儿，都给我顶住！”人群中，只听得那个火妖战将红甲，满脸鲜血，骑着血纹豹在战阵中往来叫喊，“撑过了小半个时辰，咱大王就能唤醒魔王，反败为胜！”

“吼、吼、吼！”听得红甲的鼓动，火妖战士们发出他们特有的吼叫声，同时也真个鼓起身体中残存的所有力气，开始作最后一搏！

这时候，火妖王已经逃到炎魔王所在的地宫中了。

“这是你们逼我的！”在炎魔王的神座前，火妖王狞笑着，开始对着紫光法阵，按照步凌空所授方法解印魔王。

其实这时候，火妖王已是苟延残喘，按照他当下的精力、灵力，根本无法完成损耗巨大的解印秘术。

但到了这时候，火妖王已没了退路。今日之局，不是他火妖乱军被剿灭，就是他驱动烈日炎魔王，将人族联军一举杀死。

所以，他发了狠，竟以自己的半条生命为代价，用火妖族特有的法术，燃烧自己特殊构造的火灵躯体，以急速获得强大的能量。

当他高大的身体开始泛出阴阴的火光时，火妖王果然如愿以偿地获得足够的能量，开始触发唤醒烈日炎魔王的法阵。

随着他的驱动，当年龙族的镇魔法阵，开始朝相反的方向急速旋转；法阵中无数紫色的徽纹开始闪耀，并且间杂着神秘的金色文字，一一闪现。

随着徽纹和金光字符的飞旋和闪耀，神座上的“烈日炎魔王”，也开始起了奇特的变化。

他头顶两角之间悬空浮动的火焰之球，一改暗淡的光色，开始变得明亮耀眼。

他紧闭的双目开始松动，正迸发出越来越亮的金红光线。

他那天然为烈焰锯齿刀的双臂，也开始轻微而急速地颤动。

最重要的是，随着镇魔法阵的解印旋转，“烈日炎魔王”身上束缚的无数金光符箓，也如同剥落的墙皮一样纷纷掉落。

很快，沉睡数百年的恶魔王开始苏醒，口中发出震动大地的咆哮！

当魔王开始咆哮，那远在数十里之外的红焰晶海之水，感应到曾统治晶海的王者即将归来，立即沸腾起来，掀起无数的风浪！

感受到这样惊人的变化，人族联军率先陷入了恐慌！

“‘烈日炎魔王’就快苏醒了！”这个可怕的念头，浮现在众人心头。

对他们来说，烈日炎魔王的恐怖传说，已经深入他们的内心。于是听到“烈日炎魔王”的咆哮，他们立即便失去了一切斗志。

不知道幸还是不幸，就在他们失去战斗意志的时候，那些火妖军对手并没有趁火打劫，而是趁机逃入火妖王所在的地宫中。

对他们来说，现在很明显——根本不需要再拼命了，只要逃入地宫，那很快醒来的大魔王，就会在他们首领的驱使下，向人族联军喷出可怕的火焰，将他们瞬间杀死！

于是，这时候的地宫一带，充斥着火妖军得意的狂笑和叫骂，本来占上风的人族联军，这时候却陷入沉默，没有了任何声音。

“这样不行啊！”这时候，萧安立即跟云山军的首领裴俊叫道，“快叫手下儿郎突击！冲进地宫杀死火妖王！”

“好！兄弟们——”裴俊对眼下的局面心知肚明，立即开始动员手下的云山国将士。

不过这时候，苏渐和他的几个同伴，也包括红焰女，已是一马当先，率先冲向了地宫里。

这时候，已经龟缩到地宫中的火妖军，心中充满了勇气，于是当苏渐等人杀来时，他们结成了大阵，拼死抵抗。

这时候，苏渐等人本应该运施展起星流术，拼死一搏。

但很可惜，今日这番战斗，无论是苏渐还是亚飒、唐求、洛雪穹，早就施展过星流术。这样顶级的人族绝技，耗费灵力极大，哪能轻易一日用好几回呢？这时候，他们真的有心无力了。

所以这时候，虽然他们还在和拼死抵抗的火妖残军奋力拼杀，但事实上已经回天无力。

他们眼睁睁地看着火妖王在镇魔法阵面前尽情施展，还听着他刺耳的狂笑回荡在空旷的地宫中。

“看来，今日是不成了。”到这时候，连最为坚持的苏渐，也不得不准备放弃。

“兄弟们，我们快撤吧！”他回身大叫道，“炎魔王即将醒来，如果我们还傻等在这里，只能做无谓的牺牲。”

“苏兄弟说得有道理！”这时已冲到近前的萧安也大叫道，“我们先冲出去，留得青山在，不怕没柴烧！”

很快，在他们的引领指挥下，已经攻进来的人族联军，便后队变前队，前队变后队，开始向幻火宫外冲。

只是，就在他们已经准备放弃的时候，地宫大殿内却忽然发生一件让所有人意想不到的事情。

原来，本来在火妖王的驱动下反向急速旋转的镇魔法阵，大概到了一半的时候，却忽然停止转动了。

于是，烈日炎魔王本来已经半开的火焰巨眼，重新慢慢闭合；原本震撼整个晶海荒原的魔王咆哮，也慢慢变成了重新陷入沉睡的阵阵鼾声。

“怎么回事？！”见此情景，火妖王大惊失色。

他赶忙回头，看了看神座上的魔王，再转回来拿眼扫了扫面前这座法阵。

忽然间，他好像发了疯一样大叫：“天焰之心水晶哪儿去了？！”

“啥？”苏渐闻声愕然，“天焰之心水晶？”

“莫非……”他猛然转过头来，看向唐求：“你先前拿的那东西，快给我看看！”

“这……不合适吧……”唐求还没反应过来。他觉得当着这么多人，有些不好意思。

“快！这是命令！”苏渐大叫道。

“好吧……”唐求不情不愿地从怀里掏出先前顺手牵羊的东西。

苏渐一看，正见到唐求手中拿的这物件，乃是一块晶莹剔透的水晶。在水晶的内部中央，好似有一团烈火熊熊燃烧，散发出鲜红夺目的光芒。

“天焰之心！”苏渐一看这水晶模样，就知道这一定就是火妖王口中的那块水晶了。

这时火妖王也看到了，他立即气得七窍生烟，猛地朝这边扑过来，一边扑一边大叫道：“抓小偷！”

“什么小偷？”苏渐立即替自己的好朋友进行了反驳，“我兄弟分明早就看到你图谋不轨，才拿走解印法阵的关键物件，让你的阴谋不能得逞！

唐求——"

他回过头来,跟还在莫名其妙的兄弟大叫道:"你这功劳,绝对够了!这块水晶,是你的了!"

"啊?"唐求喜出望外,几乎要热泪盈眶了。

到了这时候,火妖王便知大势已去。往苏渐这边刚冲到一半的时候,他便冷静了下来。

"快!"他收住脚步,朝身边那些火妖残军大吼道,"快去火晶地库!我们到那里躲上一时,总会有东山再起的那一天!"

话音刚落,他便一马当先,挥舞着烈焰长锤,替自己的部下们开路。

听到他这么说,苏渐等人族联军还有些不明就里,但火妖王的那些部下们都听懂了。

于是他们连声高喊着"东山再起",就冲出地宫,朝地道的深处跑去。

这种情况下,想也不用想,以萧安、裴俊、红焰女为首的人族、红晶族联军,立即跟在火妖后面紧追不舍。

火妖王穷途末路,这时候带领火妖军残存的精英,准备逃入地道支路中的火晶地库中。

因为他们火妖族的特殊体质,只要利用那里海量的火晶能量,他们便可以东山再起,实力更胜当前数倍。

火妖王带着残兵在前面跑,苏渐等联军在后面追。就在这追的途中,忽然有熟悉风水地形的青龙军士兵大叫道:

"啊呀!这是通往横断山脉的地道!"

这一叫,几乎所有人都霎时间汗毛倒竖!

苏渐更是刹那间就明白了,步凌空和火妖王勾结,到底是在做什么!

所有的谜团都解开,按理说会让人心情舒畅,但这时候苏渐的心情却变得极为沉重。

一种前所未有的恐惧,紧紧地攫住了他的内心。

通往龙境的地道!

这应该是现在所有偏安西域的人们,能听到的最可怕的消息了。

一旦这地道真的被火妖打通,到时候强大的龙族成群结队而来,不仅晶海地区尽数覆灭，连整个华夏、整个人类王国，都很可能毁于旦夕。

想到如此可怕的后果，很多人族士兵的腿都发软了。

“他们到底打通了没有？”一个强烈的疑问，浮现在此刻所有人的心头。

所以尽管腿再软、心再寒，他们也全力以赴，在火妖残军身后紧追不舍。

很快，那火妖王带着残军，仗着对地形的熟悉，抢先跑到他说的那座火晶库中。

当苏渐他们赶到时，最后一个火妖残兵已经跑进火晶库里，沉重的铁门正在缓缓地关上。

借着火晶天生的光芒，苏渐等人能看到，大门正在关闭的库房中，火晶堆积如山，红光艳艳，就好像燃着一座巨大的火堆。

见大门已经缓缓关闭，都快到一半的位置了，火妖王便知今日逃亡计划，已经成功。

于是他几个纵跃，跳上火晶堆，对着门外苏渐等人，放声狂笑，大肆嘲讽道：

“你们这些人族的软蛋，打了这么多时，却还不是让咱逃到这里了？”

“还要感谢你们啊，如果不是抢了你们这么多火晶，我们怎还会有东山再起的机会？”

“你们恐怕不知道，咱火妖只要有火晶，就能维持生命。如果有足够的时间，还能变得更强大！”

说到这时，他看到青龙校尉萧安，正拿来一根镔铁棍，试图将正在关闭的巨大铁门给顶住。

“哈哈！”见此情景，火妖王毫不在意，只是大声嘲笑道，“没用的，这座铁门当初设计时，便让它一旦开始关闭，任是火烧水淹还是硬顶，都无法阻止。”

话音未落，果不其然，萧安手中那么坚硬的一条镔铁棍，才架在大门和门槛之间，就被那大门以不可阻挡之势，“咔嚓”一声夹断。

见得如此，众人尽皆心惊。

当然这时候,也不是不可以冲进去。但看着眼前这副情景,也只能冲进去少数几个人。再看看对方火晶库中,却留存了火妖军最凶悍的精英,大概有两三百人之多。

所以,这时候如果还有谁冲进去,就不是勇不勇气的问题,而是有没有脑子的问题……

正因为看出这一点,绝地逢生的火妖王便肆无忌惮,傲立在火晶堆上,用轻蔑无比的表情大吼道:

"卑鄙的人族,你们没想到眼前这一幕吧!

"虽然恨我恨得牙根直痒痒,却拿我没什么办法,我太喜欢你们现在这副表情了!

"我火妖王到今天,算是彻底活明白了!

"以前我们都在帮别人做事,什么人族、龙族,但这次算彻底看明白了!只有提升自己的实力,才是最重要的事,其他一切全是扯淡!什么外人都靠不住!

"和你们这些孱弱的人族不同,咱火妖天生异禀,有了这巨量火晶,三年后我们会更加强大,能繁衍出数倍的火妖军!到时候本王会让整个晶海地区都沉浸在血海之中!"

"怎么样,苏渐,"这时他瞪着门外的少年,直接点名道,"听了我这些话,是不是特别生气,还特别恐惧?"

"不用你回答,我一猜就是。可惜啊,哈哈哈!"火妖王嚣张无比地狂笑道,"可惜啊,无论你怎么生气和恐惧,都不敢冲进门里来!哈哈,功亏一篑的滋味,不好受吧?"

听到火妖王这句话,门里火妖军一齐嚣张大笑,门外联军却是陷入沉默,如丧考妣。

只是,就在这时,在这缓缓关闭的巨大铁门前,却忽然传出一个冷静而坚定的声音:

"未必。"

就这短短的两个字,忽然让喧嚣的火晶库瞬间安静下来。

"什么?!"火妖王惊诧万分地看着门外的少年。

这时候，火晶库巨大的铁门已经快关上，几乎只剩一两个身子的空隙。

本来，听苏渐这么说，火妖王应该趁机进行激将，让他进来。很明显，这种情况下苏渐如果进来，简直就如同瓮中捉鳖，十死无生。

但不知怎么的，这一刻，火妖王却害怕了！

是的，他怕了，在这样十拿十稳的时候，他怕了！

历经杀戮锻炼出来的直觉，让火妖王对上门外少年那双沉静的眼睛时，怕了。

“苏渐！”火妖王鬼使神差般大叫道，“你不要冲动！我这火晶库门，虽然关得慢，但经过特殊设计，一旦从里面关闭，从外面是打不开的！”

听得他这声大叫，门外的人还没怎么反应过来，但门里面的火妖们却炸了锅了！

“大王！大王！您这是怎么了？”以红甲为首的火妖将士鼓噪道，“干吗提醒这狗贼啊！他是把咱害得这么惨的罪魁祸首，您怎么还提醒他注意安全？让他进来吧！”

在这样的喧嚣中，就在大门近在咫尺的地方，猛然射出一道灿烂的金红色光芒。

“朱雀血歌”，这个看起来不伦不类的星流术，刹那间被少年拼尽全力激发，照得大门前如同燃起一团熊熊大火！

这时候，火晶库铁门已经缓缓关闭，但就在它关闭前的一刹那，苏渐的光之羽翼凌空飞翔，犹如扑火的飞蛾，飞进了强敌环伺的火晶库里。

巨大的铁门，阻挡了猩红的光线。

过了良久，门外的人们好像还没从刚才的剧变中反应过来。

等回过神来，无论是苏渐的伙伴还是萧安、裴俊等将领，全都飞身向前，扑在阔大铁门上捶打、拉扯。

但很可惜，那火妖王所言不假，这火晶库的大门经过特殊设计，一旦从里面关上，从外面便无法打开。

得知此情，门外众人面面相觑。

那些和苏渐同生共死过的伙伴们，更是泪飞如雨……

再说苏渐，一飞进火晶库内，他便展开千羽幻光之翼，如同一只真正的朱雀，翱翔在一堆堆的火晶上。

光翼凌空之时，苏渐用尽毕生所学火灵法术，肆意轰炸，将那些堆积的火晶一一引燃、炸碎。

密闭的巨大火晶库中，到处开始爆炸，不仅附近的火妖残兵被炸飞，更炸起了冲天的烈焰。

少年在烈焰中凌空飞舞，就好像飞翔的不死鸟，处处散播着怒焰和死亡。

星流朱雀之躯，自然不惧火焰，但此刻烈焰丛中的火妖王，却发出了垂死的嚎叫：

“苏渐！你在这儿放火，自己也出不去了！我们死不要紧，你就给我们陪葬吧！”

“哈哈！”漫天的流火中，少年长声大笑，“自我飞入这里，就没准备活着出去！”

“疯子！疯子！”

曾经那么凶悍暴虐、残忍到煮食活人的火妖族，这时候看见火光中凌空飞舞的少年，却如同见了恶鬼一样！

而就在这样刻骨的咒骂声中，少年放声长笑，凌空翱翔，所到之处扬起巨大的火龙卷。

烈火猛于虎。

火焰迅猛飞卷，燃烧时呈现出各种奇异的姿态。

炽烈的火焰中，似乎有无数个血色的骷髅在愤怒号叫，又好似千万朵殷红的月季在悄悄绽放。

这样的景象，呈现出一种另类的美感。

壮美无比的烈焰席卷，无数残暴的火妖灰飞烟灭。

虽然仗着自身强大的力量，火妖王支撑到了最后，但在苏渐愤怒的一击中，他也恐惧无比地葬身怒焰火海。

可叹火妖王机关算尽，既利用华夏行营大总管，又投靠隐藏极深的隐龙客，想挖通地道引来龙族大军，达到他统治晶海的野心。没想到最后，他却被一个外来的少年舍命相逼，被无情的火海吞噬。

虽然舍命杀死敌酋，但苏渐的生命也即将走到尽头。

神焰朱雀的护体光辉，即将熄灭。

越来越多的火晶被引燃，地库里的热量越聚越多，终将到达爆炸的临界点。

堆积如山的火晶一旦爆炸，其瞬间释放出来的能量，足以让地道崩坍，让幻火宫破碎，让整个红焰晶海地区都像发生一场巨大的地震。

终于，护体的朱雀光辉熄灭，苏渐落在了地库仅存的一块还没燃烧的空地上。

面对着四周熊熊燃烧的烈焰，苏渐的心情却变得格外的平静。

到这时，他以一己之力，破灭了火妖这个食人妖族东山再起的可能，便再无任何怨怼。

虽然此时的烈火，将他的身体烘烤得滚烫，但当他脑海中一一闪现伙伴、亲朋的面孔时，却获得了一种宝贵的清凉。

于是滚滚热浪中，苏渐睁开了眼，清澄无比的眼神，已超越了张牙舞爪的烈焰，投向了熊熊火焰之外的世界。

“永别了，”他微笑着说道，“今生无缘，唯愿我等来世再见。”

说罢此言，他便闭上眼睛，静静等待自己的身躯和灵魂，被滚滚的烈焰吞噬。

独立三边静，轻身一剑知。

而这时候，那些堆积如山的火晶温度，已经达到了极值，这时候已经不仅仅是明火燃烧的烈焰问题，而是整座地库中巨量的火晶，即将在一瞬间爆炸。

所以，在这时候，别说地库中的苏渐了，就连地库大门外的人们，也早就感觉到了。

于是在一种撕心裂肺的痛楚中，雪穹、亚飒、唐求、红焰女、萧安、裴俊，这些苏渐最亲密的伙伴和最投缘的战友，也不得不含泪撤出了地道，撤出了幻火宫。

这样的时刻，众人内心都是撕心裂肺、五内俱焚，但在他们之中，反倒是那个一向冷若冰霜的少女，在心中许下了最炽烈的誓言。

“苏渐，今番别过，愿你在天国一切安好。

“相识三年来，多承你青眼，为报此情，我洛雪穹，今生再无出嫁之念。”

而当洛雪穹许下如此惊心动魄的誓言时，苏渐正说出“今世无缘，唯愿我等来世再见”之语。

此后，少年便瞑目等待那最后时刻的到来。

“轰……”地库中堆积如山的火晶，终于彻底爆炸。

由于那爆炸的声响实在巨大，有一部分已经超出人耳能听到的范畴，因此震动苏渐的耳膜时，竟让他有种错觉，觉得这只不过是一个低沉的闷响。

火焰，排山倒海而来；

热浪，宛若决堤洪水。

已经明亮无比的地库中，蓦然升起一团闪亮无比的巨大火球，光是亮度就似乎足以让一切融化。

这枚巨大的火球，凝聚了所有火晶爆发出来的能量，当它第二次爆发，便将开始毁灭一切。

只是就在这时，苏渐手中那柄血歌剑，却突然起了奇异的变化……